W0248095

narrativa tea

Jean Failler

Le ombre del collegio

Romanzo

Traduzione di
Alessandro Zabini

TEA

Per informazioni sulle novità
del Gruppo editoriale Mauri Spagnol visita:
www.illibraio.it

Qualsiasi somiglianza con persone, nomi propri, luoghi privati, nomi di aziende,
situazioni esistenti o esistite non può che essere puramente casuale

TEA - Tascabili degli Editori Associati S.r.l., Milano
Gruppo editoriale Mauri Spagnol

www.tealibri.it

Copyright © Jean Failler, 2005
Published by arrangement with Martine Bertéa, Literary Agency
© 2019 TEA S.r.l., Milano

Titolo originale
Ça ira mieux demain

Prima edizione Narrativa TEA marzo 2019

Al mio amico Pierre Deligny

Pierre Deligny ci ha lasciati inaspettatamente la scorsa primavera.

Lo conobbi a Saint-Nazare nel 1997, durante un convegno su Georges Simenon. Pierre apparteneva ai « Moschettieri di Simenon », come si chiama l'élite dei fan del grande Georges. Come correttore di bozze professionista, Pierre Deligny aveva collaborato alla *Encyclopédie Universalis*.

Una volta in pensione, mi offrì la sua competenza. Così ho avuto per circa dieci anni il più erudito e puntiglioso dei correttori di bozze, che non esitava a punzecchiarmi a proposito di certi difetti grossolani e ricorrenti. Se occorre saper punire coloro ai quali si vuol bene, come dice il proverbio, Pierre mi amava molto.

Mary Lester ha perduto nella persona di Pierre Deligny il più fedele dei servitori e io il migliore degli amici, una sorta di fratello maggiore, che non esitava a iniziare le sue lettere con la celebre frase del giudice Dee: « Fratello nato dopo di me », e che le concludeva firmandosi in bretone con il soprannome che aveva attribuito a se stesso, *Kraïon ru*, ossia « matita rossa », colore con cui sottolineava vigorosamente le mie turpitudini ortografiche.

A Denise, sua moglie, a Danielle, sua nipote, i miei commossi pensieri e le mie più sentite condoglianze.

Autunno 2005 *Jean Failler*

LE OMBRE DEL COLLEGIO

Ad Anne-Marie Séchet

Ringraziamenti: Anne Boelle, Marcelle Failler, Marie-Julie Failler, Delphine Hamon, Corinne Monot, Alain-Gabriel Monot, Pierrette Verdys, Colette Vlérick.

Prologo

Amici lettori,

vi scrivo da una delle punte più estreme della Bretagna. Tra il Bigouden e la regione di Douarnenez, una penisola di roccia e di brughiera si protende nell'oceano come una mascella sporgente e sembra volerlo azzannare alla gola, indifferente ai suoi furori.

È Cap Sizun. La sua estremità, la Pointe du Raz, è conosciuta nel mondo intero. Altrettanto conosciuta è la terra mitica che affiora appena alla superficie delle acque, affogata di spruzzi quando l'Atlantico s'infuria, l'Île de Sein, fiancheggiata dai suoi fari dai nomi leggendari, appollaiati su scogli che emergono soltanto con l'acqua bassa: Ar-Men, Tévennec, la Vieille...

In questa selvaggia regione le spiagge non hanno nomi da operetta affibbiati per scopi commerciali. La più bella di tutte è quella della Baie des Trépassés, la baia dei Trapassati, così chiamata perché è là che i frangenti rimescolano le sue sabbie dorate dalla notte dei tempi e riconducono ineluttabilmente i cadaveri degli audaci che hanno sfidato le correnti turbinose del raz de Sein, sulle cui scogliere infide sono naufragati i loro bastimenti.

Per sedurre il turista vi sono appellativi più lusinghieri.

In questa regione gli uomini della costa sono pescatori, oppure marinai militari, o più spesso marinai mercantili.

A causa del mare sono quindi assenti per dieci mesi all'anno dalle loro basse case imbiancate a calce.

Ecco perché sono le donne a condurre gli affari, e li conducono con molta efficacia. Quando arriva il tempo degli invalidi, com'è chiamata in questa regione la pensione della gente di mare, l'andamento è ormai stabilito: la moglie guida l'automobile, compila i documenti dell'assicurazione e della previdenza sociale, amministra i risparmi, segue le pratiche amministrative e coltiva i legumi nell'orto.

Allora, un po' sfaccendati, gli uomini si comprano una barchetta e vanno a pescare con la lenza o a posare nasse per granchi e per astici intorno agli scogli che conoscono sin dalla più tenera infanzia...

Le donne del Capo, o *kapen*, come si dice in bretone, sono donne maledettamente in gamba... Mio nonno me l'aveva detto e, ora che conosco la grande Thasie, capisco meglio il moderato rispetto da lui manifestato nei loro confronti.

Cordialmente,

Mary Lester

1

Nel giungere sulle colline di Plouhinec si scorge all'improvviso il ponte che unisce le due rive del Goyen. Quando il tempo è bello, con la mezza marea, l'aria ha una trasparenza cristallina e le nubi si specchiano nell'estuario con quei riflessi di madreperla e di seta che si trovano nelle conchiglie d'ostrica o di abalone corrose dalla risacca. Il porto di Audierne visto dallo strapiombo vale il colpo d'occhio. Sul versante della collina tinto di rosso dalle felci secche, ville sontuose si sono mescolate alle basse casette dei pescatori, chiuse nei loro cortili cinti di pietre muscose.

Nel porto, panfili e pescherecci dai motori possenti ondeggiano davanti ai pontili di alluminio e di teck.

Un tempo, vale a dire cinquant'anni fa, non vi si trovavano bastimenti da diporto, bensì solidi *dundee* per la pesca di aragoste e di astici tra le scogliere affioranti di Sein. Quelli che oggi sono negozi di souvenir e creperie erano allora bistrot frequentati dai marinai che puzzavano di tabacco da masticare, di vino rosso e di pesce.

Ora che pescatori e pesci sono rari, il turismo è l'industria principale del porto.

Mi chiamo Mary Lester, ho trent'anni e qualche mese, sono ufficiale della Polizia nazionale con il grado di capitano e, qualunque cosa possano suggerire le righe precedenti, non mi ero recata a Cap Sizun per vacanza.

Fermai la Twingo nel parcheggio di un supermercato e mi servii della pompa di benzina sotto lo sguardo interessato del responsabile, un ometto dai maliziosi occhi di scoiattolo in tuta grigia con i risvolti rossi.

Doveva essere un po' sfaccendato, perché mi domandò cortesemente, seppure con un accento aspro che arrotava le parole: «Tutto bene, signorina?»

«Andrebbe meglio se la benzina fosse meno cara», risposi, nel porgergli due banconote da venti euro.

Con una risatina, il benzinaio replicò: «Questa è una delle poche cose su cui sono tutti d'accordo in questo fottuto Paese!»

«Conosce bene la regione?» domandai all'amabile ometto.

«Eccome! Sono un Bourdon!» rispose lui, fiero come se si fosse proclamato discendente dei Borboni.

Immaginai che fosse un cognome assai diffuso nella regione. «Allora senza dubbio sa dove si trova la proprietà Kreiz ar Pin.»

«Eccome!» Il benzinaio si girò verso la riva opposta dell'estuario. «Laggiù, sulla cima della collina, si vede una pineta e subito a destra una grande casa grigia. È un maniero: il maniero di Kreiz ar Pin.»

Guardando nella direzione indicata da lui con un dito, vidi la sagoma di un fabbricato imponente cinto di alte mura stagliarsi sullo sfondo nero del cielo. Anche se si avvicinava un acquazzone il sole illuminava violentemente, davanti al maniero, un campo di colza simile a uno scoppio giallo sotto le nubi cupe.

Insensibile alla bellezza di quel quadro effimero, il benzinaio aggiunse con fare dotto: «Si dice che sia stato costruito all'epoca delle guerre di religione, quando i briganti di La Fontenelle devastavano il Paese. Per questo è fortificato. Altrimenti...» Si passò il taglio della mano davanti alla gola, di traverso, sporgendo la lingua in maniera esplicita: «*Zac!* Avrebbero fatto la fine degli altri». Senza osare chiedermi il motivo per cui intendevo recarmi al maniero, si accontentò di precisare: «Può andarci. Ho sentito dire che la Grande è rientrata l'altro ieri».

«La Grande?»

«Eh! La signora Tristani!»

«È soprannominata così?»

Il benzinaio scosse la testa, ilare. «Sì, e quando la vedrà, capirà perché.»

«È rientrata... Era dunque partita?»

Il benzinaio scoppiò a ridere. «Pare che abbia fatto trekking in Nepal. Lei sa cosa sia questo trekking?» Pronunciò con espressione comica quella parola, per lui evidentemente nuova.

«Non è così che la gente ricca chiama le camminate?»

«Certo! Quindici giorni sui monti alla spartana con lo zaino in spalla a farsi un mazzo così! Io di sicuro non pagherei per questo neanche se ne avessi i mezzi. Non voglio più saperne di marciare. Ho fatto l'Algeria nei Cacciatori d'Africa, perciò...» Scosse la testa con aria d'intesa e si curvò a chiedermi: «Conosce la signora Tristani?»

«No, ma in compenso sembra che lei la sappia lunga in proposito.»

Il benzinaio si strinse nelle spalle magre. «Come tutti al Cap. D'altronde è la mia padrona!»

Mi stupii: «La sua padrona?»

Divertito dal mio sbalordimento, il benzinaio rispose con aria disinvolta: «Questo la sorprende, vero?» Poi aggiunse: «Non è niente di strano. È la padrona di metà della gente del Cap».

Pur sapendo che quella donna era influente nella regione, pensai che il benzinaio esagerasse.

Allora Roger, questo era il suo nome, come attestava la

targhetta plastificata appuntata sulla tuta, indicò il supermercato con un ampio gesto del braccio e declamò: «Questo è tutto suo. E anche il supermercato di Douarnenez e quello di Pont-Croix. E poi due o tre alberghi, un camping, due ristoranti giù al porto, gli edifici al Cap, il cantiere navale... Ah, si può dire che non è certo da compiangere, la Grande! Ha gli stivali imbottiti di fieno». Con questo voleva dire che la Grande in questione era ricca. In tono confidenziale, prima che avessi il tempo di farglielo notare, mi prevenne: «È così che la chiamano tutti».

«In sua assenza?» chiesi.

Lui rise. «Ovvio! Nessuno è tanto pazzo da rischiare il posto di lavoro.» Poi, improvvisamente ansioso, domandò: «Non le dirà niente, vero?»

«Niente di niente, mio vecchio Roger.»

La disinvoltura della risposta non parve turbarlo. Senza dubbio apparteneva a quella categoria di modesti lavoratori ai quali tutti davano del tu e che davano a tutti del lei. Mi diede il resto di cinque euro e qualche spicciolo che gli lasciai, poi ripartii, seguita dalle sue benedizioni.

Scesi a bassa velocità verso il ponte che scavalca il Goyen, quell'estuario che scava la valle fino a Pont-Croix. Costeggiai i moli di Audierne e risalii in direzione della Pointe du Raz per arrivare infine davanti a un cartello che indicava la direzione del maniero.

Come ho detto prima, non ero là per vacanza.

Il commissario Fabien era assente da alcune settimane. Doveva sottoporsi a un intervento chirurgico e il suo ritorno in servizio non era ancora programmato. A sostituirlo era arrivato un commissario inviato dal ministero, come lo aveva definito Fortin, aggiungendo a beneficio di tutti: «Primo ai cocktail, ultimo a rimboccarsi le maniche».

Sebbene un tantino caricaturale, la frase non mancava di esattezza, perché se il nostro capo provvisorio presentava il profilo del super diplomato, certamente non aveva iniziato la carriera pattugliando quartieri problematici, a differenza del commissario divisionale Fabien.

Il commissario Mervent ostentava una quarantina d'anni assai soddisfatta di sé, occhiali dalla grossa montatura e un cranio dall'abbondante calvizie sempre umidiccia che si accordava alla perfezione con la sua corpulenza grassoccia. Nell'insieme evocava fortemente l'immagine di un maialino rosa.

Mi aveva convocata nel suo ufficio ordinato alla perfezione dove neppure un foglio spuntava dai raccoglitori allineati come in parata, e mi aveva detto: « Capitano, ho per le mani un dossier estremamente seccante ».

Avevo atteso senza rispondere. I dossier seccanti sono la nostra quotidianità.

Senza dubbio Mervent si era aspettato che lo interrogassi, ma dato che non lo avevo fatto, aveva mormorato, curvandosi in avanti: « È scomparsa una ragazza ».

« Dove? » avevo chiesto.

Lui aveva biascicato: « Be', qui! Insomma, non lo so! I suoi genitori sono di Audierne e lei era in collegio nella regione di Quimperlé. »

« Da quando? »

« Un mese... insomma, quasi un mese. »

Mi ero sorpresa. « E c'informano adesso? »

Mervent si era sporto più avanti per bisbigliare: « Sua madre era in viaggio... »

Curvandomi a mia volta, avevo domandato nel medesimo tono: « Viaggio segreto? »

« No, no! Viaggio di piacere! »

« Ah! Questo mi rassicura », avevo risposto, raddrizzandomi. « Allora non si può parlare normalmente? »

Il commissario aveva acconsentito, sempre con fare furtivo: « Sì, sì... » Eppure aveva continuato a bisbigliare. « Il ministro dell'Interno ha domandato al prefetto... »

Ne avevo avuto abbastanza di quei salamelecchi. Stancata dall'enumerazione dei vip che si erano impicciati del fascicolo ero andata dritto al punto: «C'è stata una denuncia?»

«No, no! Sappia che questa faccenda coinvolge gente... gente che...»

Avevo capito. Era coinvolta gente piena di grana che conosceva deputati, senatori e persino ministri, quindi era fuori questione condurre l'inchiesta come se si fosse trattato di una famiglia di lavoratori che timbravano il cartellino in qualche fabbrica o in qualche negozio alle prime ore del mattino.

Non gli avevo detto in faccia quello che pensavo perché non volevo mettermi contro quel commissario da operetta già il primo giorno. In seguito avrei avuto ben altre occasioni per farlo e mi conveniva sapere esattamente di cosa si trattava. Perciò avevo fatto la gattamorta e avevo mormorato con aria di circostanza: «Capisco, signor commissario, capisco bene...»

Lui aveva ripreso colore decidendo di accordarmi un favore. «Può chiamarmi capo.»

Ero riuscita a non ridere. «Grazie, signor commissario.»

Ma chi credeva di essere? Farsi chiamare «capo»?! Per me questo titolo era riservato a coloro che avevano comandato operazioni sul campo, non ai burocrati.

Lui mi aveva guardata chiedendosi se lo stessi prendendo in giro, ma io avevo sostenuto il suo sguardo con il mio sorriso più sciocco, così alla fine aveva scosso la testa come per dire: «Che idiota!» Ignorava che quando era necessario sapevo sembrare cretina e non si era fatto scrupolo di squadrarmi dall'alto in basso, sicuro della sua evidente superiorità.

Come ha detto il filosofo, essere creduti cretini da un imbecille è un piacere da squisito intenditore. (Se un lettore ricordasse il nome di questo filosofo e fosse così gentile da riferirmelo gliene sarei eternamente grata.)*

Il commissario aveva scelto la ruffianeria. «Mi è stato assicurato che lei è dotata di un talento particolare per le faccende delicate...»

Con prudenza avevo risposto: «Faccio del mio meglio».

Allora era parso rassicurato, seppure a stento.

Ecco perché alla fine di quella mattinata di primavera mi ritrovai dinanzi a Kreiz ar Pin, solido castelletto in parte fortificato che probabilmente derivava il nome dalla piccola pineta alla quale era addossato. Da lontano sembrava uno di quei manieri bretoni che tutti i nuovi ricchi in cerca di quarti di nobiltà sognavano di possedere: tetto basso tra due torrette con feritoie e una torre merlata più alta.

Come aveva detto il benzinaio, era una casa colonica del XV secolo ingranditasi con il patrimonio dei proprietari fino a chiudersi in una cinta muraria, perché in quell'epoca poco sicura conveniva diffidare di chiunque si avvicinasse.

Il cancello in ferro all'ingresso era aperto, così percorsi lentamente il viale sabbioso fino alla porta del maniero. La vista era magnifica: all'orizzonte s'indovinava l'Île de Sein sul mare scintillante e più nitido si vedeva l'estuario del Goyen, dove la bassa marea aveva scoperto banchi di sabbia ocra e bianchi.

Il fabbricato austero dominava l'estuario e, dalla torre di guardia con il pennone privo di orifiamma, si poteva sorvegliare l'intero centro abitato.

Due alani sdraiati sul terreno mi osservarono con indifferenza finché li fissai, diffidente, con il finestrino abbassato a metà. Capii all'improvviso cosa doveva avere provato santa Blandina quando era stata offerta ai leoni. Inoltre,

* Si tratta di Georges Courteline, Mary. (Nota di J. Failler)

frequenti noie con la razza canina non m'invogliavano ad aprire la portiera.

Una donna comparve sulla soglia e mi osservò dall'alto della sua considerevole statura. Mi fu difficile giudicarne l'età. Era tra i quaranta e i cinquanta, con un viso dall'ovale perfetto, il cui pallore spiccava a contrasto con l'elegante abbigliamento tutto nero e con le labbra carnose truccate di rosso scuro. «Non abbia paura. Non sono cattivi», mi disse a voce bassa.

Non sono cattivi, non sono cattivi... Si fa presto a dire, pensai, potrebbero tranquillamente divorarmi. Comunque non volli mostrarmi fifona e smontai dall'auto stringendo le chiappe. Per fortuna non si vide.

«Sono Anastasie Tristani», si presentò la donna, porgendomi la mano. «Mary Lester, suppongo.»

Era questo l'effetto del trekking in regioni selvagge? Sembrava che stesse imitando l'incontro dell'esploratore Stanley con il missionario scozzese Livingstone alle sorgenti del Nilo: «Il dottor Livingstone, suppongo».

Nella sua mano grande come una mestola la mia povera manina si smarrì.

Quella donna mi era stata descritta in modo assai esplicito, eppure non l'avrei mai immaginata così imponente. Anche se non sono tanto piccola, la grande Thasie, dal soprannome azzeccato, era più alta di me di tutta la testa. Sorrise con un sorriso senza gioia. «Entri, la prego...»

Gli alani non si erano degnati neppure di alzarsi. Mi parvero avere il medesimo atteggiamento della loro padrona: imponente e vagamente sprezzante.

La signora Tristani aveva una voce roca e sensuale che talvolta lasciava affiorare un accento che lei si sforzava di far dimenticare.

Mi precedette lungo un corridoio di pietra assai lugubre in cui i nostri passi risuonarono come in una cripta.

La seguii nel salone.

«Gradisce qualcosa? Un caffè? Un tè?»

«Un caffè, volentieri.»

Lei scomparve oltre una porta dai pannelli in quercia lavorati ad arte. Dalla cucina giunsero voci attutite e tintinnare di stoviglie. Probabilmente vi si trovava una domestica.

Guardai fuori. Le bifore strette non lasciavano passare molta luce e, anche in pieno giorno, il lampadario in ferro battuto con lampade a forma di candela restava acceso.

In fondo alla sala l'immenso caminetto in pietra era pronto all'accensione del fuoco, tuttavia doveva essere da molto tempo che nessuno gettava fiammiferi nel focolare, perché sulla legna si era depositato uno strato di polvere.

I fantasmi di poltrone che s'indovinavano sotto i drappi rivelavano che quel salone di gala non era utilizzato di frequente.

Chi evoca la vita in un castello senza sapere di cosa parla farebbe bene a visitarne qualcuno di quando in quando. Non avrei desiderato dimorare in quel maniero più di quanto avessi mai desiderato abitare a les Charmettes, la sinistra catapecchia lasciatami in eredità dalla signora Thaler, che avevo abbandonato senza il minimo rimpianto ai servizi sociali della Polizia.

Alle pareti erano appese tele di scuola bretone, tra le quali riconobbi alcune opere di Mathurin Méheut, una di Maufrat e due di Le Merdy, mentre di altre non riuscii a decifrare la firma. Tutti i dipinti rappresentavano scene marittime, porti, fari. Vi erano anche alcune opere astratte che mi sembravano ben riuscite, ma dato che quel genere di pittura mi lascia quantomeno perplessa mi astenni da qualunque giudizio.

«Apprezza quelle tele?» domandò alle mie spalle la voce grave della signora Tristani.

«Non saprei. Sono di suo marito?»

«Sì.» La sua voce s'inasprì. «Le farò togliere.»

«Non le piacciono?»

«Le tele? Me ne frego!» Il suo accento duro ritornò di gran carriera e l'espressione volgare mi colpì.

Mi girai.

La grande Thasie si curvò a posare un vassoio sul tavolo. «Non mi piace mio marito, né tutto ciò che me lo ricorda.» Servì il caffè in tazzine di porcellana e con un cenno mi invitò a sedere su una grande sedia impagliata, poi mi porse un astuccio contenente *cigarillos* nerastri e torti come ceppi di vigna. «Arrivano direttamente da Cuba.»

«Grazie, non fumo.»

«Se la disturba...»

«Niente affatto», mentii. «Fumi pure.»

Accese il suo tabacco con un accendino d'argento preso dal tavolo e aspirò il fumo, deliziata. Poi rovesciò la testa all'indietro e lo soffiò verso il soffitto. «È buonissimo», disse con aria beata. «Non sa cosa si perde!»

Da quanto potevo sentire non perdevo granché, ma forse i sigari sono come la salsiccia di trippa: bisogna che abbia un pessimo odore per essere squisita.

Con una lunga mano dalle dita interminabili posata sul legno lucido del tavolo, con il cigarillo tenuto con noncuranza tra l'indice e il medio, in atteggiamento molto churchilliano, la Grande ritornò al proprio marito. «Ma lasciamo perdere il povero Firmin, così si chiama.» Nel seguire con gli occhi il fumo azzurro del cigarillo, ripeté: «Firmin!» Quanto disprezzo in poche parole! Quindi aggiunse: «Presumo che sappia perché l'ho convocata...»

«Sua figlia?»

«Sì, mia figlia Mathilde. È scomparsa.»

Eccoci al dunque. Il ministro aveva attivato il suo collega dell'Interno che aveva attivato il prefetto che aveva attivato il commissario Mervent, in assenza del commissario divisionale Fabien, e a sua volta Mervent aveva attivato il capitano Lester, che non aveva potuto fare altro che attivarsi. Così è la via gerarchica.

Comunque Mervent mi aveva fornito alcune informazioni sulla famiglia Tristani.

Gli antenati avevano cominciato come salatori di sardine, poi erano diventati industriali, armatori, grossisti di pesce, evitando saggiamente di mettere tutte le loro uova nello stesso paniere, diversificando l'attività prima della crisi della pesca e abbandonando il commercio del pesce fresco, ormai in declino, per passare all'industria turistica.

Tale giudiziosa gestione aveva fatto di loro i maggiori imprenditori del Cap. La società finanziaria Tristani, come mi aveva confermato il piccolo benzinaio, possedeva ormai alberghi, campeggi, supermercati, tre cinema, una compagnia di escursioni in mare e persino un'impresa di costruzioni che si occupava anche di promozione immobiliare.

Bella diversificazione! L'amministratrice non doveva di certo annoiarsi!

Cosa aveva a che fare il marito con tutte quelle attività? Sembrava essersi annullato dietro la moglie, alla quale aveva lasciato le redini.

La signora Tristani pareva essere l'uomo di famiglia e, anche se non aveva frequentato la scuola superiore di commercio, doveva possedere competenze amministrative fuori del comune.

Mi trattenni dal manifestare fischiando la mia ammirazione. Avevo a che fare con una tipa rude e tosta, ma mi conoscete, la prova non mi dispiaceva.

Rividi la sagoma spaventata del commissario Mervent, con la testa calva e la fronte imperlate di sudore, mentre mi elargiva le ultime raccomandazioni. «Sulle uova, capitano Lester, cammini sulle uova. Il signor prefetto mi ha raccomandato...»

Eh sì, il signor prefetto, che aveva trasmesso i desideri

del ministro del Mare attraverso quello dell'Interno. Sulle uova, in effetti...

Non avevo chiesto di essere accompagnata da Fortin nell'inchiesta preliminare. Non avevo pensato che potesse essermi di grande aiuto. In seguito, forse...

Ricordai l'infelice Mervent che mi aveva seguita con occhi colmi d'angoscia quando ero uscita dal suo ufficio. Se avessi fatto qualche stupidaggine, un marchio d'infamia indelebile si sarebbe impresso su una carriera sino ad allora radiosa.

Avevo quasi avuto compassione per lui.

Quasi...

2

La grande Thasie mi guardò con aria circospetta. Sembrava chiedersi se fossi all'altezza della situazione. «È ispettrice di Polizia da molto tempo?» domandò a denti stretti. Sedeva con la schiena molto dritta per non perdere un solo centimetro della sua taglia imponente.

Rettificai sorridendo: «Capitano... Ora si dice capitano, e non si arriva a questo grado senza una certa esperienza».

«Le voglio credere», rispose lei, dubbiosa.

Fui sul punto di rispondere: «La signora è troppo buona!» ma mi frenai ricordando la raccomandazione del commissario: «Sulle uova, capitano, sulle uova...» Era ancora troppo presto per attaccar briga. «Dove ha detto che era a convitto sua figlia?»

«Non l'ho ancora detto», replicò lei con voce fredda, in modo da sottolineare che non si lasciava intrappolare dai miei imbrogli di sbirro. Poi aggiunse, con la medesima voce fredda: «Era a convitto all'istituto religioso Saints-Anges, nei pressi di Quimperlé. Ieri, al rientro dalle vacanze, ho saputo che Mathilde è scomparsa da circa un mese. Nessuno l'ha più vista e naturalmente sono distrutta dall'angoscia».

Non mi sembrava tanto distrutta, ma passai oltre. «Da un mese? E lei era partita per le vacanze...?»

«Tre settimane fa, precisamente il 9 aprile. Ho parlato al

telefono con Mathilde una settimana prima di partire e sembrava che tutto andasse bene. Dunque sono partita senza la minima apprensione. Quando sono rientrata, il 30 aprile, ho ricevuto la notizia.»

«Dall'istituto religioso?»

«Sì, appena rientrata ho telefonato a Mathilde e...» La grande Thasie chinò la testa, afflitta. «Cosa mai può esserle successo?» mi domandò.

Senza dirlo pensai: «Ha tagliato la corda, perdio!» Avevo vissuto io stessa nell'atmosfera soffocante di una scuola di quel genere, quindi capivo che all'inizio del XXI secolo una ragazza di diciotto anni rinchiusa in un istituto del XIX secolo avesse sentito il bisogno di scappare. Anziché manifestare tanto bruscamente i miei sospetti, chiesi con discrezione: «Era già fuggita in passato?»

Un lampo passò negli occhi neri di Thasie Tristani. «Una fuga?»

Avevo forse usato una parola grossa?

«Mia figlia non sarebbe mai fuggita, signorina!»

Ahi! Mi ero imbattuta in una madre probabilmente possessiva, che di sicuro aveva avuto a sua volta una madre possessiva, non capiva nulla di adolescenti e tentava di educare la figlia come aveva fatto «la gente bene» mezzo secolo prima. «Non sarà roba da nulla», avrebbe detto Fortin. Comunque continuai con le domande sconvenienti. «Aveva un ragazzo?»

Nuovo sguardo tenebroso. «Non che io sappia!» E prima che potessi porla, ebbi risposta alla mia terza domanda: «E non si drogava più, signorina Lester».

«Capitano», corressi dolcemente, pensando che se quella dama era un'imprenditrice di primo livello, non era molto al corrente di come andavano le cose nel mondo. Ai nostri giorni le vergini non esistono più, così negli istituti religiosi come nelle periferie, e la droga s'insinua ovunque, anche sotto il naso della più sospettosa delle suore toriere.*

«Mathilde e io andiamo d'accordissimo!» aggiunse lei, perentoria.

«Con chi potrebbe avere avuto problemi?»

Rise dolorosamente. «Ma con suo padre, perdinci!»

«Ah... Non va d'accordo con suo padre...»

Con aria dolente, sospirò.

«Dovrei quindi vedere il signor Tristani. Dove potrei incontrarlo?»

Con un gesto evasivo, rispose: «Non sono in grado di dirlo».

Mi stupii. «Non ha alcun contatto con lui?»

«Nessuno, se non tramite i nostri avvocati», rispose con aria disgustata. «Stiamo divorziando, ma questo non ha nulla a che vedere con la scomparsa di Mathilde», dichiarò, sicura.

Avrei voluto chiederle: «Come lo sa?» Ancora una volta però mi trattenni ricordando la raccomandazione del povero Mervent, che continuava a riaffiorarmi alla memoria: «sulle uova, capitano Lester!» Ma quante volte il capitano Lester sarebbe riuscita a contenersi prima di rovistare nel paniere e produrre una gigantesca omelette? «Pensa che Mathilde possa essere con suo padre?»

«Impossibile», negò con fermezza.

Doveva pur essere da qualche parte quella birichina!

La signora Tristani aggiunse: «Ho telefonato alla sua compagna di stanza in collegio senza ottenere informazioni».

«Mathilde non l'ha chiamata?»

«No.»

Avrei dovuto comunque parlare con la compagna di

* La suora toriera, dal francese *sœur tourière*, è la religiosa non di clausura incaricata dei rapporti con l'esterno. (*N.d.T.*)

stanza, perché poteva darsi che la signora Tristani non l'avesse saputa prendere... Ma cosa stavo dicendo? Senza dubbio non l'aveva saputa prendere! «Come si chiama?»

Mi guardò come se mi vedesse per la prima volta. «Chi?»

«La sua compagna di stanza.»

Lei sembrò tornare sulla terra. «Ah... Scusi... Prat, Annie Prat.»

«Sono molto legate?»

«Sì, l'estate scorsa Annie è stata nostra ospite per quindici giorni.»

«Eppure ci ha messo un mese a preoccuparsi per la scomparsa di sua figlia...»

Come sollevata all'improvviso da una forza tanto invisibile quanto inarrestabile, si alzò bruscamente in piedi e si curvò su di me come se fossi la causa dei suoi mali, esclamando: «Non ero qui! Come le ho detto, ero in vacanza...» Scandì le parole con furia, eppure sentii che nonostante quella collera impotente stava per scoppiare a piangere. Con voce afflitta concluse: «Sono ritornata soltanto l'altro ieri e ho scoperto che Mathilde era sparita». Con quattro lunghi passi si recò al caminetto e con altri quattro tornò accanto a me. «Sono orribilmente spaventata», confessò con voce rauca. «Temo che le sia accaduto qualcosa e mi rimprovero per la mia assenza. Tuttavia...» si torse le mani, le mani grandi con cui avrebbe voluto strangolare qualcuno, «tuttavia avrò pure il diritto di andare in vacanza, santo cielo!»

Il momento di debolezza che avevo creduto di cogliere era passato. La donna d'affari cancellò la madre, e la padrona che aveva l'abitudine di vedere tutti cedere alla propria volontà s'infuriò. Picchiò un pugno sul tavolo per confermare il proprio discorso, facendo sussultare i cucchiaini nelle tazze. «Con mio marito che se ne frega, tutto mi crolla addosso! Per quanto ne sappiamo, Mathilde...»

Non terminò la frase. Aveva pronunciato il nome della figlia con un tremito nella voce.

«Non deve preoccuparsi», la esortai, rendendomi subito conto che era inutile. Quando scompare una ragazza, o meglio, una giovane donna, perché a diciotto anni non si è più fanciulle, vi sono di solito buone ragioni, o almeno una buona ragione.

«Ma Mathilde è ancora una bambina!» gridò lei, e fu un grido venato di disperazione.

Agli occhi della madre lo era senz'altro, ma per il resto del mondo... «Dove è stata in vacanza?»

«In Nepal.»

«Non è certo a due passi!»

Con un gesto vago della mano la signora Tristani parve dire che con i trasporti moderni e la grana si poteva andare in capo al mondo in non più di ventiquattro ore d'aereo.

«Era la prima volta?»

«No, è stata la quinta volta. Vado sempre nello stesso periodo e ritrovo altri trekker con cui ho finito per fare amicizia.»

«Francesi?»

«Non soltanto. Il gruppo è composto di persone di tutte le nazionalità: australiani, americani, tedeschi...»

«Mi perdoni se le sembro ignorante, ma in cosa consiste esattamente...»

«Il trekking?» Mi guardò come se avesse a che fare con una deficiente e rispose altezzosa, con leggero disprezzo: «È un'escursione nella natura. Si attraversano valli, si varcano corsi d'acqua su ponti sospesi, si cammina su sentieri di montagna, si dorme in tenda...»

Il benzinaio aveva ragione. Era tutto quello che si faceva gratuitamente nell'esercito. Il trekking era dunque la versione di lusso del servizio militare e, come avrebbe detto Fortin, costava un sacco di soldi. «Non aveva con sé un cellulare?»

«No, è proibito.»
Mi stupii. «Proibito! E perché?»
«È un nostro accordo, tra noi, cioè i partecipanti all'escursione. Si tratta per la maggior parte di imprenditori che vogliono staccarsi completamente dalla loro solita vita, e non sarebbe possibile con dietro i cellulari.»
C'era del vero in questo, ma non senza inconvenienti e, così come potevo notarlo io, se ne rendeva conto anche lei.
«Comunque in caso d'urgenza posso essere raggiunta tramite l'agenzia di viaggi», aggiunse Thasie.
Quale caso era considerato urgente? Lo scoppio della terza guerra mondiale? Audierne trasformata da uno tsunami in una sorta di città d'Ys? Forse Mathilde aveva cercato di comunicare con la madre, ma i responsabili dell'agenzia non lo avevano permesso. Quale importanza avrebbe avuto, per loro, una diciottenne che cercava la madre?
Vedevo negli occhi tormentati della signora Tristani che aveva già riflettuto più volte su tutte queste cose, e che il suo cervello in ebollizione le stava ripetendo in continuazione.
«Qual è la sua agenzia di viaggi?»
Dopo un momento di esitazione rispose: «UMS».
Senza capire ripetei: «UMS?»
Con impazienza precisò: «Un Mondo Sconosciuto. Tutti i trekker conoscono UMS!»
Poteva darsi benissimo che fosse così, ma io non appartenevo a quella élite.
Quando lo spiegai, lei mi lanciò un'occhiata di commiserazione, come per dire che non ne era affatto stupita. Poi mormorò: «Ma che importanza ha?» Si lasciò cadere pesantemente sulla sedia e all'improvviso non vidi più dinanzi a me una quarantenne dinamica, bensì una cinquantenne stremata. «Quali valide ragioni per sparire volontariamente avrebbe mai potuto trovare?» domandò. «Ha diciotto anni e tutti i vantaggi, soldi, questa casa...»

Spazzai con lo sguardo quella cripta di granito buia e lugubre che fungeva da sala d'onore della fortezza e, oltre le finestre strette come feritoie, giù nella valle, le case di bambola ammassate le une sulle altre intorno al porto di pesca. Quegli alberghi, quelle case, quelle fabbriche appartenevano in gran parte a sua madre. Povera piccola figlia ricca! pensai, prima di domandare: «Mathilde era contenta di stare a Kreiz ar Pin?»

«Perché non avrebbe dovuto?» replicò Thasie, sulla difensiva. «Non aveva forse tutto quello che poteva desiderare? Se alla sua età avessi avuto un decimo... Ma cosa dico? Se avessi avuto un centesimo di tutto questo! Quando penso...»

Anche se non terminò la frase, avrei potuto completarla io: pensava alla sua infanzia... La fabbrica durante le vacanze estive per guadagnare quel denaro per le piccole spese che i suoi genitori non avevano potuto fornirle. Era il destino dei figli di famiglie povere, e probabilmente lei aveva conosciuto gli alloggi angusti e rumorosi in cui le famiglie si stipavano nel periodo della pesca alle sardine. Certo, non come ai tempi di sua nonna, quando dieci o dodici persone vivevano in due stanze senza acqua corrente, con l'unica comodità del pitale da vuotare al porto al crepuscolo, ma in fabbrica aveva dovuto lavorare duro; tuttavia, c'erano anche le altre operaie, i canti di lavoro, i balli serali... Povera piccola ragazza ricca! Non avrebbe mai conosciuto nulla di tutto questo. Una prigione, anche se ha sbarre dorate, resta pur sempre una prigione.

Per un poco restammo in silenzio, ciascuna sprofondata nei propri pensieri. Infine chiesi: «Si trovava bene a scuola?»

La signora Tristani parve sorpresa dalla mia domanda e rispose dopo un breve silenzio. «Sì, perché?»

In effetti, perché non si sarebbe dovuta trovare bene? Mathilde aveva tutto e cresceva in un mondo ovattato, presso le suore, al riparo dalle vicissitudini del mondo. Io ne sapevo qualcosa! «Quali erano i suoi progetti?»

«Commercio internazionale. Si preparava per entrare in una scuola eccellente, ad Angers.»

Scossi la testa. Era poco probabile che Mathilde fosse stata consultata a proposito del suo avvenire. Qualcuno si sarebbe dovuto occupare degli affari di famiglia, e che le piacesse o meno quel qualcuno avrebbe dovuto essere lei, in quanto unica erede. O almeno, questo era quello che pensava sua madre. Domandai: «Quindi l'anno prossimo sarebbe stata ammessa alla scuola di commercio di Angers?»

«Sì.»

«Era contenta di andarci?»

La signora Tristani scosse la testa in un gesto d'irritazione. «Sa come sono le ragazze...»

«Quindi?»

Sospirò. «Avrebbe preferito la scuola di Belle Arti a Nantes.» E sibilò con disprezzo: «Belle arti! Come se ci si possa guadagnare da vivere con le belle arti!»

Osservai i quadri del padrone di casa appesi tutt'intorno. Anche se non sono un'esperta, non mi sembrarono affatto male. Dopotutto era possibile che Firmin Tristani avesse talento. Avrei dovuto interpellare un esperto a proposito del valore di quei quadri. Tuttavia non mi parve opportuno chiedere a Thasie l'autorizzazione per portarne via uno. Progettava di staccarli dalle pareti, ma non per regalarli. Probabilmente intendeva ammucchiarli in cantina. «Mi occorre una fotografia di Mathilde», dichiarai.

Thasie si alzò. «Vado a cercarla.»

Quando fu uscita presi subito la mia piccola fotocamera digitale e fotografai a una a una tutte le tele di Firmin Tristani. Appena sentii cigolare la porta intascai la fotocamera e finsi di ammirare le opere del padrone di casa.

Senza una parola Thasie mi porse un ritratto in bianco e nero, che sembrava scattato da un professionista. Mathilde era graziosa e aveva il sorriso un po' timoroso di una ragazza timida. Con i capelli scuri e corti avrebbe potuto figurare sulla copertina di *La Garçonne*. I suoi occhi cupi luccicavano con malizia, ma nel suo volto non vedevo alcuna somiglianza con quello della signora Tristani. Osservata la foto, chiesi: «Posso tenerla?»

Thasie acconsentì con un cenno della testa.

Allora domandai, fingendo di non ricordare di averlo già chiesto: «Devo incontrare il signor Tristani. Può fornirmi il suo recapito?»

«Le ho già detto che non lo conosco», ribatté asciutta. «D'altronde, perché vuole incontrarlo?»

«Sto conducendo un'inchiesta, signora Tristani. Devo incontrare tutti coloro che sono direttamente coinvolti e il padre di Mathilde è tra i primi, mi sembra...»

«Firmin...» sospirò, contraendo le narici, e impallidì, quindi riprese: «Firmin non si è mai occupato di nulla, né dell'impresa né di sua moglie né di sua figlia». Emise una sorta di risatina disincantata. «Di sicuro non ha iniziato a sessantacinque anni!»

Trascurai l'obiezione. «D'altronde non si vive d'aria, quindi presumo che riceva una quota dei profitti d'impresa...»

«Se ne occupa il mio notaio», replicò lei, altezzosa.

Evidentemente pensava di non essere tenuta ad affrontare l'argomento. Comunque insistetti: «Il suo nome?»

Con rammarico, sempre altezzosamente, rispose. «Notaio Lombard, a Pont-Croix.»

«Bene. Mathilde aveva denaro?»

«Non le ho mai fatto mancare niente!» Come se ogni mia domanda l'offendesse, Thasie era sulla difensiva, per usare un'espressione del linguaggio sportivo.

«Non ne dubito», risposi, conciliante. «Ma disponeva di una somma importante?»

Lei mi squadrò dall'alto in basso. «Cosa intende per

somma importante? Le ho assegnato mille euro al mese...» Mi fissò con aria di sfida, quasi fosse pronta a divorarmi cruda se avessi ribattuto che non fosse abbastanza o che fosse troppo.

Mi guardai bene dal commentare. La grana che sborsava alla figlia e la pensione di suo marito non erano affar mio. Comunque avrei potuto farle notare che la maggior parte dei dipendenti delle sue imprese lavora duramente per uno stipendio mensile inferiore a quella somma. A differenza di ciò che si pensa, spesso i padroni che vengono dalla gavetta sono più spietati degli altri. Mille euro, vitto, alloggio e vestiario, Mathilde Tristani non era certo da compiangere. Quando studiavo a Rennes mi sarei accontentata della metà, e per giunta avevo l'affitto da pagare! Con l'equivalente di mille euro non avrei avuto bisogno di consegnare legumi la notte per arrotondare e arrivare a fine mese. «Aveva un'automobile?»

«Quando era qui, sì.»

«Non al collegio?»

«No, le religiose sono molto rigorose al riguardo.»

«Come tornava a casa?»

«Andavo a prenderla io, come d'accordo. D'altronde, è così che si usa all'istituto. Tutti i genitori vanno a prendere i figli.»

Abbozzai una smorfia: esisteva ancora tale usanza all'alba del XXI secolo? «E quando era qui invece disponeva di un'automobile.»

«Sì.»

«E questa automobile è ancora qui?»

«Sì.»

«Posso vederla?»

Thasie alzò le spalle. «Se vuole.» Si alzò e mi invitò a seguirla. «Da questa parte.»

Attraversammo una cucina perfettamente equipaggiata

in cui regnava un ordine perfetto e uscimmo sul retro del maniero.

Sotto gli alberi in fondo al cortile sabbioso si scorgevano appena alcune dépendance, nascoste dalle fronde basse che cadevano sui tetti.

Senza dubbio Thasie doveva avere azionato un telecomando, perché una porta metallica basculante si aprì silenziosamente a rivelare un Maggiolino Volkswagen decappottabile ultimo modello color avorio con capote nera.

Con un fischio di ammirazione, commentai: « Bella macchina! »

La signora Tristani non rispose. Si appoggiò a un pilastro, incrociò le braccia e levò gli occhi al cielo come per dire: « Cosa bisogna sopportare! »

Aprii la portiera della vettura, che profumava di nuovo. I sedili in cuoio nero erano impeccabili. Il contachilometri non ne segnava ancora cinquemila. « È nuova », osservai.

« Sì, è stata il suo regalo per i diciotto anni. »

Il vano portaoggetti era vuoto e sul posacenere non era mai stato schiacciato alcun mozzicone. Richiusi la portiera.

Il posto accanto era occupato da una Mercedes grigio metallizzato. Domandai: « È la sua auto? »

La signora Tristani annuì senza dischiudere le labbra.

Osservai il garage spazzato impeccabilmente, in cui erano riposti anche un tosaerba semovente, un tavolo da ping-pong piegato, mobili da giardino, ombrelloni e asciugamani perfettamente arrotolati.

« È tutto, signora Tristani. »

« Non chiede di vedere la sua camera? » ironizzò lei.

« No », risposi con il mio sorriso più serafico. « Ma poiché me lo propone... » Uscii dal garage e avanzai di qualche passo sulla sabbia del cortile. « Mi dica... »

« Sì? »

La sentivo sempre sulla difensiva. « Perché ha chiamato la Polizia? »

Lei mi squadrò dall'alto in basso. «Non ho chiamato la Polizia!»

Allora, io cosa ci faccio qui? mi chiesi guardandola.

Quindi precisò: «Ho confidato le mie preoccupazioni al mio amico Taillandier».

«Taillandier?»

«Il ministro!»

«Ah! Il ministro...» Lo ricordavo, basso, corpulento, untuoso e viscido come una fuoriuscita di petrolio sul mare, il ceffo spaccato da un eterno rictus che voleva passare per un sorriso, occhietti da rettile chiari e freddi come il ghiaccio in cui non era contenuta la minima particella di umanità.

Thasie si piantò davanti a me sui suoi piedoni e incrociò le braccia. «Signorina Lester...»

Rettificai: «Capitano, se non le dispiace».

«Che importa!» ribatté lei, con un gesto d'irritazione. «Capitano, se preferisce...»

«Lo preferisco!»

«Sappia che non ho sporto denuncia ufficialmente perché non desidero affatto che la stampa si occupi di questa vicenda. Sa come sono i giornalisti...»

«Sì, informano. È il loro mestiere.»

«Informano o deformano», ribatté lei. «In breve, non desidero vedere il mio nome in prima pagina sulla stampa scandalistica. Così le raccomando...»

Interruppi la raccomandazione. «Mi raccomanda la massima discrezione... D'accordo. Tuttavia rispondo unicamente al mio capo, il commissario Mervent. Se vi saranno fughe di notizie, e ve ne saranno, non ne sarò responsabile io.»

Thasie s'impermalì. «Come, ve ne saranno? Le ho detto...»

«So cosa mi ha detto, e lo ripeto. Le garantisco che non parlerò di questa indagine a nessuno, se non per le necessità dell'indagine stessa, è chiaro. Tuttavia lei ha sicuramente interrogato le religiose, le amiche di Mathilde... »

Le sue labbra si distesero. « Crede che... »

Scrollai le spalle. « Un segreto condiviso da dieci persone non è più un segreto! »

« Vado subito a telefonare all'istituto per... »

« Non si disturbi. Ormai il danno è fatto. Le ragazze ne hanno sicuramente parlato tra loro. » E pensai, dato che lo sapevo per esperienza, che nei posti di quel genere la monotonia quotidiana è talmente noiosa che il minimo diversivo è accolto come una benedizione. Chissà quanto se ne discute in sagrestia! Poi domandai: « A proposito del collegio, non mi ha forse detto che le ragazze non escono mai da sole e che sono sempre i genitori a passarle a prendere? »

« In effetti... »

« Allora come mai sua figlia è potuta scomparire senza che le religiose lo sapessero? »

Lei rimase a bocca aperta. « Io non... Non lo so! » Poi s'incamminò verso il maniero.

La seguii su per una scala a chiocciola in pietra larga almeno due metri. La camera di Mathilde era come l'avevo immaginata: un po' sdolcinata, in tonalità di rosa scelte probabilmente dalla mamma. Conteneva un televisore, un videoregistratore, un lettore per dvd, un mini impianto stereo di qualità, uno scrittoio laccato bianco, un computer e la stampante. Non mancava alcun aggeggio elettronico presente sul mercato.

Per mostrarmi solerte aprii un armadio zeppo di indumenti costosi e un cassetto pieno di biancheria intima. Poi gettai un'occhiata alla raccolta di film in videocassetta e in dvd senza notare alcunché che non fosse stato probabilmente anch'esso scelto dalla mamma: *Tre uomini in fuga* e tutta una serie di film comici dello stesso genere.

Non si poteva trovare nulla in quella stanza, a meno di

compiere una vera e propria perquisizione con gli esperti della Polizia scientifica. Tuttavia non avevo ancora motivo di richiederla.

La signora Tristani mi contemplò a braccia incrociate senza proferire parola.

«Bene», conclusi.

La seguii giù per la scala a chiocciola che mi dava il capogiro e senza il minimo piacere ritornai nel lugubre salone. Non chiesi permesso prima di sedere dinanzi alla mia tazza di caffè vuota. Sfilai di tasca un taccuino e mi sforzai di apparire risoluta. «Ricapitoliamo, se non le dispiace. Mathilde è scomparsa da un mese...»

La signora Tristani lo confermò in silenzio.

«Sa com'era vestita al momento della scomparsa?»

«Come posso saperlo? All'istituto l'uniforme è di rigore: gonna plissettata blu, camicetta bianca, cardigan blu.»

Aggiunsi: «Scarpe basse e calze bianche».

«Bé...» Thasie mi osservò con curiosità, come se mi sospettasse di beneficiare del dono della doppia vista. «Come lo sa?»

«Lo so», risposi sobriamente. Quindi la scrutai. «Cosa indossava quando era a casa?»

«Jeans, maglietta, maglione, giubbotto... Si vestiva come i giovani della sua età.»

«Era vestita così quando la riaccompagnava in collegio, oppure indossava l'uniforme prima di partire?»

«Partiva vestita normalmente e indossava l'uniforme una volta giunta a destinazione.»

Quindi, se aveva preso il volo, Mathilde lo aveva fatto indossando jeans, maglietta e maglione: un abbigliamento meno riconoscibile di gonna plissettata, scarpe basse e calze bianche. «Non ha piercing?»

«Scusi?»

«Piercing... Sa, quei gioielli che i giovani s'infilano nel viso, nel naso...»

La Grande socchiuse gli occhi e serrò le labbra come se quella immagine evocasse qualcosa di doloroso. «Spero che stia scherzando!» ribatté, indignata.

La guardai con innocenza: «Perché?»

«Crede che mia figlia sarebbe stata accettata al Saints-Anges se avesse avuto anelli al naso? È evidente che lei non conosce affatto gli istituti di quel genere!»

Repressi un sorriso. «Sarà così...»

Si curvò sul tavolo per leggere il mio taccuino. «Cosa sta scrivendo?»

«Ciò che è necessario alla mia indagine.»

Puntò un dito sulla pagina. «È il nome di mia figlia!»

Ironizzai: «Vedo che ha una vista eccellente!»

S'inalberò. «Le proibisco di parlarmi con questo tono! Si tratta di mia figlia.»

Quando la Grande si arrabbiava così in fabbrica, non doveva volare una mosca.

Ma non eravamo in una delle sue fabbriche e per impressionarmi occorreva più di una collera padronale. Rimasi estremamente calma, sicura che tale atteggiamento sarebbe risultato più disarmante. «Certo. Proprio per questo ho annotato il suo nome.» Guardandola dritto in faccia aggiunsi dolcemente: «Inoltre, signora Tristani, capiamoci bene. Lei non può proibirmi niente. Il mio diretto superiore mi ha affidato un'indagine e io la conduco nel modo che ritengo più opportuno». Mentre lei mi fissava con indignazione, prima che potesse ribattere, precisai: «Lei non è mia padrona e io non sono sua dipendente. Se vuole che l'indagine sia condotta da qualcuno che risponde ai suoi ordini, allora le conviene assumere un investigatore privato. Per quanto mi riguarda, stia certa che farò tutto quanto mi sarà possibile per concludere le ricerche e scoprire cosa è accaduto a sua figlia. Mi sembra che questo sia proprio quello che lei desidera...»

Dopo breve esitazione, affermò con un cenno della testa. «Non lo so... Non lo so più... Questa faccenda mi sconvolge... Mathilde è la mia unica figlia...»

«Capisco il suo sgomento, signora Tristani», assicurai, conciliante. «Da parte sua deve capire che quante più informazioni mi fornirà, tanto più sarà agevolato il mio compito e tanto più rapidi saranno i risultati.» Mi alzai e misi in tasca il mio piccolo taccuino nero. «Ora la lascio. Ha bisogno di riposare e di riordinare le idee. Ripasserò in un altro momento. Nel frattempo, se dovesse ricordare qualcosa...» Le porsi il mio biglietto da visita. «Ecco il mio numero di cellulare. Se avrà nuove informazioni, potrà chiamarmi a qualunque ora del giorno...» Le sorrisi. «O se Mathilde ritornerà a casa.»

3

Ritornata al commissariato, chiesi di vedere il commissario Mervent, che mi ricevette subito. Con tanti ministri coinvolti, doveva avere l'impressione di attraversare un campo minato a occhi bendati.

«Allora?» domandò avidamente.

«Sono appena tornata da Audierne.»

«Ha incontrato la signora Tristani?»

«Sì, signore.» Sedetti senza essere invitata, come non avrei mai fatto in presenza del commissario divisionale Fabien.

Geloso delle sue prerogative, Mervent non mancò di redarguirmi con voce aspra. «Si accomodi, prego!»

«Grazie. Come può vedere, ho già provveduto.»

Mervent contrasse le labbra, cercando di escogitare una replica pungente per dimostrarmi che era lui il capo.

«Ho soltanto anticipato il suo invito», aggiunsi, con il mio più bel sorriso. «Deformazione professionale. L'investigatore deve saper prevedere.»

Anche se Mervent represse la propria tracotanza, gli lessi negli occhi che non me la sarei cavata così a buon mercato. «Qual è la sua impressione?» domandò seccamente.

«La signora Tristani non se la passa di certo male.»

Mervent mi fissò come per commentare: «Tutto qui?» e

ribatté: «Non è di certo una grande scoperta! L'avevo informata della condizione dei Tristani».

«Sa amministrare bene i propri affari», continuai.

«E approfittare delle opportunità», aggiunse Mervent. «Tenga... Ho ricevuto una relazione dalla Camera di commercio.»

Storsi il naso. Non capitava spesso di collaborare con la Camera di commercio. Però rammentai che la dirigenza era cambiata con l'elezione del nuovo presidente ed era possibile che Mervent avesse amici tra i nuovi funzionari.

Il commissario mi fissò. «Non so se dovrei dirlo a lei...»

«Be', allora non lo dica!» replicai con indifferenza.

Parve deluso dal mio distacco. «Non le interessa?»

«Non soltanto m'interessa, bensì è essenziale per la mia indagine.»

Mervent ripeté: «Essenziale?»

Mi sporsi un poco in avanti. «Per condurre l'indagine a un esito positivo è indispensabile che io conosca tutti gli annessi e connessi di questa faccenda. Il modo in cui la signora Tristani amministra le sue imprese può essere rivelatore. Ora, se giudica di dover mantenere riservati questi elementi...» Mi soddisfece dire *mantenere riservati* perché sapeva di linguaggio amministrativo lontano un chilometro, un linguaggio che il buon Mervent intendeva a meraviglia. Allargai le braccia in segno d'impotenza. «Alla conclusione dell'indagine, a prescindere dall'esito, bisognerà pur fare rapporto...»

«Un rapporto?» ripeté il commissario. «È a me che consegnerà il suo rapporto!»

«Assolutamente, però se la faccenda si risolvesse male, Dio non voglia, potrei essere chiamata a testimoniare in tribunale. La giustizia potrebbe chiedermi ragione del mio fallimento. Pensi, se domani si dovesse trovare il cadavere di Mathilde Tristani strangolata, stuprata, seviziata e mutilata, io...»

A ogni aggettivo Mervent fece una smorfia come se soffrisse fisicamente degli orrori da me enumerati con sadica gioia. «Basta così!» Sbatté il pugno sulla scrivania. «Non parli di sventure!»

«Sono eventualità che purtroppo non possiamo escludere, signore. Una scomparsa può essere dovuta a una fuga, certo, ma può essere dovuta anche a un rapimento, un sequestro, un omicidio...»

«Ah, no!» interruppe Mervent, inorridito. «Non ricominci!»

Cosa ci faceva in Polizia? Doveva essere uno di quelli che si sentono mancare alla vista di qualche goccia di sangue. E io non avevo fatto altro che evocare... Non valeva la pena insistere, perciò interruppi la lista di turpitudini che mi ero proposta di snocciolargli. «In questi casi il tribunale interroga l'investigatore, e nella fattispecie l'investigatrice sono io, quindi sarei costretta a dire la verità, in tribunale.»

«E allora?» Mervent cercò pietosamente di parlarmi con superiorità.

«Be', sarei costretta a testimoniare che non mi sono state comunicate tutte le informazioni... Capisce dove si potrebbe arrivare?» Mi finsi disinteressata. «Ma dopotutto, il capo è lei.»

Mervent mi guardò di traverso. Non era stato lui a chiedermi di chiamarlo capo? Comunque riprese il fascicolo e lesse: «Tre anni fa la signora Tristani ha rilevato un cantiere navale in dissesto a un prezzo simbolico. Prima vi si costruivano pescherecci e aragostiere in legno. Adesso che le tecniche sono cambiate, i navigli sono in acciaio e in plastica.»

«Tutto qui?» chiesi con indifferenza.

Mervent s'inquietò. «Non le interessa?» domandò sconcertato.

«Ma sì, le ripeto che ormai m'interessa tutto ciò che concerne i Tristani, e so già che la plastica e l'acciaio hanno soppiantato il legno nelle costruzioni navali.» Aggiunsi: «Purtroppo!»

Incuriosito, lui mi fissò: «Perché purtroppo?»

«Perché un naviglio in legno è un capolavoro, mentre uno in plastica è soltanto un bidè galleggiante.»

Mervent ripeté stupidamente: «Un bidè?»

«Me ne intendo», risposi. Non potevo spiegargli che, giovanissima, avevo lavorato in un cantiere navale a Douarnenez, che l'arte di assemblare il fasciame di un bastimento mi aveva sempre affascinata e che sapevo riconoscere a fiuto se si segava legno d'abete o se si piallava quello di quercia. Continuai: «Comunque non è questo che ci interessa. Cosa conta di fare la signora Tristani di quel cantiere?»

«Cosa ne ha fatto, vuole dire?» Mervent si curvò sulla scrivania e dichiarò avidamente: «Ha trasformato un'impresa fallimentare che nessuno voleva in un cantiere di riparazioni per bastimenti di lusso. Ha utilizzato le competenze degli ultimi carpentieri di marina, ha assunto tecnici esperti di materiali compositi, ha creato una veleria all'ultimo grido e adesso il cantiere lavora a pieno ritmo con venti operai, anziché i cinque che aveva in precedenza, e ha una quantità esorbitante di commesse. Devo dire che al Cap la signora Tristani è considerata una benefattrice, e che in questi tempi di disoccupazione il governo segue con la massima attenzione iniziative di tal genere». Pronunciò la parola «governo» come se avesse una patata bollente in bocca.

Raffreddai un poco il suo entusiasmo. «Presumo che in questa circostanza la signora Tristani abbia saputo sfruttare le sue conoscenze e abbia ottenuto sovvenzioni da Bruxelles. Alla fine, questo cantiere moderno ed efficiente non le sarà costato un centesimo.»

«E quand'anche fosse?» Mervent sussultò sulla sedia

come se la mia osservazione avesse suscitato la sua più estrema indignazione. «Il denaro di Bruxelles serve a sostenere le attività economiche!»

«Amen!» E battendo le mani: «Brillante! Davvero brillante!»

Mervent fraintese. «Le proibisco di parlarmi in questo modo!»

«Non mi riferisco a lei, signore, bensì alla signora Tristani, e lo ripeto: brillante, davvero brillante!»

Allora Mervent mi fissò con rancore.

Non dissi che a mio avviso la Grande, com'era chiamata al Cap, sembrava non avere avuto nella sua vita personale lo stesso successo che aveva avuto nella vita professionale.

Con aria di sfida, sempre fissandomi, il commissario riprese: «Trova in tutto questo qualche elemento che le consenta di mettersi sulle tracce di Mathilde Tristani?»

«No, ma non mi sembra neppure che dietro questo affare del cantiere si nasconda qualcosa. Comunque rivela l'abilità della signora Tristani.»

«Certo. A parte questo?»

«A parte questo, ho avuto l'impressione che la brava signora sia un po' come lei.»

Con le mani intrecciate sotto il mento, il commissario mi fissò. «Vale a dire?»

«Ho avuto la sensazione che non volesse dirmi tutto.»

«Io le ho detto tutto», assicurò Mervent.

«La ringrazio. Non sarebbe un bene se avessimo divergenze per qualche sciocchezza.»

Il commissario brontolò. «Qualche sciocchezza» non gli piacque, e neppure l'evocazione di eventuali divergenze, ma lasciò perdere.

Proseguii: «Quello che non capisco è il motivo che l'ha indotta a chiedere il nostro intervento».

«Lo ha detto alla signora Tristani?» Mervent sembrava sui carboni ardenti.

«Sì, e altro ancora.»

«Ad esempio?»

«Ho detto di non essere ai suoi ordini, bensì agli ordini del mio diretto superiore, cioè lei, capo.»

Il commissario sbuffò e brontolò: «Lei proprio non sa cosa sia la diplomazia, vero?»

Risposi in tono secco: «Se avessi scelto la diplomazia sarei alle dipendenze del ministero degli Esteri, non del ministero dell'Interno. Conduco indagini di Polizia. Quando ho chiesto alla signora un incontro con il suo ex marito, mi ha proibito di parlargli». Dato che Mervent non reagiva, ripetei: «Ha capito? Mi ha proibito di parlargli!»

Il commissario dondolò la testa con aria estremamente dubbiosa. «Davvero?»

«Certo!» confermai. «Come se potesse proibirmi qualcosa! Sono padrona di condurre l'indagine come meglio credo!»

Mervent non rispose.

Fissandolo negli occhi, insistetti: «Posso o non posso?»

«Va da sé...» farfugliò. «Nell'ambito della procedura, però...»

«Ho sempre rispettato la procedura, signore! A questo proposito, la signora Tristani nega di avere sporto denuncia.»

«In effetti, non ha sporto denuncia, non formalmente», confermò Mervent. «Però ha chiesto al ministro...»

«Suo amico personale...»

Ancora una volta mi scoccò un'occhiataccia. «Proprio così!» replicò, contrariato, con l'aria di voler chiedere: «E perché la turba che la signora Tristani sia amica di un ministro?»

Continuai in tono canzonatorio: «Il quale ministro, a sua volta, ha chiesto l'intervento del prefetto, che ha chiesto a lei d'interessarsi alla questione. È stato allora che, oso dire, lei ha rifilato a me la patata bollente».

Mervent parve sollevato. «Ecco! È proprio così! Vedo che ha colto, capitano! È esattamente così!»

«Nondimeno mi pongo un interrogativo...»

«Quale?»

«Tutta questa gente importante, il ministro, il prefetto, e lei stesso, signor commissario, sarebbe pronta a farmi a pezzi per la minima trasgressione alle sacrosante regole della procedura...»

Mervent picchiò i piccoli pugni sulla scrivania senza ottenere altro che farsi male, poi rispose, con una smorfia di dolore: «È la legge, capitano. Siamo in una società di diritto a cui nessuno può derogare, men che meno la Polizia».

«D'accordo.» Mi alzai.

Lui domandò in tono severo: «Dove sta andando, capitano?»

«Torno alle mie statistiche sulla delinquenza... Non è stata sporta alcuna denuncia nella forma dovuta, perciò non sono tenuta a compiere alcuna indagine, altrimenti commetterei un grave vizio di procedura e lei avrebbe tutto il diritto di redarguirmi ulteriormente.»

Il commissario si alzò di scatto e indicò la sedia con un dito, ordinando: «Si segga!»

A passi lenti tornai alla sedia, su cui mi accomodai senza premura, quindi attesi.

Mervent sospirò rumorosamente due o tre volte prima di decidersi a parlare. «Capitano Lester, ciò che le si chiede, ciò che il prefetto le chiede per mio tramite, è d'intraprendere un'indagine con discrezione...»

Cogliendo un accenno di panico nella sua voce, ironizzai: «Insomma, una sorta d'indagine segreta...»

«Ah! Quanto rigore, capitano Lester!» s'infuriò Mervent. «Mi chiedo se non sia opportuno affidare questo approccio a qualcun altro...»

Ecco, non era più un'indagine, era diventata un approccio. Interessante... Tornai in piedi. «Buona idea, signore...

ammesso che trovi qualcuno disposto a compromettersi con questo tipo di *approccio*. I ragazzi non sono matti. Senza denuncia non è possibile intraprendere un'indagine. Bisognerebbe interrogare il notaio per scoprire dove si trovi il signor Tristani. E sa cosa chiederebbe innanzitutto il notaio? Mi direbbe: "Capitano, ha sicuramente ottenuto una rogatoria da un giudice". E io farei una figura da imbecille. E se mi recassi dal giudice a chiedere la suddetta rogatoria? Per prima cosa mi domanderebbe quando fosse stata depositata la denuncia, e lo stesso varrebbe per ottenere un mandato di perquisizione... »

« Perquisizione? » fece lamentosamente Mervent. « Ma cosa vorrebbe perquisire? »

« Allo stato attuale nulla », risposi con aria distaccata. « In futuro, però, potrebbe rivelarsi necessario. »

Il commissario congiunse le mani levando gli occhi al cielo.

Io feci finta di niente. « E chi si assumerebbe la responsabilità se l'approccio fallisse? Ebbene, mi dica... Chi? »

Mervent rimase a testa china, senza rispondere, come un discolo imbronciato.

« Le assicuro, signore, che sarebbe un disastro. E se la stampa lo venisse a sapere, immagini la cagnara e i titoloni indignati, come *Cosa ci vogliono nascondere?* E s'invocherebbero a tre colonne la libertà di stampa e il diritto d'informazione. Le garantisco, signore, che questa faccenda potrebbe diventare affatto sgradevole se le cose non fossero condotte secondo le regole. »

« Non avevo considerato tutte le possibili conseguenze negative », confessò Mervent, prostrato.

Un vespaio! Aveva pensato di trasferirsi in un commissariato di provincia tutto tranquillo e invece si era cacciato in un dannato vespaio.

« Che cosa consiglia? » finì per domandare il commissario.

«Consiglio che il signor commissario di Polizia, ossia lei, suggerisca al signor prefetto di suggerire al ministro di convincere la signora Tristani a sporgere denuncia nella forma dovuta. In questo modo sarebbe senz'altro più efficace che se fosse il capitano Lester a consigliarlo.»

Nel lungo silenzio che seguì mi parve di sentir riflettere Mervent, che infine rispose: «Vedrò...» Esitò prima di aggiungere: «Tuttavia, se per caso la signora Tristani seguisse tale consiglio, lei accetterebbe di continuare l'indagine?»

«Ma signore... Sono ai suoi ordini e al servizio della legge», risposi in tono probo. «Se le procedure fossero rispettate, farei il mio mestiere seguendo le sue direttive come ho sempre fatto sotto la direzione del commissario divisionale Fabien.»

«Benissimo», approvò Mervent, rinfrancato dalla mia edificante professione di fede. «Provvederò in questo senso.»

Mi diressi alla porta e mi girai prima di aprirla. «Ah, signore, ancora una cosa...»

«Sì?» fece Mervent.

«In questa indagine vorrei essere coadiuvata dal tenente Fortin...»

«Non è il suo collega abituale?» domandò Mervent.

«Sì, infatti.»

«Allora perché vorrebbe cambiare?»

Non volevo affatto cambiare. Sorrisi. «È tutto, capo?»

Il commissario parve sorpreso di sentirsi chiamare capo. Gonfiò il petto e disse in tono marziale: «È tutto, capitano».

Sono certa che tra voi vi è chi mi giudica ipocrita, ma talvolta non è male lisciare il pelo alla belva.

E io non sarei diplomatica? Non sia mai!

4

Il piccolo ufficio che divido con Fortin era vuoto, ma la sua giacca di pelle era appesa dietro la porta. Il Grande non doveva essere lontano. Sapevo anche dov'era più probabile trovarlo.

Mi diressi all'ufficio 17 in fondo al corridoio e in effetti vi trovai il mio fedele collega dietro lo schermo di un computer in compagnia di Albert Passepoil, l'ultimo ufficiale tirocinante arrivato in commissariato, che lo stesso Fortin aveva preso sotto la propria ala protettrice.

Ci sono persone con un fisico che rispecchia il loro lavoro. Ad esempio, Fortin: se vi dicessero che è un facchino o un ex atleta della nazionale di rugby vi sembrerebbe possibile, e se vi si dicesse che è uno sbirro ne sareste certi. Invece, a proposito di Albert Passepoil, un ometto grigio, scialbo e privo di classe, ci si domandava che cosa ci facesse in Polizia. Avrebbe potuto essere sportellista nella pubblica amministrazione, commesso in un negozio di ferramenta, persino sagrestano, se tale specie non fosse stata in via di estinzione, ma nessuno avrebbe scommesso un copeco sulla sua appartenenza alla Polizia nazionale. E se il suo desiderio fosse stato davvero quello di servire in Polizia, avrebbe dovuto scegliere i servizi segreti, per i quali sarebbe stato la recluta perfetta, l'uomo qualunque che si guarda senza vederlo.

Non so quale perverso consigliere lo avesse orientato al concorso di ufficiale di Polizia giudiziaria. Fortin aveva fatto la sua conoscenza durante un corso di autodifesa e di combattimento corpo a corpo da lui tenuto alla scuola di Polizia di Saint Malo. Il povero Passepoil non aveva mai avuto la minima possibilità di qualificarsi alle prove di valutazione, e senza la complice indulgenza del suo insegnante, il tenente Fortin, avrebbe dovuto cercare un'altra via.

Impallidiva per un alterco e la vista di un'arma gli raggelava il sangue. Non sapeva neppure impugnare la rivoltella e quando era costretto a sparare voltava la testa e chiudeva gli occhi. Nient'affatto rassicurante per chi lo affiancava al poligono di tiro!

Superava a stento il metro e sessanta e di certo quando si pesava l'ago della bilancia non superava i cinquanta chili. L'unica cosa che avrebbe potuto arrestare, Fortin *dixit*, era l'autobus, c in stazione.

Tuttavia Passepoil Albert possedeva una conoscenza sconcertante dei computer. Aveva persino rischiato di finire male quando era entrato per gioco negli archivi segreti del ministero della Difesa. E quel grosso zoticone di Fortin, come lo chiamavano dietro le spalle alcuni colleghi gelosi, aveva capito che quel tipo conveniva averlo tra gli sbirri anziché tra i malviventi. Così era riuscito a farlo trasferire al commissariato di Quimper, e per questo Albert Passepoil gli era eternamente riconoscente.

Fortin lo aveva coinvolto in una retata che aveva condotto all'arresto di una banda di trafficanti di droga, e da allora Albert, che era rimasto in macchina tutto tremante fino alla fine dell'operazione, era fuori di sé dalla gioia. Come scambio di favori, teneva corsi d'informatica non soltanto a Fortin, ma a tutti gli sbirri del commissariato che volevano restare al passo con la tecnologia.

Non era affatto avaro delle proprie ore, Passepoil. Dal

momento in cui si trovava dietro uno schermo, con una tastiera sotto le dita e un mouse in mano, non sentiva più il tempo né la fatica.

«Salve, uomini», esordii, varcando la soglia.

Fortin mi mandò un bacio.

Intimidito, Albert mi porse una mano molle e umidiccia. «Buongiorno, capitano.» L'informatico d'assalto aveva l'aspetto di un adolescente immaturo: viso lungo ancora segnato dalle cicatrici dell'acne, vestiti troppo larghi che gli ondeggiavano intorno al corpo magro, e corti capelli rossi spalmati sulla fronte a completare l'aria da perfetto cretino.

«Cosa c'è di nuovo?» domandò Fortin.

«Una persona scomparsa, caro il mio Grande.»

«Ah! Una bella ragazza?»

«Esattamente.»

«E tu hai bisogno dei miei servigi?»

«Proprio così.» Guardai l'informatico e sorrisi. «A meno che Albert...»

Il povero Albert divenne rosso come una peonia e balbettò: «Be'... io...»

«Capisco che la cosa non ti entusiasmi», risposi. «Bene, cercheremo di cavarcela senza di te. Andiamo, Jipi.»

Il rosso emise ancora qualche brontolio che sicuramente voleva dire qualcosa, ma che io non compresi.

Nell'uscire, Fortin lo rassicurò con un rapido gesto della mano.

Quando fummo nel mio ufficio chiusi la porta. Fortin si abbatté sulla sua sedia metallica, che gemette sotto il suo peso, poi intrecciò le mani dietro la nuca, sbadigliò e mi chiese: «Cosa c'è che non va?»

Sedetti a mia volta e lo guardai. «Perché dev'esserci qualcosa che non va?»

«Ehi!» Fortin mi fece l'occhiolino. «Il Fesso si aggira

per il commissariato da ieri ed ecco che arrivi tu e mi chiedi... »

« Il Fesso? Presumo che tu alluda al commissario Mervent... »

Lui sogghignò. « Che perspicacia! »

« Allora è soprannominato così? »

Rispose con un'altra domanda: « Come avresti voluto chiamarlo? Sherlock? Vidocq? O perché non Maigret! »

« E perché non commissario Mervent, semplicemente? »

« Quell'incapace... un commissario? Non farmi ridere, Mary Lester. Un vero commissario è un tipo come Fabien, uno che ci sa fare, uno che la sa lunga anche se non è una cima! »

Lo guardai severamente. « Tenente Fortin, il suo vocabolario lascia sempre più a desiderare. Posso coinvolgerla nella mia indagine? Me lo sto chiedendo. »

Mi scimmiottò. « Oh... Non riesco a crederci! Non sai se puoi? Dev'essere contagioso, il polletto! E tu gli tieni bordone... Questa poi! Be', preferisco ancora un corrotto come Leroux a quel piccolo salottiero. »

« Per indagare nei bassifondi di Nantes o nella palude della Brière, sicuro, ma per andare dove devo andare io... » M'interruppi e finsi di riflettere. « No, credo proprio che mi convenga andare da sola. »

Affondandosi tra gli incisivi lo spiedo in miniatura che aveva ricavato da un fiammifero con il coltellino a serramanico affilato come un rasoio che non lo abbandonava mai, mi esortò, imperturbabile: « Piantala di fare la superiore. Racconta! »

« Bene », risposi. « Una ragazza è scomparsa. »

Vidi che la sua attenzione si destava.

« Sua madre è preoccupata... »

« È normale », commentò lui. Era padre di tre figlie e non avrei scommesso un centesimo sulla pelle di chi si fosse azzardato a sfiorarle. « Età? »

«Diciotto anni.»

Come se calcolasse gli anni che separavano la sua primogenita da quell'età fatidica, Fortin corrugò la fronte e aggrottò le sopracciglia, poi, constatando che mancavano ancora alcuni anni, scosse la testa come a dire che si rendeva perfettamente conto della situazione. «È scappata di casa?»

«No, da scuola. Era in collegio.»

«Ah...»

«Un collegio di suore.»

«Ah...»

«Perciò mi chiedo se sia opportuno condurti con me...»

«Insomma, Mary Lester! Mi so controllare!» protestò lui.

Lo fissai, fingendo di soppesare i pro e i contro. «Bene, ma cerca di essere discreto, perché se userai il tuo vocabolario abituale quelle incantevoli suore non ti capiranno subito, e dopo averci riflettuto, quando finalmente avranno capito, saranno tormentate dagli incubi.»

«Dacci un taglio!» fece lui. «Dov'è questa scuola?»

«È un collegio, nei pressi di Quimperlé.»

«Bene! Allora cosa stiamo aspettando?»

Come ben sapete, Fortin è un tipo semplice e diretto che, così nell'agire come nel parlare, non si perde in preziosismi.

Di norma avremmo dovuto attendere la registrazione della denuncia della signora Tristani, ma come avevo fatto osservare al commissario Mervent, un buon investigatore deve saper prevedere.

Non fu senza una stretta al cuore che ripercorsi il viale che conduceva all'istituto Saints-Anges a bordo dell'auto civetta, guidata da Fortin.

Un passato che credevo ormai lontano riemerse d'improvviso ad accogliermi. Non mi ero mai recata in quel collegio, considerato il più prestigioso tra gli istituti esclusivi del dipartimento; uno di quelli in cui si arriva a far credere ai genitori imbottiti di grana che le care teste bionde della loro preziosa figliolanza sono meno cretine di quanto potrebbero far pensare le apparenze, e che inculcando loro un po' di buone maniere alquanto antiquate, cosa che presso i nuovo ricchi passa per essere il massimo in materia di educazione, si farà di loro gentiluomini e gentildonne.

Conoscevo bene la musica perché, prima di essermi salvata fuggendone a gambe levate, avevo studiato in una scuola che sembrava la sorella di Saints-Anges.

Il viale sabbioso che conduceva all'antico convento in cui era ospitato l'istituto era in condizioni perfette, bordato di cespugli di ortensie sfiorite accuratamente potati, che già ostentavano le gemme. L'edificio incuteva soggezione con la sua facciata austera di granito grigio traforata di finestrelle e con la sua torre che sorvegliava il paese tutt'intorno. Una scala monumentale di larghi gradini tagliati nella pietra saliva all'ingresso, dinanzi al quale mi fermai con il cuore che batteva. La quercia di quel portone, ornato di vetri spessi e smussati, era coperta da tanti strati di vernice da sembrare rivestita di caramello fuso, e i due battenti in rame avevano quella brillantezza che si ottiene soltanto a prezzo di lucidature quotidiane e che non si trova più se non sulle targhe di certi notai o avvocati di provincia.

Premetti il campanello elettrico incassato in un blocco di marmo grigio che brillava come un piccolo sole, e quasi subito udii lo scatto della porta che si apriva automaticamente, silenziosa, senza attrito, in virtù di un meccanismo perfetto.

Spinto il portone mi trovai in un atrio piastrellato in bianco e nero, come una gigantesca scacchiera. Un'ampia scala lucidata a cera, con una passatoia rossa al centro fermata da barre di ottone lucente, conduceva al piano superiore.

I muri erano tinti di un bianco intenso, di una untuosità cremosa e una nicchia conteneva una Giovanna d'Arco in pietra, corazzata come un dragone a sfidare il mondo, con gli occhi fiammeggianti fissi all'infinito, lo stendardo in una mano e la spada nell'altra.

All'improvviso ebbi l'impressione di abbandonare la mia epoca. Si udì un frusciar di stoffe e una religiosa apparve come per magia. Era una persona senza età, con i capelli grigi pettinati all'indietro, uno scialle grigio sulle spalle, le mani infilate nelle ampie maniche della veste grigia, che mi scrutò severamente al di sopra degli occhiali dalla montatura in acciaio.

« Buongiorno, sorella », salutai.

Impressionato dall'ambiente, Fortin rimase dietro di me come per proteggersi da qualche maleficio.

« Buongiorno, figliola », salutò la suora con voce neutra. « Cosa posso fare per lei? »

« Desidero incontrare la madre superiora, per favore. »

La suora increspò le sopracciglia, sfilò le mani dalle maniche e se le sfregò come per insaponarle. « Per quale motivo? » domandò con voce vellutata.

La diffidenza era aumentata considerevolmente. Giocai la mia carta: « Polizia ».

I suoi occhi s'infiammarono e lei indietreggiò come se avesse visto il diavolo.

Facendo finta di niente, precisai: « Sto indagando su una persona scomparsa ».

Allora il suo volto magro s'impietrì e la sua bocca non fu più che un tratto livido. Infilò di nuovo le mani nelle maniche e s'inchinò impercettibilmente come in un abbozzo di saluto. « Vado a chiedere », annunciò, laconica, prima di scomparire così silenziosamente com'era apparsa.

Mi girai verso Fortin, intento a esaminare le mura, le porte e i soffitti con un'espressione che non gli avevo mai visto, come se si aspettasse di vedere creature infernali sbucare da passaggi segreti.

Si curvò su di me e bisbigliò: «Accidenti, Mary, qui c'è puzza di marcio!»

Nello stesso tono replicai: «Non avrai mica fifa?»

«Fifa?» protestò Fortin. «Certo che no! Ma qui c'è puzza d'imbroglio...» Protese il naso ad annusare come un setter che avesse fiutato l'usta della pernice e aggiunse: «E non poco!»

«Ti avevo pur detto che sei troppo sensibile», feci io. «Vai ad aspettarmi in macchina.»

«Dici che dovrei?» chiese lui, esitante.

«Sarebbe meglio.»

Allora Fortin filò via senza farsi pregare.

L'odore a lui sconosciuto che tanto lo aveva impressionato mi era assai familiare: un profumo composto di cera d'api, d'incenso e di non so che altro, forse un poco di lavanda. Un profumo di suora.

La suora toriera tornò, cupa in viso. «Mi segua, prego», invitò. Prima di condurmi alla scala incerata domandò, inquieta: «Il signore se n'è andato?»

«No, l'ho pregato di attendere fuori», risposi. «Ho pensato che in un collegio femminile...»

Anche se non terminai la frase, lei parve sollevata e mi ringraziò con lo sguardo, come se avesse temuto una replica de *I moschettieri al convento* nel suo venerabile istituto.

Così fui introdotta in un magnifico ufficio con parquet lucidato a cera dove, dietro un tavolo fratino, una dama esile dal volto inflessibile mi guardò avvicinarmi senza batter ciglio.

Fasci di raggi solari dardeggiavano obliqui attraverso le finestre per cadere sui muri intonacati adorni di quadri che raffiguravano scene bibliche.

Allora udii la *sua* voce: «Buongiorno, Mary Lester».

Quel timbro mi feriva ancora le orecchie... Mi sentii

mancare le gambe. Quindici anni prima, in un ufficio simile a quello, ero stata accolta con la medesima frase, pronunciata dalla medesima persona. Balbettai: «Suor Marie-Madeleine? È lei, suor Marie-Madeleine della Contrizione?»

«*Madre* Marie-Madeleine», precisò lei. Dopo un breve silenzio, probabilmente per lasciarmi il tempo di riprendermi dallo stupore, aggiunse con voce melliflua dietro la quale si percepiva un filo d'aceto: «Se avessi previsto di rivederla...»

Per non so quale incanto tornai indietro nel tempo di quindici anni e suor Marie-Madeleine della Contrizione, direttrice degli studi, presiedeva la commissione disciplinare che mi aveva convocata...

Ritornai al presente. «È una grande sorpresa anche per me, madre. A quanto vedo, è salita di grado...»

«Anche lei, capitano Lester», sorrise la madre superiora a labbra contratte, scoprendo i denti gialli e aguzzi.

Quello scambio verbale pieno di sottintesi mi permise di scacciare la sorpresa. Le attrici erano le medesime, ma non recitavano più lo stesso copione.

Il silenzio si protrasse mentre ciascuna di noi vagava nelle proprie reminiscenze.

Quanti anni poteva avere quella maledetta suor Marie-Madeleine? Settanta? Forse di più? Sembrava che il trascorrere degli anni l'avesse lasciata indenne. Proprio come un tempo, era dritta, secca e squadrava il mondo dall'alto in basso, con sufficienza.

Sentii montare il rancore come una marea inarrestabile. Non ero più nella posizione dell'accusata. A proposito, accusata di cosa? Ah, sì, di aver scavalcato il muro per uscire a comprare sigarette, di cui non mi importava assolutamente nulla, perché in vita mia non ne avevo mai fumata neanche una. Per questo la suora mi aveva condannata a quindici giorni di cella a pane raffermo e acqua. Doveva essere il suo rancio, pane raffermo e acqua, e il suo dolce era rompere le scatole al mondo.

Avevo aggravato la mia posizione quando lei aveva voluto scherzare finemente sul mio nome. Marie-Madeleine de Lacaune, questo il suo nome, apparteneva a una famiglia della piccola nobiltà dell'Auvergne, considerava la Bretagna come terra di missione, e naturalmente la sua missione era civilizzare i bretoni arretrati.

Come lo sapevo? Sappiate che non ho aspettato di essere in Polizia prima di compiere perquisizioni, e ficcanasando nell'ufficio della direttrice degli studi avevo trovato il suo fascicolo, e lo avevo esaminato con interesse.

«È vero che siamo in Bretagna, terra di teste di legno, e che per farvi entrare qualcosa...» sospirò Marie-Madeleine della Contrizione.

Avevo diciassette anni e stavo in piedi, più dritta che potevo, davanti a quel tribunale degno della Santa Inquisizione. Mio nonno e mia nonna erano seduti dietro di me, muti e desolati, trattati quasi come complici, o peggio ancora come responsabili della mia depravazione.

Non li vedevo, però sentivo mio nonno raschiarsi la gola e mia nonna soffocare i singhiozzi.

Avevo compassione per i due poveri vecchi, costretti a umiliarsi dinanzi a quell'areopago di vergini rinsecchite imbevute delle proprie certezze, e provavo vergogna, perché se si trovavano in quella posizione era colpa mia, soltanto colpa mia.

Tuttavia non potevo impedirmi di pensare: se mio padre fosse qui, questo non succederebbe! Non andrebbe così! E posso assicurare che davvero non sarebbe andata in quel modo. Ma in effetti quel disgraziato di Jean-Marie non c'era mai quando avevo bisogno di lui! Doveva essere sulla plancia di un bastimento da carico, chissà dove sui mari del mondo, e sua figlia doveva difendersi da sola, o quasi.

Mentre questi pensieri mi gironzolavano per la testa, suor Marie-Madeleine della Contrizione insistette nella sua persecuzione, sotto lo sguardo spietato di madre Jeanne de Saint-Suaire, superiora del convento, e di suor Yvonne, la toriera, conversa invitata per far numero, che si sforzava di ricalcare il proprio atteggiamento su quello delle altre due.

Suor Yvonne non era la più cattiva del gruppo. Era una campagnola dal viso rubizzo, grosse mani da contadina e modi bruschi, che aveva scelto la via del Signore per sfuggire ai lavori estenuanti della fattoria. Era responsabile di tutti coloro che entravano e uscivano dall'istituto, quindi era direttamente coinvolta nella mia fuga e mi considerava né più né meno che una seguace di Satana.

«D'altronde il suo cognome è una predestinazione. Però è incompleto», sogghignò suor Marie-Madeleine. «Dovrebbe essere Lester de Bois.»*

Fu troppo. Fissandola negli occhi, domandai: «E lei, sorella, è sicura che l'ortografia del suo nome sia corretta?»

A quell'affronto suor Marie-Madeleine arrossì, impallidì e finì per sibilare: «Scusi? Ho capito bene?»

«Lacaune si scrive con "au" oppure con "o"?»**

La suora rimase senza fiato, poi fece: «Oh!»

E io esclamai, trionfante: «Ne ero certa!»

Suor Marie-Madeleine accennò ad alzarsi, quindi si lasciò cadere pesantemente sulla sedia, continuando a sibilare come una serpe: «Insolente! Non intendo sopportare...»

* Letteralmente «zavorrare di legno». Qui, in senso figurato, «riempire di legno». Dunque la madre superiora afferma che, con un cognome simile, Mary Lester era predestinata a diventare una testa di legno come tutti i bretoni. (*N.d.T.*)

** Se fosse scritto con «o» anziché con «au», Lacaune diventerebbe Lacon, ricordando, per assonanza, l'offensivo *la conne*, la cretina. (*N.d.T.*)

Spostò lo sguardo corrucciato dalla mia modesta persona alla madre superiora come per prenderla a testimone.

«Cosa non intende sopportare?» domandai. «Che ci si prenda gioco del suo nome? Eppure lei si è presa gioco del mio!»

«Oh...» fece lei. «Come se si potesse...»

Non ebbe il tempo di terminare la frase perché la completai io al posto suo. Già allora, quando il furore sacro s'impossessava di me, nulla e nessuno potevano fermarmi, quali che fossero le conseguenze. «Come se si potesse paragonare un cognome di pescatori a quello di una famiglia i cui quarti di nobiltà risalgono alla prima crociata. È questo che intendeva dire?»

Lei si alzò, con gli occhi fiammeggianti, cercando parole che fossero capaci di folgorarmi.

Suor Yvonne e la madre superiora, che non avevano capito nulla, si scambiarono sguardi di sgomento. Molto anziana e un po' dura d'orecchi, la superiora intuì che la situazione stava sfuggendo al suo controllo e prese a spostare lo sguardo da suor Marie-Madeleine a me e da me a suor Marie-Madeleine, nel tentativo di capire.

Mi sarei dovuta sciogliere in lacrime e singhiozzi. Tutte le ragazze che si erano trovate al mio posto, sotto l'occhio implacabile di suor Marie-Madeleine della Contrizione, erano scoppiate in un pianto dirotto e pieno di pentimento per struggere il cuore all'implacabile religiosa, e soprattutto non avevano ribattuto!

Io invece avevo il cuore colmo di furore. Senza dubbio avrei pianto, ma in seguito, non davanti a lei. Avrei preferito morire, piuttosto!

Le suore mi fissarono con sorpresa e con orrore. Si era mai visto un simile comportamento? Una ragazza colta in flagrante, colpevole di essere fuggita di notte scavalcando il muro di cinta, si ribellava alla commissione disciplinare anziché pentirsi umilmente!

Non so come si sarebbe conclusa la faccenda se in quel momento non avessi udito alle mie spalle una sedia raschiare il pavimento e la voce di mio nonno, che pure in simili circostanze non diceva mai niente, tuonare: «*Boulhurun!** Basta così!»

Ne aveva di voce, nonno François! Ai pranzi di nozze, tra dolce e caffè corretto, intonava il *Rigoletto*, e posso garantire che zittiva anche i più loquaci. Percosse dalla sua ira tonitruante, le mura del convento, abituate a parole sommesse, parvero in procinto di spaccarsi.

«Non vi dico che Mary abbia fatto bene a scavalcare il muro», dichiarò mio nonno, con voce di gran bevitore. «Se vi conviene, potete espellerla. Ma quello che non potete fare è beffarvi del mio nome e deridere i bretoni!»

Sembrò che la folgore fosse caduta nella stanza, e che, a giudicare dai loro nasi arricciati, le suore incaricate di giudicarmi fiutassero puzza di zolfo. Terrorizzata, mia nonna taceva, sapendo che le collere di François erano rare, ma che quando si scatenavano conveniva mettersi alla cappa.** Suor Marie-Madeleine, benché avesse le vele spiegate da lungo tempo, non lo sapeva, quindi tentava di obiettare belando: «Ma... Ma...» e più oltre non poteva andare.

«Zitta, miserabile!» tuonò François, che non avevo mai visto così in forma, all'indirizzo della direttrice disciplinare. «Stia zitta!» Si girò un istante verso di me per ordinarmi: «Mary, vai a prendere le tue cose. Non devi restare un minuto di più in una scuola in cui s'insultano la Bretagna e i bretoni». Trasportato dalla sua ira eccezionale avanzò verso la scrivania, dietro cui le tre religiose terrorizzate si stringevano l'una all'altra come le martiri davanti ai leoni, e sollevò un pugno nodoso per poi abbatterlo sul piano ce-

* Fulmini!

** Nella navigazione a vela, ridurre al massimo la tela per sopportare la furia del vento senza troppi danni.

rato, facendo sussultare il calamaio che si era rovesciato sul sottomano. «*Guisti sœurez!*»* gridò nel suo inimitabile accento di Douarnenez.

La toriera, l'unica a comprendere il bretone, ebbe le caldane, la madre superiora singhiozzò e farfugliò qualche preghiera, e io sorrisi come una schiava che vedesse cadere le catene, chiedendomi se fosse vero o solo un sogno. Ebbi la sensazione di vivere, se non il giorno più felice, almeno il più importante della mia vita.

La voce secca di madre Marie-Madeleine mi strappò da quel tuffo nel passato. «Mi chiedevo che fine avesse fatto.» Fece una smorfia di disgusto. «La Polizia...»

Probabilmente ero la prima delle sue allieve ad avere intrapreso quella professione così poco femminile.

Ironizzai: «Quanto disprezzo! Per essere una che non ha mai fatto altro che spiare ragazzine indifese e punirle con gioia sadica per qualche peccatuccio, trovo che lei non manchi affatto di presunzione! Quello che ha fatto, sorella, è stato il lavoro di Polizia più spregevole. Io invece cerco assassini».

Allora mi squadrò dall'alto in basso con quella tracotanza e con quel senso di superiorità che appartenevano a lei soltanto. «Qui?»

«Qui e ovunque», ribattei. «Nessun luogo ha l'esclusiva.»

«Vedo», fece lei, con supponenza. Mi osservò le mani, sempre altezzosa, forse pensando di trovarvi una fede. «Noto che non è sposata...»

Mi provocava, la maledetta! E sempre con quel suo modo mielato e insidioso, per mettere in difficoltà la gente e farla sentire in colpa. «No», risposi, ridendo fino a scoprire tutti i denti. «Ma neanche lei, mi sembra.» Ebbi il piace-

* Un epiteto irriferibile appioppato alle suore.

re di vederla illividire un po' di più e aggiunsi: «È vero, sono ancora nubile, ma non s'inquieti per il mio equilibrio psichico. Gli amanti non mi mancano».

Lei abbozzò un sorriso contratto, congiunse le mani esili sul petto magro e levò gli occhi al cielo, senza dubbio per prendere il Creatore a testimone della mia depravazione. «Mia povera figliola!»

«Risparmi la sua compassione per occasioni migliori», rimbeccai. «Non sono più la sua figliola, grazie a Dio, e dunque lei non è più mia madre. Sono qui per interrogare laicamente la direttrice della scuola, Marie-Madeleine de Lacaune.» Sorrisi. «Vede che ricordo il suo nome? Sto indagando sulla scomparsa di Mathilde Tristani, che è stata vista per l'ultima volta in questo collegio un mese fa.»

Mi parve di sentirle digrignare i denti all'evocazione di una scena che non poteva avere dimenticato, ma forse m'ingannai. Poi si costrinse ad abbozzare di nuovo un sorriso e compresi che essere riuscita a farmi perdere la calma era per lei una vittoria.

Quella dannata suora mi esasperava. Se mi fossi umiliata a chiamarla «madre» si sarebbe sentita ancora più trionfante.

«In effetti ne sono stata informata», ammise con aria vagamente seccata. «È molto increscioso.»

«Molto increscioso... Non trova altro da dire? Una ragazza che è stata affidata alla sua custodia scompare e le sembra solo molto increscioso... Pensa che sia increscioso per la reputazione del suo istituto, dato che la possibile sorte di Mathilde Tristani è l'ultima delle sue preoccupazioni!»

«Non le permetto!» protestò con furore.

«Il tempo in cui aveva il potere di permettermi o di proibirmi alcunché è finito, signorina de Lacaune.»

Mi fissò ancora con disprezzo da quel pulpito da cui aveva fulminato tante poverette per miseri peccatucci. Ora la lavata di capo andava nella direzione opposta. Lei risalì al seggio curule, simbolo di potere assoluto nel collegio, e mi sarebbe piaciuto che tutte vedessero ciò che succedeva in quel momento, perché avrebbe donato loro coraggio e speranza.

Addolcii la mia dichiarazione: «Senza dubbio la signora Tristani, che mi ha chiesto di ritrovare sua figlia, apprezzerebbe sapere che ci ha assistito nella nostra indagine». Ecco, avevo mentito un po'.

Madre Marie-Madeleine della Contrizione rifletté sul mio discorso mordicchiandosi il labbro superiore, mentre alcuni peli neri sul mento vibravano come antenne. «Cosa potrei fare per aiutarla?»

Ah, eravamo giunti a un atteggiamento più disponibile!

«Vorrei visitare la camera di Mathilde e interrogare Annie Prat.»

«Così sia», decretò la madre superiora (superiore a chi?) dopo un momento di esitazione. «Suor Thérèse l'accompagnerà.»

Come un'ombra, la toriera apparve e m'invitò a seguirla con un cenno. Non poteva esserle sfuggita neanche una parola della nostra conversazione e forse per questo era imbronciata.

Percorremmo corridoi e salimmo scale con il frusciare della veste che lei teneva sollevata con entrambe le mani prima di arrivare al dormitorio del collegio, situato all'ultimo piano, nel sottotetto appositamente ristrutturato.

Nell'aprire una porta suor Thérèse annunciò semplicemente: «È questa».

«Le porte non sono chiuse a chiave?» domandai.

«No, è proibito dal regolamento», spiegò la toriera.

In quelle camere quindi si poteva entrare a tutte le ore del giorno e della notte per controllare che le ragazze non si abbandonassero agli amori saffici o alle gioie dei paradisi artificiali.

Suor Thérèse rimase accampata sulla soglia, a braccia conserte, come per accertarsi che non rubassi mobili o che non sventrassi materassi.

Infine arrivò Annie Prat, intrigata. Era giovanissima, appena più che adolescente, dotata di una lunga e magnifica capigliatura di un biondo veneziano, con il viso paffutello costellato di lentiggini.

Le porsi la mano. « Buongiorno, Annie. Sono il capitano Lester della Polizia nazionale e indago sulla scomparsa della sua amica Mathilde. » Dato che Annie esitava dinanzi alla vecchia strega accampata sulla soglia, che non sembrava decisa a cedere il passo, la presi per un braccio e l'attirai all'interno della camera. « Prego, entri! » Poi spinsi fuori suor Thérèse.

« Devo assistere all'interrogatorio! » protestò la toriera.

« Niente affatto, sorella », ribattei risoluta. « Lei non assisterà a nulla, e non resterà in corridoio con l'orecchio incollato alla porta, altrimenti farò salire il mio tenente, che saprà tenerla alla larga. » Sfilai di tasca un paio di manette e minacciai: « Se si ostinerà a ostacolare la mia indagine l'ammanetterò e la farò sorvegliare a vista. Ha capito? »

Livida, la toriera indietreggiò. La sua bocca senza labbra tremava di rabbia, tuttavia ubbidì e girò sui tacchi.

Dopo averla seguita con lo sguardo mentre si allontanava, richiusi la porta, quindi tornai da Annie e dissi, ridendo: « Allora... Quella non è tanto indulgente, vero? »

« Non è la peggiore », rispose Annie, con voce soffocata.

« No, lo so, la peggiore è madre Marie-Madeleine della Contrizione. »

« Oh, sì! La conosce? »

« Come no! Era direttrice disciplinare delle mariste dov'ero a convitto. Non qui, ma era comunque un collegio. Come vedi, abbiamo vissuto le medesime esperienze. » Mi era venuto spontaneo darle del tu e lei non ne sembrava offesa. Così proseguii: « E poi un giorno ha presieduto la commissione disciplinare e mi ha espulsa ».

Sgranando gli occhi, Annie mi fissò. « Davvero? »

« Sì, e sai una cosa? Il giorno in cui mi hanno cacciata da quella baracca è rimasto il più bello della mia vita. Ciononostante, poco fa, quando l'ho vista nel suo ufficio e ho riconosciuto il suo muso da faina e la sua voce in falsetto, ho sudato freddo. »

« E poi è entrata in Polizia? » Annie mi fissava con gli occhi luccicanti di eccitazione.

« Sì, alla fine sì, ma non subito. Prima ho studiato diritto, poi sono entrata all'accademia di Polizia, e adesso sono capitano. »

« Mi piacerebbe molto entrare in Polizia », rispose Annie. « Ma credevo che dopo essere stata in collegio qui sarebbe stato impossibile. »

« Nulla è impossibile quando lo si vuole », sentenziai. « Perché i tuoi genitori ti hanno iscritta qui? »

« Sono troppo presi dalle loro faccende per occuparsi di me », confidò Annie. « Sono un po' come quelli di Mathilde. Per questo lei e io ci capiamo così bene. »

« Hai fratelli o sorelle? »

« Ho un fratello all'Audencia. »

Increspai le sopracciglia. « A cosa? »

Annie spiegò: « All'Audencia, la scuola superiore di commercio a Nantes ».

« Poi andrà a lavorare nell'azienda di famiglia? »

« Sì, ci lavora già durante le vacanze. Mio padre possiede alcune fabbriche di insaccati e di piatti pronti. »

Ricordai i grossi autocarri che percorrevano le strade adorni di un simbolo che si voleva umoristico (non per i maiali). Rappresentava un maialino spaventato tirato per un orecchio da un ilare individuo obeso armato di un coltellaccio impressionante, e diceva: « Non piangere, bestione, ti mandiamo da Guillaume Prat, il rosticciere dei migliori, il migliore dei rosticcieri ». Tale pubblicità mi era sempre parsa di pessimo gusto.

« E tu, t'interessi d'insaccati? » chiesi sorridendo.

« No, io, come le ho detto, vorrei essere ispettore di Polizia. »

« Allora ti conviene studiare diritto. Vieni qualche volta a Quimper? »

« Spesso. »

« La prossima volta fammi un colpo di telefono. » Le porsi il mio biglietto da visita. « Ecco, è il mio numero di cellulare. Se sarò al commissariato te lo farò visitare e ti spiegherò come funzionano le cose. »

Annie arrossì di piacere.

« E ora torniamo a Mathilde. »

5

Annie sedette sul proprio letto e io su quello di Mathilde, ma subito mi rialzai diretta alla porta. Anche il corridoio era deserto, avevo preferito accertarmene. Nel tornare a sedere, dissi: « E così vuoi diventare ufficiale di Polizia... »

Annie annuì con convinzione.

« E Mathilde? »

Alzò gli occhi al cielo come per dire che lo ignorava.

« Sua madre vuole che studi diritto internazionale e perciò che si iscriva alla scuola di commercio di Angers, ma io sono sicura che questo non è affatto quello che lei desidera fare. »

Annie scosse la testa. « Assolutamente no! »

« E ti ha detto cosa desidererebbe studiare? »

« Sì, Mathilde è molto dotata per il disegno e vorrebbe iscriversi alla scuola d'arte di Nantes. »

« Perché a Nantes? »

La ragazza arrossì fino alla radice dei capelli e abbassò gli occhi sulle proprie dita, che si stava torcendo nervosamente.

« È un segreto? »

Ancora una volta lei annuì, guardandomi dal basso.

Mi avvicinai e le presi le mani. « Ti dico io perché voleva andare a Nantes: perché ha un amico che studia là. » Le sorrisi e tornai a sedere sul letto. « Come vedi, non si può nascondere niente alla Polizia! Ma rassicurati: tutto quello che mi dirai resterà tra noi.»

Annie prese a rigirarsi tra le dita un bottone della camicetta, lanciandomi di quando in quando occhiate furtive. Evidentemente si chiedeva se potesse fidarsi di me.

La lasciai riflettere, poi mi alzai e mi recai alla finestra, da cui lo sguardo poteva spaziare sino all'orizzonte su boschetti separati da prati di un verde tenero in cui pascolavano vacche bianche e nere, boschi cedui più cupi, campi di colza di un giallo splendente, e sparsi qua e là, perduti tra la vegetazione, un'azienda agricola, un campanile, un contadino sul suo trattore rosso: una magnifica vista della pacifica regione di Quimperlé.

Aprii la finestra per assicurarmi che di lì non si potesse uscire, se non servendosi di una fune di strisce di lenzuola intrecciate, come nei romanzi. Tuttavia sarebbero state necessarie parecchie lenzuola per calarsi al suolo da un'altezza di una decina abbondante di metri. Inoltre la proprietà era cinta da un muro in pietra alto almeno due metri, con in cima cocci di bottiglia per scoraggiare chiunque avesse tentato di scavalcarlo. Non sapevo di che pasta fosse fatta Mathilde Tristani, però ero certa che alla sua età Mary Lester non sarebbe stata ostacolata da un muro come quello. Richiusi la finestra e tornai dalla ragazza. «Annie, ti stai chiedendo se puoi fidarti di me, vero?»

Mi guardò di nuovo dal basso, mentre le si imporporavano le guance, poi annuì. «Sì...»

«Il problema è tutto qui», dichiarai, nel sedermi sul letto accanto a lei. «Si chiama discernimento, o fiuto... Quando si è sbirri, si ha bisogno di fiuto. Bisogna fidarsi del proprio intuito per sapere chi è degno di fiducia e chi non lo è. Ad esempio, se fossi al tuo posto, io mi chiederei: "Di chi devo fidarmi? Di Mary Lester o di suor Thérèse?"»

Annie rise, di una risata argentina, e mi guardò negli occhi. «Non c'è paragone!»

«Perché?»

«Perché suor Thérèse riferisce tutto alla madre superiora.»

«E io? Sai a chi riferisco?»

Annie negò con un cenno della testa.

«Non riferisco a nessuno. Cerco soltanto di scoprire che cosa sia accaduto a una ragazza che si chiama Mathilde Tristani.»

«E poi?» chiese Annie.

«Poi? Cercherò di incontrarla e di scoprire perché se n'è andata.»

«E lo dirà a sua madre?» chiese Annie, come se quella prospettiva la spaventasse.

«È evidente che rassicurerò sua madre. Ma se Mathilde non desidera tornare da lei, non farò nulla per costringerla.»

Mi guardò come se non mi credesse. Senza dubbio il bottone della sua camicetta non avrebbe tardato a restarle tra le mani. «Eppure lei è della Polizia!»

«Senz'altro confondi la Polizia con qualcosa di diverso. La Polizia deve rispettare la legge. E sai cosa dice la legge?»

Allora Annie mi fissò, concentrata. Sembrava domandarsi se quella conversazione avrebbe potuto avere conseguenze sulle sue scelte future.

«La legge dice che la tua amica ha diciott'anni ed è maggiorenne. Ciò implica che è libera di fare della propria vita ciò che vuole, con chi vuole. Capisci?»

Fece di sì con la testa.

«Non ho potere alcuno per costringerla a rientrare in questa scuola o a ritornare da sua madre», spiegai.

«È vero?» ansimò Annie.

Se avesse saputo fino a che punto era vero! Non soltanto non ne avevo il potere, bensì non ne avevo neppure la volontà.

Fino al momento della sua scomparsa, Mathilde sembrava essere stata una ragazza gentile, affatto docile, che aveva detto amen a tutto, inclusa l'arcaica disciplina di madre Marie-Madeleine della Contrizione. Eppure un mese prima tali buoni propositi si erano dissolti in un lampo. Non mi restava che scoprire cosa avesse provocato la crisi.

«Che cosa è accaduto un mese fa a Mathilde?»

Annie sospirò e rispose con voce soffocata: «Siamo tornate a casa per il fine settimana, ma quando sua madre l'ha riportata qui, Mathilde piangeva».

«Perché non sarebbe voluta tornare in collegio?»

«Oh, no. A questo era abituata. È stato perché i suoi genitori avevano avuto un grave litigio.»

«Quanto grave?»

«Intendono divorziare.»

«Ah...»

«Mathilde ha detto di non avere più una casa dove andare...»

«Ma sua madre sarà sempre disposta ad accoglierla...»

«Sì, però Mathilde non era disposta a non trovare più suo padre a casa.»

«Bah! Ci sono litigi in tutte le famiglie. Non è per questo che si divorzia.»

«È quello che mi ha riferito lei...» Annie si guardò attorno come se temesse di essere udita. «E c'erano le lettere...»

Sgranai gli occhi. «Quali lettere?»

«Non lo so», rispose Annie, con espressione dubbiosa. «Mathilde mi ha detto soltanto che avevano ricevuto lettere terribili a Kreiz ar Pin.»

«Le aveva viste?»

La ragazza assentì con un cenno del capo.

«E non ti ha detto nulla di più in proposito?»

Annie negò scuotendo la testa e un tremito scosse la sua bella chioma dai riflessi rossi.

Riflettei. Era un vero mistero! Poi domandai: «Mathilde era più vicina a suo padre che a sua madre?»

Annie si strinse evasivamente nelle spalle. «Non lo so... Credo di sì... Suo padre la incoraggiava a iscriversi alla scuola d'arte, quindi...»

Quindi tra la pittura a olio e le sardine sott'olio non c'era paragone per Mathilde, e senza dubbio ciò contrariava parecchio la Grande.

«Conosci il padre di Mathilde?»

«Sì, è passato a trovarla parecchie volte.»

«Come ti è sembrato?»

«È un vecchio signore molto gentile.»

«Un vecchio signore? È tanto vecchio?»

«Almeno come mio nonno.»

«E quanti anni ha tuo nonno?»

«Sessantacinque anni.»

«L'hai rivisto dopo che Mathilde è scomparsa?»

«No, ho visto soltanto la signora Tristani.»

«E il nome dell'amico di Mathilde?»

«Vincent.»

«Vincent... E poi?»

«Vincent Ebrel.»

Scossi la testa, ammirata. «Bel nome!* E dove lo trovo questo Vincent Ebrel?»

Annie scrollò le spalle a indicare che non lo sapeva. Aveva spalle molto espressive. «Non ne ho idea.» Rifletté e aggiunse: «È chitarrista in un gruppo rock, Les Chats Échaudés. È tutto quello che so».

«Bene, già così non è male. Ora ti lascio. Scendi con me?»

«Sì, devo tornare in aula», rispose lei.

Prima di aprire la porta mi fermai, presi la ragazza per

* In bretone *Ebrel* significa aprile.

una spalla e la guardai negli occhi. «Non mi nascondi niente, vero, Annie?»

Lei scosse ancora una volta la testa, energicamente. «Le assicuro...»

«Se sapessi dov'è Mathilde, me lo diresti?»

«Sì, certo!»

Insistetti: «Davvero?»

Lei fece cenno di sì e io aprii la porta.

Cupa in viso, suor Thérèse ci attendeva sul pianerottolo. Quando scesi i gradini a quattro a quattro, tallonata da Annie, la povera suora rischiò di rompersi le ossa inciampando nelle sue lunghe gonne e per non perdere l'equilibrio perse la dignità aggrappandosi malamente alla ringhiera, dopo aver fatto due o tre gradini sulle chiappe. «Aspettatemi!» guaì.

Senza badarle, corsi fino all'ufficio della superiora, bussai al battente con due colpi secchi e aprii la porta.

La superiora mi fissò con tutta la sua altezzosità. «Non ricordo di averla invitata a entrare», dichiarò con voce glaciale.

«Neppure io», ribattei. «L'ultima volta mi ha ordinato di uscire.»

Suor Thérèse arrivò subito dopo, tenendosi le gonne a due mani, paonazza, senza fiato, e tentò di giustificarsi: «Madre...»

«Vada!» le ordinai con un'occhiataccia. «La chiamerò quando avrò bisogno di lei.» E le indicai il corridoio.

La toriera uscì indietreggiando, spaventata, e stupefatta nel vedere l'onnipotente Marie-Madeleine della Contrizione ammainare la bandiera al cospetto di una ragazzaccia. Decisamente il mondo non andava come avrebbe dovuto.

«Perché tanta inutile insolenza nei confronti di suor Thérèse?» domandò la superiora, scrutandomi con disprezzo. «Crede che sia utile trattarla come un cane?»

Anziché rispondere che avevo più rispetto per i cani che

per quella specie di ventosa che mi aveva incollato ai talloni, mi accontentai di sorridere soavemente. «Sono in Polizia, non dalla contessa di Ségur. Non cerco chi ha strappato le zampette alle moschine. Cerco una ragazza scomparsa!»

«Lo sappiamo che lei è in Polizia!» replicò la superiora, divertita. «Non occorre ripeterlo...»

Lo ammisi, aggiungendo: «Esatto! E le circostanze non sono più le stesse, signorina, quindi se le mie maniere non le piacciono, si prepari al peggio».

«Al peggio?» La superiora congiunse le mani dinanzi al viso. «Ho vissuto l'occupazione del mio convento da parte delle orde naziste nel '43.»

«La compiango. Ma se posso permettermi un consiglio, non si azzardi a evocare questi ricordi quando i miei colleghi verranno a perquisire i suoi locali.»

La superiora si alzò come se Lucifero le avesse affondato nel sedere un forcone arroventato al fuoco eterno. «Perquisire? Perché? Con quale diritto? La denuncerò per molestie e per abuso di potere...»

«Non si agiti tanto», interruppi. Poi insinuai: «Ha forse qualcosa da nascondere?»

«Non ho alcunché da nascondere, ma non so se lei immagina quale turbamento provocano i suoi metodi in questo istituto.»

«Le perquisizioni turbano sempre», ribattei. «Ma spesso sono necessarie per scoprire la verità. È proprio questa la loro funzione.»

«La verità!» inveì la superiora con disprezzo, come per protestare contro un'assurdità.

«Lei non esegue perquisizioni nelle camere delle allieve?»

La superiora scrollò le spalle. «Come se fosse la stessa cosa!»

«In linea di principio, sì, è la stessa cosa», replicai.

«Non siamo ancora a questo punto, ma è un'eventualità alla quale le converrebbe prepararsi. Quando si è coinvolti in un'indagine criminale può succedere di tutto. Nondimeno, si rassicuri: tutto avverrà con la massima correttezza. Chiederemo una rogatoria al giudice istruttore.»

Madre Marie-Madeleine si mise a farfugliare, cosa che non doveva capitarle spesso. «Un'indagine criminale? Ma quale crimine è stato commesso? E dove?»

«Senza che io le tenga un corso di diritto, signorina, sappia che una tale indagine non concerne necessariamente un assassinio. Anche il rapimento può essere un crimine.»

«Il rapimento?»

«La vecchia è disalberata», avrebbe detto Fortin. In effetti, la superiora iniziava a sbandare. Era braccata dal mondo moderno, un mondo duro, impetuoso, inesorabile, che lei per mezzo secolo si era sforzata d'ignorare, se non di negare. Ed ecco che la schiuma dei giorni batteva alla sua porta e io mi sentivo sopraffatta da una sorta di pietà.

La superiora levò gli occhi angosciati al cielo per cercare soccorso, poi guardò di nuovo me e con voce rotta chiese: «Che cosa posso fare?»

Sospirai e risposi, addolcita: «Sono lieta che sembri rendersi conto finalmente della gravità della situazione».

Madre Marie-Madeleine della Contrizione avanzò di due passi fino alla finestra, l'aprì, guardò fuori e respirò profondamente due o tre volte, poi la richiuse piano e tornò verso di me. Aveva ritrovato tutta la sua calma, almeno in apparenza. «Quando ci siamo accorte che Mathilde mancava all'appello, ho subito tentato di avvertire i suoi genitori, ma non siamo riuscite a contattare nessuno.»

Rimasi sbalordita. «Nessuno?»

«Proprio così. I dipendenti della signora Tristani mi hanno riferito che lei era in vacanza e che non poteva essere raggiunta.»

«E suo marito?»

«Anche il signor Tristani era assente e nessuno sembrava sapere dove si trovasse.»

«Chi ha risposto al telefono?»

«Al suo domicilio ha risposto una certa Annette, che si occupa della casa in assenza dei padroni.»

Aveva detto *dei padroni*: molto eloquente! «E questa Annette?»

«Annette ignorava dove fosse la signora Tristani, oppure era obbligata alla riservatezza, cosa del tutto comprensibile. Ho lasciato un messaggio, ma non so se le sia stato riferito. Nessuno ha richiamato. Così ho tentato d'informare il signor Tristani mediante l'azienda, senza ottenere risposta. Infine ho contattato il notaio incaricato di pagare la retta per Mathilde.»

«Il notaio Lombard, a Pont-Croix?»

La superiora annuì, sorpresa. «Proprio lui...»

«E cosa le ha detto, il notaio Lombard?»

«Che non sapeva nulla di preciso a proposito di dove si trovasse Mathilde.»

«Non ha comunicato la scomparsa alla Polizia?»

Madre Marie-Madeleine della Contrizione sospirò. «È una questione delicata. Probabilmente la gendarmeria avrebbe risposto che la ragazza è maggiorenne e libera di recarsi ovunque voglia.»

«Questo è senz'altro esatto», confermai.

«In seguito i genitori avrebbero potuto rimproverarci se vi avessimo avvisati. Nessuno desidera che la Polizia vada a ficcare il naso nelle faccende personali. Le nostre allieve sono di buona famiglia...»

La interruppi: «Appartengono a famiglie privilegiate, intende dire».

Sospirò. «Se preferisce...»

«Lo preferisco. A quanto ammonta la retta mensile al Saints-Anges?»

«Quasi duemila euro.»

«All'incirca il mio stipendio», commentai. «Vede, madre? Anche se mi sposassi e avessi figli, non avrei mai i mezzi per affidarli alle sue cure scrupolose.»

La superiora capì che mi beffavo di lei e rispose a tono. «Bontà divina! Una sola Mary Lester in tutta la mia carriera è più che sufficiente per la mia serenità!»

Indicai la porta alle mie spalle, dietro la quale doveva trovarsi suor Thérèse, con l'orecchio incollato all'anta. «La sua toriera non ha visto uscire Mathilde?»

«No. Chieda pure a lei, ma sappia che è la prima cosa che ho fatto.»

«Non ne dubito.»

«Suor Thérèse non sarà mai dottore in teologia», osservò la superiora, con un mezzo sorriso. «Tuttavia come sorvegliante è più efficiente di una sentinella della Legione straniera.»

Il paragone mi divertì. «Conosce la Legione straniera?»

«Mio padre ne era colonnello e mio fratello tenente», rispose con serietà la superiora. «Mio padre è caduto alla testa delle sue truppe sulla Mosa nel maggio del 1940 e mio fratello a Dien Bien Phu nel 1954. Il suo corpo è rimasto nelle risaie.»

Aveva parlato in tono pacato e sicuro, guardandomi in modo tale che non mi fu possibile far altro che farfugliare: «Ne sono desolata...»

Lei sorrise serena. «Non lo sia. La nostra famiglia ha sempre servito Dio e la Francia, spesso pagando il prezzo più grande. Io sono l'ultima dei Lacaune, scritto con la "au".» Era comunque forte e temibile, madre Marie-Madeleine della Contrizione. Era riuscita a redarguirmi, e con stile. Sapeva bene che ormai non l'avrei più guardata allo stesso modo.

Sospirai. «Lei è formidabile, madre!»

La superiora mi osservò, sempre sorridendo, come se

volasse alto, lontano dalle nostre meschine considerazioni. «Lei non è da meno.»

«Devo avere avuto una buona scuola.»

«Se lo dice lei...»

Al momento il duello si combatteva al fioretto con bottone protettivo. Lei mi guardava con una sorta di golosità, come il gatto guarda il topo prima di divorarlo. Alla fin fine mi parve che non fosse troppo scontenta della sua ex allieva.

Ruppi l'incanto: «A suo avviso, madre, com'è fuggita Mathilde?» Notai la soddisfazione che provò quando la chiamai «madre» per la seconda volta.

«Proprio lei mi pone questa domanda, Mary Lester?» replicò la superiora con indignazione tanto finta quanto beffarda.

«La proprietà è interamente cintata», risposi. «Un muro alto due metri con sopra cocci di bottiglia...»

Divertita, lei rispose: «E questo le avrebbe forse impedito di... diciamo... andare a cercare sigarette per le sue amiche?»

«Touché!» sorrisi. Mi alzai, consapevole della futilità dei miei sforzi. Madre Marie-Madeleine della Contrizione non mi avrebbe mai detto nulla più di quanto giudicasse necessario, e di sicuro questo non mi sarebbe servito a procedere nell'inchiesta. «Ora la devo lasciare.»

«Di già?» ironizzò lei.

«Ma tornerò.»

«A perquisire?»

Senza dubbio questa possibilità la angosciava. «Vedrò se mi sarà possibile evitarlo.»

La superiora si alzò per accompagnarmi alla porta. «Che sia fatta la volontà di Dio», proclamò.

Anziché punzecchiarla replicando *Inshallah*, risposi, seppure con distacco, per rispetto allo spirito del luogo: «Amen».

6

Messosi comodo in macchina, Fortin ascoltava musica in sordina e si stuzzicava i denti con un fiammifero appuntito. Sempre questa mania. Non so quanti fiammiferi usi a questo scopo nel corso di una giornata, ma di sicuro molti di più di quanti ne accenda.

Schioccai la lingua per redarguirlo di quella evidente mancanza di buona creanza. «Se ti vedesse madre Marie-Madeleine della Contrizione!»

«E chi è?» chiese lui.

Risposi imitandolo: «Come dire la padrona della fabbrica».

Senza commuoversi per quella definizione quantomeno impertinente e senza neppure coglierne l'ironia, Fortin domandò: «È una suora?»

«Sì, è una suora, una religiosa, nonché madre superiora.»

«Ah...» fece lui, fissando il vuoto. Parve riflettere, si sfilò lo stecchino dalla bocca e sentenziò con noncuranza: «Vedi, Mary, che alla fine tra un delinquente e un pretaccio non c'è poi tanta differenza quanto si crede».

Cosa si era inventato ancora? «Spiegati!»

«Be', vedi, la tua superiora potrebbe chiamarsi semplicemente signora Madeleine.»

Feci il broncio. «Sarebbe un po' da ruffiana, e ti assicuro che questa non è una casa di tal genere.»
«Allora ci aggiunge "della Contrizione".»
«Continuo a non vedere il rapporto con i delinquenti.»
«Be', i delinquenti si fanno chiamare in modo simile: Dédé di Belleville, Jo di Saint-Étienne, Riton il Nantese...»
Scrollai le spalle. Forse sono stata deformata dalla mia educazione tradizionale, anche se vi ho resistito, ma bisogna riconoscere che Fortin ha conosciuto soltanto insegnanti ultra laici che mangiavano preti a colazione, a pranzo e a cena, quindi non bisogna stupirsi quando se ne esce con simili riflessioni.
«Sembra che tu le conosca bene, le suore», aggiunse Fortin, con aria scaltra.
«Perché lo dici?» ribattei, diffidente.
«Perché sono sicuro che c'è una cosa che non sai.»
«Di sicuro ci sono molte cose che non so», ammisi. «Comunque ne so molte più di te, a proposito di suore.»
«Lo credi tu!» Fortin socchiuse gli occhi e domandò: «Lo sai, tu che sai tutto, come si riproducono?»
Credetti di aver sentito male, così lo indussi a ripetere: «Come, scusa?»
«Ti ho chiesto se sai come si riproducono le suore!» Serio come un papa (appunto!) Fortin spiegò: «Non hanno amanti. Sei d'accordo?»
«Ovvio!» feci, alzando le spalle.
Lui insistette: «Ebbene?»
Io tacqui.
«Visto! Non lo sai!» esultò lui, trionfante.
«Allora illuminami», lo esortai, irritata.
Sgranò gli occhi e dichiarò: «Fanno le uova!»
Rimasi muta. Per quanto fossi abituata ai suoi pressapochismi, le sue riflessioni tortuose mi lasciavano spesso senza parole. «Mio povero Jipi», finii per dire. «Devi smetterla con le tisane di marijuana. Pare che distruggano irrime-

diabilmente i neuroni e temo che tu sia già arrivato al punto di non ritorno.»

«Io, farmi di roba?» protestò lui, indignato. «Sei matta!»

«Non così tanto. C'è chi vede elefanti rosa, tu vedi uova di suore.»

«Non ne ho mai viste, ma dato che vivono in convento...» Rimasi troppo interdetta per profferir verbo e lui rincarò: «In convento... covano!* È buona, no?»

«È stupida», rimbeccai, furiosa per esserci cascata.

Fortin rise fino alle lacrime, poi, con il fazzoletto di carta che gli porsi, si asciugò le guance, ripetendo: «È buona, vero? Certo che è buona!»

«Va bene», dissi. «È eccellente e soprattutto di ottimo gusto. Ora parti!»

«Dove si va?» domandò il Grande, un po' scoraggiato dalla mia reazione.

«Si rientra», risposi secca.

«Alla tana?»

«Hai un'altra idea?»

Scrollò le spalle. «Sei tu che comandi.» All'improvviso aveva l'aria triste.

La vettura partì e ripercorse il viale.

Al momento di svoltare in strada Fortin si piegò verso di me. «Sei offesa?»

«Offesa, no. Costernata.»

«Bah! Non hai più il senso dell'umorismo. Da quando sei diventata capitano non sai più ridere. Stai invecchiando.»

«Proprio così», dissi tra i denti, arrabbiata al pensiero che forse aveva ragione. Chissà, magari qualche anno prima il suo scherzo idiota mi avrebbe fatta piegare in due

* Gioco di parole intraducibile per il doppio significato di *couvent*: convento e covano. (*N.d.T.*)

dal ridere. Cambiai discorso. «Credimi, Jean-Pierre Fortin, ti ammiro.»

D'improvviso parve inquieto. «Mi ammiri?»

«Sì!»

«Posso sapere perché?»

«Non perché sei grande e grosso, non per le tue braccia enormi...» Mi accorsi che cercava di guardarsi nello specchietto retrovisore e ordinai: «Guarda la strada! Non è neanche per il tuo profilo da pastore greco...»

Lui mi guardò in tralice, sempre più inquieto.

«Ti ammiro perché sei un'anima pura.»

Fortin mi guardò con tale intensità che l'auto rischiò di finire fuori strada.

Gli girai il volante. «Ehi! Guarda dove vai!»

Richiamato all'ordine, lui scalò una marcia e accelerò brutalmente senza dire una parola. Nessuno gli aveva mai detto che aveva un'anima pura, né mai lo aveva paragonato a un pastore greco, perciò cercava il sarcasmo. Quando non lo trovò, mi scoccò un'occhiata astiosa.

Alla fin fine avevo fatto bene a chiedergli di aspettarmi fuori del convento. Se avesse visto di chi ero amica, madre Marie-Madeleine della Contrizione avrebbe avuto un colpo apoplettico.

Parcheggiata l'auto nel cortile della stazione di Polizia, entrammo nell'atrio e il brigadiere in servizio mi chiamò: «Capitano, il commissario Mervent ha detto di...»

Terminai la frase: «Presentarmi nel suo ufficio appena tornata?»

«Proprio così, capitano.»

«Che sorpresa! Ci vado di corsa, vecchio mio! Di corsa!»

Prima di bussare alla porta del capo, passai nel mio ufficio a redigere una lista di nomi che porsi a Fortin.

Lui lesse: «Istituto Saints-Anges...» Mi guardò con aria interrogativa.

«Verificare che non siano scomparse altre ragazze, diciamo negli ultimi cinque anni.»

«Vincent Ebrel... chi è?» chiese il Grande.

«Un chitarrista. Suona in un gruppo chiamato Les Chats Échaudés. Voglio tutto su questo ragazzo e sul suo gruppo.»

«Bene, capo. E Annette Kerlorch?»

«È la domestica della signora Tristani, la sua donna di fiducia. Penso che la sappia lunga su tutto quello che si trama o si è tramato a Kreiz ar Pin. Come per il chitarrista, voglio sapere tutto quello che si trova su di lei. Adesso scusami, il commissario Mervent mi aspetta.»

In effetti il commissario Mervent mi aspettava, con l'aria di avere una notizia di fondamentale importanza, e questa volta mi prevenne invitandomi a sedere, con estrema cortesia. «Sarà contenta», esordì, allegro. Lasciò protrarre per un poco la suspense, poi, visto che non chiedevo nulla, annunciò con aria trionfante: «La signora Tristani ha presentato una richiesta di ricerca nell'interesse delle famiglie, e questo vuol dire che ormai può avviare la sua inchiesta in un contesto legale».

Gustai il gergo, poi feci l'estasiata. «Un contesto legale? Bravo, capo! Adesso ci si può mettere seriamente al lavoro!»

Mervent si pavoneggiò con estrema soddisfazione, come se avesse appena arrestato il nemico pubblico numero uno. «Da dove intende cominciare?»

Mi finsi indecisa. «Una visita alla scuola di Mathilde Tristani. Cosa ne pensa?»

«Splendido.» Mervent si strofinò le mani come se la prospettiva gli fosse particolarmente gradita. «Splendido!» A un tratto puntò un indice al soffitto. «Ma attenzione, Lester: diplomazia, rispetto delle formalità... Quel collegio è frequentato...»

« Da gente bene. Lo so, signore. Non tema alcunché... »

Quando uscii mi gratificò con una benedizione di una untuosità quasi episcopale.

La grande carcassa di Fortin dominava la gracile figura dell'informatico e lo schermo del computer.

Le dita agili di Albert Passepoil correvano sulla tastiera e si sentiva il ronzio di una stampante che sputava fogli.

« A che punto siamo? » domandai.

« Nessun'altra scomparsa al Saints-Anges », riferì Fortin. « Nulla da dire su quella scuola, liscia, ovattata e rassicurante per la borghesia. »

« Lo immaginavo. E il mio chitarrista? » Presi il foglio che Fortin mi porgeva e lo lessi: « Vincent Ebrel, ventidue anni, figlio di Robert Ebrel, quarantacinque anni, professione vigile del fuoco, e di Odile Lancien, quarantaquattro anni, operaia nel settore dell'abbigliamento, attualmente disoccupata. Domiciliati in avenue du Corniguel a Quimper ».

Robert Ebrel era conosciuto come iscritto molto attivo a un sindacato di estrema sinistra e a un partito che non lo era di meno. Sua moglie era la *pasionaria* dei movimenti rivoluzionari, sempre in testa ai cortei di rivendicazione, con il megafono in mano.

Un'autentica coppia di militanti.

I ragazzi del gruppo Les Chats Échaudés erano amici che vivevano nello stesso quartiere, accomunati dalla passione per la musica e che godevano di una certa notorietà nella cerchia delle *festou-noz*.* Avevano avuto noie per qualche storia di spinelli e marijuana, ma niente di insolito in quegli ambienti.

Non mi restava che recarmi in avenue du Corniguel.

* In bretone, feste notturne.

7

Non ebbi difficoltà a trovare l'abitazione del pompiere in mezzo a uno di quei complessi di case popolari costruiti in economia.

Tanto vale ammettere, a distanza anni luce da Kreiz ar Pin, il lussuoso maniero dei Tristani. La biancheria pendeva da fili tesi tra pali in cemento e le erbacce invadevano il giardino, dove un gommone mezzo sgonfio giaceva come una balena morta su un rimorchio arrugginito.

Mi imbattei in sua madre, una donna volgare e corrucciata che mi considerò con sospetto e subito mi domandò, senza prendersi la briga di dirmi buongiorno: «Che c'è?»

«Buongiorno, signora. Vorrei vedere Vincent.»

La sua fronte ottusa s'increspò. «Che cosa vuole da mio figlio?»

«Semplicemente parlargli.»

«Perché?»

«Ho alcune domande da porgli.»

La fronte della donna si corrugò ulteriormente. «Domande? A che proposito?»

Soprattutto bisogna evitare di perdere la pazienza. «Se non le dispiace, lo dirò a lui di persona.»

La mia risposta non la soddisfece. A un tratto divenne del tutto ostile e non vidi più nel suo volto cupo che le due perle nere degli occhi e il tratto livido della bocca. Serrando i pugni, sibilò: «Sì, mi dispiace! È mio figlio».

«Certo, però è maggiorenne.»

«Vive sotto il mio tetto!» Le sue risposte fischiavano come pallottole. Per essere una collettivista militante dimostrava, a proposito del figlio, un senso esasperato della proprietà.

Non avrei voluto essere il padrone che aveva assunto Odile Lancien, la signora «risponde a tutto», ex operaia nel settore dell'abbigliamento. In compenso, se la padrona in questione fosse stata Anastasie Tristani, il confronto non avrebbe mancato di asprezza. Di sicuro la Grande non era arrivata dove si trovava senza aver dovuto affrontare megere di quel tipo.

«Tanto per cominciare, tu chi sei?» ringhiò la signora Ebrel. Se si illudeva di sconcertarmi dandomi del tu, le conveniva cambiare strategia. Il suo sguardo non si staccò dal mio. «Sei della Polizia?»

Mostrai il mio distintivo. «In effetti... Capitano Lester.»

Questo raffreddò un po' i suoi bollenti spiriti, anche se non a lungo. Mi osservò con cattiveria e inveì: «Ah, bene! Adesso le prendono dalla culla, le sbirre?»

«Basta così, signora», replicai con calma. «O vostro figlio è qui, oppure non c'è. Se è qui, le ripeto che desidero vederlo, altrimenti gli lascio una citazione affinché si presenti al commissariato domani mattina alle otto.» Sfilai di tasca un libretto a madre e figlia e lo aprii.

«Va bene», cedette lei, di malagrazia. Con un cenno della testa mi indicò il vialetto che girava intorno alla casa e conduceva al garage. Poi si mise a sbraitare: «Vincent! Vincent!» A gesti mi esortò a seguirla, borbottando frasi scortesi su quelle stronze di sbirre che non avevano niente da fare se non rompere il cazzo al prossimo.

Per fortuna in simili circostanze sono sorda.

Vincent Ebrel era un rasta esile e gentile, con lunghi

dreadlocks probabilmente di stoppa, visto che non era molto villoso. Con la sua barba biondiccia, rada e un po' riccia faceva pensare a un folletto dispettoso.

«Cos'hai combinato 'sta volta?» gli domandò la madre in tono arrogante. «Ancora una storia di erba o qualcosa del genere?»

Il ragazzo chinò la testa al cospetto della madre senza rispondere.

Allora cercai di attenuare l'ostilità che la donna spargeva ovunque al suo passaggio. «No, signora, non si tratta affatto di questo.»

Lei mi guardò furiosa, poi, con una scrollata di spalle, ringhiò: «Dopotutto, che me ne fotte?» E sparì non proprio silenziosamente.

Il chitarrista mi guardò un po' a disagio.

Fischiai. «Che caratterino!»

Lui allargò le mani in segno d'impotenza, come a dire: «Non posso farci niente!»

Davanti al garage, il cofano aperto rivelava le viscere della Golf, il motore tutto chiazzato di ruggine e la batteria con le piastre ossidate.

«Non è più molto giovane, eh?» commentai.

Vincent si pulì le mani in uno straccio unto, incrostato di sporcizia e chiazzato di vernice. «È quasi un pezzo da collezione», ironizzò. «Bah, comunque viaggia.»

A dire il vero la vettura non aveva l'aria di essere pronta a lanciarsi in autostrada, ma forse, ad aver fiducia...

Osservai l'interno del garage. «È là che provate?»

«Sì.»

Vidi una chitarra elettrica posata sopra un sintetizzatore, una batteria e un mixer. Mi curvai sulla chitarra e commentai, ammirata: «Be', non ti fai mancare niente: una Fender Stratocaster, è fantastica per suonare!»

Sorpreso, Vincent mi fissò. «Ha l'aria d'intendersene.»

Feci la modesta. « Be', un po'... » Presi la chitarra e chiesi: « Posso? »

Mi guardò beffardo. « Sicuro! Vuole che la colleghi? »

Conoscendo la propensione degli adolescenti a suonare a tutto volume declinai l'offerta. Non avevo intenzione di svegliare l'intero quartiere. Inanellai i dieci o dodici accordi che conoscevo e che in altre circostanze mi avevano permesso di acquisire grande prestigio accompagnando *Kumbaya* ai falò durante le vacanze estive in colonia.

Il suono della chitarra non amplificata fu esile.

« Ehi! Ha un tocco mica male! » commentò Vincent, stupito.

« Di certo neanche la metà del tuo », risposi. « Me la cavo meglio con le tastiere. »

Accesi il sintetizzatore e presi a suonare *The Entertainer*, un ragtime trascinante che adoro e che, in tutta modestia, eseguo con una certa virtuosità. Lessi la sorpresa negli occhi del chitarrista.

« Caspita! Maledettamente brava! »

« Oh, credo che questo non sia il vostro genere... »

« No, ma è dannatamente bello lo stesso! »

« Detto da un intenditore, mi fa molto piacere. »

« Non sapevo che gli sbirri suonassero il pianoforte », aggiunse lui.

« Non si dovrebbe mai generalizzare », sentenziai, alzandomi. « In genere me la cavo meglio con il violino. »* La mia battuta banale non fu colta. « Comunque non sono qui per avere un posto nell'orchestra, ma per parlarti di Mathilde Tristani. »

Un lampo strano passò negli occhi verdi di Vincent, perché aveva gli occhi verdi, lui! « È vero, lei è proprio una sbirra », commentò. Per qualche istante la musica gli aveva

* Nell'originale, *violon*, usato familiarmente per *guardina*. (*N.d.T.*)

fatto dimenticare quella sgradevole realtà. «Che vuole sapere? Mathilde mi ha lasciato!»

«Eppure mi è stato detto che era molto innamorata...»

Rise amaramente. «Lo era...»

«Avete litigato?»

Mi guardò, sorpreso. «No, lo giuro!»

«Ma allora...»

«Allora cosa?»

«Come ti spieghi la sua scomparsa?»

Gettò lo straccio sul pavimento con rabbia. «Se lo sapessi!» Poi mi guardò. «Non me lo spiego! Io l'amavo, lei mi amava, andava tutto bene, dovevo andare a trovarla a Quimperlé...»

«La vedevi in collegio?»

«In un certo senso... Lei scavalcava il muro.»

«Ah! Eppure è parecchio alto, quel muro...»

Scrollò le spalle. «È uno scherzo! Ho smontato una scala a libro in alluminio. Ce n'è un pezzo all'interno della scuola, nascosto in un cespuglio, e l'altro nel fosso lungo la strada.»

«Oh! Se è così, allora è davvero uno scherzo.»

Io per scavalcare il muro mi ero dovuta arrampicare su un albero, avevo strisciato lungo un ramo che sporgeva all'esterno del parco del collegio e mi ero lasciata scivolare a terra. Rientrare era stato ancora più scomodo. Non potendo raggiungere da terra il ramo sporgente, ero stata costretta ad arrampicarmi in un tratto dove alcune pietre mancanti offrivano presa per le mani e appoggio per i piedi. Sfortunatamente nel saltar dentro alla cieca, nel buio della notte, ero caduta sulla serra di suor Augustine, preposta a coltivare i fiori per la cappella. Non vi dico il rumore di vetri fracassati nella notte! Per puro caso non mi ero ferita gravemente con i cocci. Un po' stordita, non ero riuscita a liberarmi del filo di ferro in cui ero rimasta impigliata prima che arrivasse la pattuglia, cioè suor Marie-

Madeleine della Contrizione e la sua anima dannata, suor Yvonne, la toriera. Pensate forse che mi sarebbe stato possibile negare?

Devo riconoscerlo: quei ragazzi erano organizzati molto meglio di quanto lo ero stata io.

«Quindi sei andato a trovarla come d'accordo e lei non si è vista...»

«Proprio così.»

«E poi?»

«Poi cosa?»

«Presumo che tu non sia rimasto passivo. Avrai cercato di capire cosa fosse accaduto...»

«Ovvio. Sono riuscito a vedere Annie, la sua compagna di stanza.» Scosse la testa. «Non sapeva niente. Mathilde non era stata con lei e la sua auto è ancora in garage.»

«Sei andato a indagare personalmente a Kreiz ar Pin?»

Mi guardò, vagamente seccato. «Ma certo...»

«I cani ti conoscono?»

Alzò gli occhi con disprezzo. «Quei vecchi...»

In effetti i due alani non mi erano sembrati feroci cani da guardia. «In sostanza, che cosa ne pensi?»

Sgranò gli occhi. «Di cosa?»

«Della scomparsa di Mathilde!»

«Sua madre...»

«Sua madre l'avrebbe fatta sparire? Lo credi davvero?»

Si arrabbiò. «E perché non dovrei crederlo? Quando ha saputo che Mathilde usciva con me ha sbarellato.»

Che lessico! Tentai una traduzione: «Vuoi dire che si è infuriata con Mathilde?»

«Eccome! E la sua vecchia è persino venuta qui a dirmene quattro. Per fortuna mia madre non c'era! In più ha telefonato a mio padre in caserma. Così poi ne ho prese anche dai miei!»

«I tuoi genitori non apprezzano Mathilde?»

Lui tagliò corto con aria disgustata. «Neanche la conoscono.»
«Allora che cosa le rimproverano?»
«Troppo ricca!» rispose lui, irritato.
«E la signora Tristani ti giudica troppo povero...»
«Più o meno.»
«Corneliano», commentai.
Mi guardò senza capire. «Come, scusi?»
«Ho detto che è una situazione corneliana.»
Lui corrugò le sopracciglia. «No, non è quello che ha detto.»
Non era il momento adatto per spiegargli che «corneliana» era il femminile di «corneliano» e che non aveva niente a che vedere con gli uccelli neri che gracchiavano sui comignoli dei dintorni.* Invece usai un linguaggio che doveva essergli più familiare. «Lascia perdere. Come hai conosciuto Mathilde?»
«A un concerto, l'estate scorsa, a Plogoff.»
«E suo padre?»
«Suo padre, cosa?»
«Lo conosci?»
«Mai visto. Però lei mi ha detto che era molto gentile e che la capiva molto più di sua madre.»
«Sai dove abita?»
La mia domanda parve sorprenderlo. «Ma... a Kreiz ar Pin!»
«Non più.»
«Ah...» commentò Vincent, con aria perplessa. «Allora dove sta?»
«È quello che ti ho chiesto.»
«Come faccio a saperlo?»

* Equivoco tra *corneille*, cornacchia, e Pierre Corneille (1606-1684), da cui deriva l'aggettivo *cornélien*, al femminile *cornélienne*, che in rapporto a una situazione la definisce come caratterizzata da un dilemma, da un'opposizione irriducibile tra due punti di vista. (*N.d.T.*)

«Può darsi che Mathilde sia andata da lui.»

«Può darsi.» Lui rifletté e aggiunse, con una certa logica: «Ma dato che non si sa dove stia, la cosa non ci aiuta».

Ne convenni. «Mathilde non ha altri parenti?»

«Sì, una zia.»

«Una sorella di sua madre?»

«No, di suo padre.»

«Presumo che tu l'abbia conosciuta...»

Negò.

Mi sorpresi. «Perché?»

«Le due famiglie sono in rotta.»

«Ah... Sono certa però che conosci il nome di questa zia e sai dove abita.»

«Signora Gourlaouen», rispose lui. «Abita a Plogoff.»

«Sono sicura anche di un'altra cosa, cioè che sei andato a casa sua.»

Lo ammise: «Ci sono andato, ma non mi sono avvicinato. Suo marito è un ex ufficiale di Marina». Si toccò la tempia con l'indice in un gesto molto esplicito. «Non è del tutto a posto, il tipo. Tutte le mattine issa la bandiera come se fosse ancora sulla sua corazzata.»

Osservai il mio gentile, piccolo rasta, con i dreads e il berretto multicolore... In effetti con quella uniforme non aveva alcuna possibilità di essere presentato allo zio militare. «Quindi hai guardato da lontano...»

«Sì.»

«E non hai visto niente...»

Scosse la testa. «No.»

«Bene», conclusi. «Tornerò a fare quattro chiacchiere con te.»

«Non torni qui», suggerì lui, gettando un'occhiata all'intorno. Prese una matita, annotò un numero su un pezzetto di carta e lo strappò per consegnarmelo. «È il mio numero di cellulare.»

Lo ringraziai e ricambiai porgendogli il mio biglietto da visita. «Ecco il mio. Chi trova notizie prima chiama?»

Scosse la testa in segno d'intesa e si congedò porgendomi una mano non troppo pulita.

Non faccio la schizzinosa quando un giovane musicista dall'avvenire promettente porge una mano a una sbirra. Non si rifiuta neanche se la zampa in questione è sporca di grasso.

8

Un impulso subitaneo mi spinse a prendere la strada di Audierne. Non chiedetemi perché ebbi una voglia improvvisa di torchiare ancora un po' la signora Tristani.

Avevo l'impressione che la Grande mi nascondesse qualcosa. Adesso che aveva deciso di presentare una richiesta ufficiale forse sarebbe stata più loquace.

Arrivai al maniero nel tardo pomeriggio, con il sole al tramonto che schizzava d'oro e di sangue le vecchie mura.

I cani erano dove li avevo visti l'ultima volta, anzi sembrava che non si fossero neanche mossi. Uno dei due accennò ad alzare la testa, poi la lasciò ricadere, spossato. L'altro si accontentò di aprire un occhio. Come guardiani non si davano granché da fare, era davvero il minimo indispensabile.

Questa volta smontai dall'auto senza apprensione, salii i gradini di pietra e suonai vigorosamente il campanello.

Non ero affatto sicura che nel personale a due zampe la signora Tristani avrebbe mantenuto per lungo tempo al suo servizio simili fannulloni. Forse amava più i cani che le persone? A saperlo!

Si accese una luce, e un viso tondo e pallido apparve dietro il vetro. Il tempo di scrutarmi con calma, poi l'esame risultò soddisfacente e la porta fu aperta.

La donna che mi trovai di fronte poteva avere qualunque età compresa tra i quaranta e i settant'anni, viso liscio e sereno dall'aria vagamente annoiata, capelli nascosti da un fazzoletto annodato dietro la nuca, mani grandi segnate dai lavori domestici... «Sì?» domandò laconica.

«Desidero vedere la signora Tristani», risposi.

Scrutandomi senza insistenza, la domestica dichiarò con voce pacata: «Non è qui...» e s'interruppe.

Avrei dovuto immaginare che una donna d'affari come la Grande non trascorreva le sue giornate in casa. «Lei è la signora Kerlorch?» domandai.

«In effetti sì... signorina.» Dopo avere esitato a chiamarmi «signora», la domestica aveva posato lo sguardo sulle mie mani prive di anelli e aveva optato per «signorina».

«Lei è la donna di fiducia della signora Tristani?»

Eludendo la domanda, forse perché non voleva arrogarsi il titolo di «donna di fiducia», rispose: «Mi occupo della casa».

«Da molto tempo?»

Si limitò ad annuire con la testa perché non era una gran chiacchierona, la signora Annette Kerlorch. Anche in questo caso si trattava del minimo indispensabile.

«Da quanto tempo?»

Sempre con calma, replicò: «Perché queste domande, signorina?»

Sospirai e mostrai la tessera. «Sono ufficiale di Polizia, signora Kerlorch. Come saprà, Mathilde è scomparsa e la signora Tristani è preoccupata. Sono incaricata di ritrovarla.»

Annette Kerlorch annuì di nuovo, poi sospirò impercettibilmente e indietreggiò a liberare il passaggio. «Se vuole entrare...»

La seguii nel salone dalle mura di pietra che già conoscevo.

«La signora Tristani non dovrebbe tardare», dichiarò Annette. «Vuole aspettarla?»

«Di solito a che ora rientra?»

«Non ha un orario fisso. Dipende dagli impegni e dagli appuntamenti. Ma questa sera... Mi ha telefonato per dirmi che intende cenare alle venti e trenta.»

«Lei si occupa anche della cucina?»

«Sì.»

«E dorme qui?»

«Sì, signorina, tranne la domenica, quando mi reco dalla mia famiglia, a Pors-Poulhan.»

«Abita a Pors-Poulhan?»

«Sì, signorina.»

Non era apertamente ostile, però era riservata e la sentivo sulla difensiva. Era viscida come una saponetta e bisognava estorcerle ogni parola.

Osservai la pendola, che segnava le diciannove. Mi restava un'attesa di un'ora, forse.

«Posso servirle qualcosa?» domandò Annette.

Il viaggio mi aveva messo sete. «Se avesse una tazza di tè non la rifiuterei.»

Lei annuì e si ritirò in silenzio. Allora rifeci lentamente il giro della sala. I dipinti di Firmin Tristani erano scomparsi, sostituiti da altre tele della scuola di Pont Aven.

Per fortuna c'erano spessi tappeti a nascondere a tratti le lastre fredde, perché tutta quella pietra mi rattristava immensamente.

Sempre silenziosa, Annette posò sul tavolo un vassoio con una teiera in argento, una tazza in porcellana bianca, una piccola e deliziosa lattiera del medesimo servizio, nonché tre pezzi di torta bretone dorati a puntino e tagliati a losanga, come si conviene.

Quando Annette si accinse a ritirarsi, le domandai: «Rimanga qui, signora Kerlorch».

Lei s'irrigidì un po', attenta.

«Suppongo che abbia sempre lavorato in questa casa...»

«Sì, signorina.»

«Ha cominciato in giovane età?»
«A quindici anni.»
«E ora ne ha?»
«Sessantacinque.»
Eseguii un rapido calcolo. «Dovrebbe essere in pensione!»
«Sì, signorina.»
«E non lo è?»
«Sì.»
La guardai, sorpresa. «Nonostante tutto, continua a lavorare?»
«Mi mantengo occupata, signorina. È vietato?»
«Non credo», risposi. «Ciascuno fa ciò che vuole del proprio tempo libero.»
In sostanza, Annette svolgeva a Kreiz ar Pin la stessa funzione di Amandine Trépon in venelle du Pain Cuit. Avrei dovuto essere particolarmente in malafede per rimproverarla.
«La signora ha bisogno di me», spiegò Annette.
Non ne dubitavo. «Se non sbaglio, lei ha la stessa età del signor Tristani...»
«Sì, del signor Firmin.»
«Dunque vi siete conosciuti in gioventù...»
«Sì...»
Sempre risposte sfuggenti e cortesi. «Non ha mai tentato di corteggiarla?»
Questa volta riuscii a farla arrossire. «Oh!» fece Annette, sorpresa. Poi si riprese: «No, signorina».
«Perché?»
«Sono cose che non si fanno, signorina!» ribatté Annette, con aria indignata.
Cos'era che non si faceva? Che il figlio del padrone sposasse una domestica? Probabilmente. Eppure Anastasie, una ex operaia di fabbrica, aveva sposato Firmin Tristani.

Avevo notato una fede sottile affondata nelle carni dell'anulare di Annette. « È sposata? »

« Lo sono stata. » Esitò prima di aggiungere: « Mio marito era nella marina mercantile. È scomparso in mare ventisette anni fa ».

« Ha figli? »

« Sì, due figlie. »

« Abitano nella regione? »

« Sì, signorina. » Dopo una nuova esitazione completò l'informazione. « La maggiore è infermiera a Esquibien. La minore è sposata con un marinaio di Bestrée. » S'imbronciò e precisò: « Pesca il branzino nel raz de Sein ».

« Un mestiere rischioso », commentai.

Con una smorfia, concordò.

Indicai le pareti. « Avete sostituito i quadri? »

« Sono lì da anni », rispose lei.

Aggrottai le sopracciglia. « Come, scusi? Ieri, quando sono stata qui, i quadri non erano questi. La stessa signora Tristani mi ha detto che quelle erano tele dipinte da suo marito. »

« Oh, li aveva appesi provvisoriamente. Questi sono i quadri originali, che risalgono all'epoca del signor Auguste. »

« Il signor Auguste era il padre del signor Firmin, vero? »

« Sì, signorina. »

Osservai i quadri: un Delavallée, un O'Connor, due Désiré Lucas che raffiguravano rispettivamente la Pointe du Raz e la Baie des Trépassés, alcuni Mathurin Méheut e un piccolo acquerello firmato Max Jacob. Manifestai la mia ammirazione prima di tornare all'argomento che mi interessava: « Il signor Auguste aveva buon gusto ».

« Sì, signorina », concordò solennemente Annette. « Molti pittori erano suoi amici. »

« Dove sono stati spostati i quadri del signor Firmin? »

«La signora mi ha raccomandato di portarli nella sua camera.»

«Lei cosa ne pensa? Le piacciono?»

«Non spetta a me decidere come decorare la casa.»

Fortin avrebbe detto: «Nello schivare è campionessa, la comare!»

«D'accordo. Ma a lei piacciono i dipinti del signor Tristani?»

Se mi aspettavo un giudizio critico, restai con le pive nel sacco.

«Non sono molto competente in materia, signorina.» Continuava a eludere la raffica di domande senza manifestare la minima traccia d'impazienza.

«Dipinge da molto tempo, il signor Firmin?»

«Ha sempre dipinto, signorina.»

Per questo la signora ha dovuto incaricarsi di amministrare gli affari di famiglia, pensai. «Sa dove si trovi il signor Firmin?»

Scosse la testa, fissando il confine tra tappeto e lastre, poi disse, sempre con voce calma e fredda: «Con il suo permesso, vorrei tornare al mio lavoro».

Glielo concessi volentieri perché sentivo che non era decisa a farmi confidenze. Bevvi il tè e mangiai a poco a poco la torta, che era eccellente, e nel frattempo sfogliai una rivista di arredamento trovata accanto al caminetto. In quella dimora regnava un silenzio impressionante, turbato soltanto da qualche scricchiolio proveniente dal soffitto pannellato.

Non si percepiva il trascorrere del tempo. D'improvviso ebbi l'impressione di essere sprofondata nell'eternità. D'altronde era vero che quelle bifore contemplavano l'estuario da cinque secoli, e cinque secoli erano parecchie generazioni!

Era già buio quando vidi i fari di una vettura illuminare il terrazzo. Mi accostai alla finestra e vidi una Mercedes coupé di colore scuro parcheggiarsi accanto alla mia Twingo.

Quando la portiera fu aperta, l'abitacolo s'illuminò a rivelare fugacemente la sagoma della signora Tristani. Poi il portone del maniero sbatté e subito echeggiò un rumore di passi in corridoio.

La porta fu aperta e apparve la Grande. Nel vedermi s'immobilizzò per un momento, poi si precipitò verso di me. «Ha notizie?»

Mi alzai. «Purtroppo no, signora.»

Rasserenato per un istante dalla speranza di buone notizie, il suo volto s'incupì. Annette si avvicinò con passo silenzioso e aiutò la padrona a togliersi il soprabito.

Curiosamente Thasie fissò l'attenzione sul vassoio e domandò: «Cosa beve?»

«Tè, che mi è stato gentilmente offerto dalla signora Kerlorch.»

«Tè!» ripeté la Grande, come se non credesse alle proprie orecchie. Guardò la pendola, verificò l'ora consultando il proprio orologio da polso, e domandò: «Non è semmai l'ora dell'aperitivo?»

«Se per lei va bene, mi fermerei al tè.»

Sempre diligente, Annette portò una bottiglia di whisky, un bicchiere di cristallo e un secchiello con il ghiaccio, poi tornò con i salatini.

La signora Tristani mise alcuni cubetti di ghiaccio nel bicchiere e li affogò nel liquido ambrato, quindi brindò: «Alla sua salute!»

Per cortesia, la imitai con la mia tazza praticamente vuota. «Alla sua!»

Bevve soltanto un sorso, chiuse gli occhi, scossa da un fremito, e sospirò. «Ne avevo bisogno. È stata una giornata stremante.»

Non le chiesi cosa l'avesse tanto stremata, ma se aveva dovuto discutere con commercialisti, consulenti giuridici, amministratori finanziari o qualche altro burocrate della stessa risma, allora la comprendevo alla perfezione.

Posò su di me un altro sguardo e d'improvviso parve chiedersi che cosa ci facessi lì. « Ma allora, se non ha novità, perché è tornata? »

« Per avere da lei elementi utili all'indagine. »

Si puntò un indice al petto. « Da me? Ma se le ho già detto tutto quello che sapevo! »

« No, non credo. »

S'indignò. « Allora è così! Mi tratta da bugiarda! »

Non risposi subito perché non era ancora arrivato il momento di esasperare la situazione. « La prego di non fraintendermi, signora Tristani », risposi dolcemente. « Non la sto affatto accusando di avere mentito... »

« Allora cosa intende dire? » ribatté lei con foga.

« Intendo dire che senz'altro lei conosce dettagli che ai suoi occhi non hanno alcuna correlazione con la scomparsa di Mathilde, mentre potrebbero risultare determinanti per proseguire l'indagine. »

Mi osservò con commiserazione. « Dica pure che sono troppo stupida per rendermene conto! »

Sospirai. « No, signora... Indagare non è il suo mestiere. Talvolta un minimo dettaglio può avere un'importanza determinante. »

Mi sfidò: « Ad esempio? »

« In primo luogo, ho necessità d'incontrare suo marito. »

Il suo viso si torse in una smorfia di dispetto. « Le ho già detto che... »

« Sì, mi ha detto di non volere che io lo incontri. Invece questa è proprio la prima cosa da fare. »

Si arrabbiò. « Cosa potrebbe mai dirle, mio marito? »

Non risposi. Spettava a me stabilire cosa avrebbe potuto dirmi. « Dove abita? »

« Non ne so nulla! » Con cattiveria aggiunse: « E non voglio neppure saperne niente! Tutto quello che è successo è colpa sua! »

Tesi l'orecchio. « Intende dire che la scomparsa di Mathilde... »

« È colpa sua, sì! »

« Ecco un fatto nuovo », commentai. « Sua figlia sarebbe dunque partita con lui? »

« Non lo penso affatto, altrimenti sarei già andata a cercarla e l'avrei riportata a casa tirandola per le orecchie! »

Senza dubbio sarebbe stata capacissima di farlo, anche se di sicuro quello non sarebbe stato il modo migliore per ricondurre a casa la ragazza, almeno per il lungo periodo. Tuttavia mi astenni dal commentare. « Dunque sa dove trovarlo! »

« Sì, lo so... Insomma, so dove cercarlo! »

« Ebbene, per il momento non chiedo nulla di più... » Sfilai di tasca il mio taccuino e attesi.

La signora Tristani mi guardò come domandandosi se comunicarmi o meno a quale domicilio avrei potuto trovare suo marito. Infine decise: « Bisognerebbe cercarlo a Pont-Croix, presso un certo Ernesto Diaz ».

« Bene. » Annotai il nome. « Non conosce l'indirizzo esatto? »

« No, ma Diaz è conosciuto a Pont-Croix. Ha un'attività bene avviata e non dovrebbe avere difficoltà a trovarlo. »

« E di quale attività si occupa, questo Diaz? »

Gli angoli della sua bocca si abbassarono mentre rispondeva con disgusto: « Artista pittore... »

Ripetei mentalmente « Artista pittore » e osservai: « Come suo marito ».

« In effetti », ammise recisamente. Si servì una dose di whisky e domandò: « È tutto? »

« Niente affatto », risposi. « Vorrei che mi parlasse delle lettere che ha ricevuto... »

9

La signora Tristani, che senza dubbio era rimasta in piedi per avere l'impressione di dominarmi, si afflosciò lentamente come se le avessero troncato le gambe. Per fortuna aveva una sedia a portata di mano. Vi sedette in maniera goffa e posò le mani aperte sul tavolo, guardandomi con incredulità. «Le lettere?» ripeté. «Chi le ha parlato delle lettere?»

«Annie Prat», risposi.

«Annie Prat!» echeggiò con voce spenta. «Come lo ha saputo?»

«Come vuole che abbia saputo dell'esistenza di quelle lettere?» ribattei, infastidita. «Ne ha parlato Mathilde!»

La signora Tristani mi fissò con uno sguardo terribile, come se volesse leggermi dentro. «Mathilde?»

«Da chi altri avrebbe mai potuto saperlo, Annie Prat? Era la confidente di sua figlia, la sua compagna di stanza...»

Con voce angosciata, domandò: «Che cosa le ha detto di preciso quella ragazza?»

«Mi ha riferito che Mathilde era rimasta molto turbata da un litigio che lei avrebbe avuto con suo marito. Tuttavia presumo che non si sia trattato del vostro primo litigio...» Non occorreva essere profondi conoscitori della vita di famiglia per capire che il matrimonio era in crisi ormai da lungo tempo.

« In effetti... » ammise Thasie. « Non c'era più molta intesa tra noi. »

Quella risposta mi parve un ottimo esempio di ciò che si chiama eufemismo. Sicuramente si sbranavano come cani, o meglio, conoscendo la signora, presumevo che fosse lei a infuriare nelle tempeste domestiche dopo averle scatenate.

« Quelle lettere riguardavano le vostre divergenze personali? »

Attese prima di rispondere, infine precisò: « Non si tratta di lettere, bensì di un'unica lettera ».

« Una sola? »

« Sì, e purtroppo è stata Mathilde ad aprirla. »

Attesi che proseguisse.

Allora aggiunse: « Quella lettera conteneva fotografie molto... » Cercò l'aggettivo giusto e finì per trovarlo. « Molto oltraggiose... »

« Un ricatto? »

« No. » Mi scrutò con aria di sfida. « Non sono una che cede, io! »

« Qualcuno ha tentato? »

« Qualcuno ha tentato! »

« E allora? »

« Allora, niente », dichiarò risoluta. « Nessuno mi ha mai costretta a cedere e nessuno mi costringerà mai! »

« Comunque per costringere qualcuno a cedere occorre una leva », osservai.

Corrugò la fronte. « Una... cosa? »

« Occorre offrire una presa. »

Mi sfidò con lo sguardo: « Io non offro alcuna presa ».

« Vorrei crederlo », risposi con aria dubbiosa. « Tuttavia... »

« Tuttavia... cosa? »

«Tuttavia, suo marito, sua figlia... C'è sempre un anello debole!»

Una breccia si aprì. Anastasie Tristani era troppo coriacea, ma forse la sua corazza si sarebbe incrinata se fosse stata minacciata sua figlia...

«Che cosa conteneva quella lettera?»

Si alzò di malagrazia, spostò un quadro facendolo ruotare e aprì una piccola cassaforte in acciaio incassata nel muro. Vi frugò un istante e ne trasse una busta che gettò sul tavolo dinanzi a me come per dire: «La vuole? Eccola!»

Non mi mossi, restando a guardarla senza batter ciglio finché lei si sentì a disagio.

Allora mi esortò come in tono di sfida: «Avanti! Legga!»

Aprii la busta, che non era sigillata, ne sfilai le fotografie che conteneva e le guardai. Erano state scattate con un teleobiettivo attraverso una finestra e mostravano due uomini seduti su un divano che si tenevano teneramente per mano, e poi si abbracciavano. Erano sei fotografie, scattate in sequenza. Alcune erano sfocate, soltanto tre erano particolarmente nitide. Mi accorsi che la signora Tristani non smetteva di fissarmi.

«Va bene?» domandò con astio mal represso. «È contenta?»

«In effetti, sono contenta che abbia infine acconsentito a chiarirmi la situazione», risposi. «Presumo che si tratti di suo marito con il pittore di Pont-Croix...»

Puntò contro di me un indice accusatore. «Lo sapeva! Da chi lo ha saputo?»

«Ma no...» replicai con voce stanca. Iniziavo ad averne abbastanza di subire la sua perenne aggressività. «Non ne sapevo nulla. Però è sufficiente fare due più due. Presumo che Mathilde abbia visto queste fotografie...»

«Certo, dato che è stata lei ad aprire la busta. La lettera era indirizzata alla famiglia Tristani. Ed ecco fatto! Ah, se avessi tra le mani quel bastardo...» Torse le sue grandi mani, ma invano. Il ricattatore era fuori portata.

Presi la busta. Era stata spedita a Audierne e l'indirizzo sembrava essere stato scritto con un normografo. «Presumo che l'abbiate maneggiata tutti...»

«Tutti chi?»

«Be', innanzitutto sua figlia, poi lei e suo marito.»

«Mia figlia, sì, e anch'io, ovviamente, ma mio marito non l'ha neanche toccata.»

«Ne è sicura?»

«Certo!» Mi guardò con aria di rimprovero. «Perché?»

«Perché l'ho chiesto? Perché sarebbe del massimo interesse individuarne l'autore, signora Tristani!»

«Evidentemente. Però le foto non erano accompagnate da nessuna lettera o firma.»

Tralasciai di sottolineare che la caratteristica delle lettere anonime è quella di non essere firmate. «Nessuna firma visibile», osservai. «Ma forse sarebbe stato possibile rilevare impronte digitali...»

Parve stupita. «Sulla carta?»

«Sì, sulla carta... E anche un capello, un pelo, una traccia di saliva, tutto ciò che può essere utile a individuare un'impronta genetica. Non ha idea di ciò che la Polizia scientifica può ricavare da una lettera anonima come questa. Però, adesso che è stata maneggiata da più persone... In ogni caso, se mai ne ricevesse altre, le chiedo di non aprirle, di infilarle subito in una busta e di avvisarmi.»

«Bene», disse lei, poco convinta.

«Dunque suo marito non ha accesso a questa cassaforte?»

«No, l'ho fatta installare da un muratore dell'impresa e sono l'unica a conoscerne la combinazione.»

«Da quando sa che suo marito è omosessuale?»

Assunse un'espressione altezzosa. «Da molto tempo! Poco dopo la nascita di Mathilde, per la precisione. Nei miei confronti ha sempre manifestato una freddezza... D'altronde si è sposato soltanto perché gli è stato ordinato dal padre.»

«Suo padre?»

«Sì, il vecchio Auguste!»

Il vecchio Auguste... Ricordava il pagliaccio, l'Augusto, e lo dissi alla signora Tristani.

Lei mi lanciò un'occhiata cattiva. «Non l'avreste mai detto in sua presenza! Il signor Auguste Tristani era un vero uomo!» Parlò dell'antico padrone con un singolare fervore. D'altronde era vero che gli doveva la propria ascesa sociale. Aggiunse: «Ha persino minacciato di diseredare Firmin se non gli avesse assicurato una discendenza».

«Così ha sposato lei...»

«Sì. A dire il vero, è stato suo padre a scegliermi...»

Un'altra storia d'amore, pensai. E ripetei: «Dunque è stato il vecchio Auguste a sceglierla...»

Sospirò.

«Lo conosceva bene?»

«Ho sempre lavorato con lui.»

«Quanti anni aveva quando ha iniziato?»

«Sedici. Ne avevo abbastanza della scuola. Volevo guadagnarmi da vivere. Così in estate andavo in fabbrica a decapitare sardine. Poi un giorno il signor Auguste si accorse che avevo una bella grafia e mi trasferì in ufficio.»

«Una gran bella promozione!»

«Già...»

«Senza dubbio ha provocato gelosie...»

Scrollò le spalle. «Ovviamente!»

Provai a immaginarla ragazza. Doveva essere stata molto bella e le sue rotondità adolescenziali dovevano avere contribuito, molto più della sua calligrafia, al miglioramento della sua condizione. Rischiai: «È stata la sua amante?»

Serrò le grandi mani trasformandole in grossi pugni e diventò paonazza. «Come... come osa? Ero una ragazzina!»

D'accordo, ma era diventata diciottenne, e poi ventenne, e il vecchio Auguste, come lo aveva chiamato, era sempre rimasto il padrone, e se si trattava di un vero uomo, come lei stessa aveva dichiarato, allora molto probabilmente anche a sessantacinque anni doveva essere sensibile alle grazie della giovane donna. «Non la giudico signora Tristani. Cerco semplicemente di capire.»

«Capire cosa?»

«I motivi che possono avere indotto Mathilde a fuggire.»

«Non è fuggita!» Mi parve molto perentoria e senza dubbio lei lo vide nel mio sguardo, perché prese di nuovo a balbettare. «Chi... chi ha divulgato questi pettegolezzi?»

Cercai di rassicurarla. «Nessuno! Ora conosco alcuni elementi del caso che prima ignoravo e mi sforzo di completare il quadro della situazione. Non veda nulla di oltraggioso nelle mie domande. Comunque, tutto ciò che saprò da lei rimarrà assolutamente riservato.»

«Sarà meglio, altrimenti le farò causa per diffamazione», dichiarò.

Ci mancava solo questo!

«Il signor Auguste aveva l'età di mio nonno!» aggiunse, indignata.

Mi astenni dall'osservare che i vecchi signori che amavano affondare i denti nei frutti acerbi erano un classico della letteratura.

Sibilò: «Che cosa sta immaginando?»

«Non immagino e non insinuo niente», assicurai. «Sto collegando le cose che mi ha detto. In primo luogo, suo marito è omosessuale. In secondo luogo, suo padre gli ha ordinato di sposare lei. In terzo luogo, lei grazie a questo matrimonio è diventata la padrona e di fatto la vera ereditiera del gruppo Tristani.» Vidi che mi fissava con timore e la rassicurai: «Se non desidera parlarne è libera di farlo.

Sono segreti di famiglia. Quanto a me, devo ritrovare sua figlia al più presto».

«Proprio così!» replicò, secca. «Al più presto!» Si alzò bruscamente, facendo stridere le gambe della sedia sul pavimento, per congedarmi.

Mi alzai a mia volta. «Ah...» feci, nel giungere alla porta. «È forse possibile che Mathilde sia da sua cognata?»

«Mia cognata? Chi le ha parlato di mia cognata?»

Ogni volta che le parlavo della famiglia s'inalberava. «Che importanza ha? Comunque si tratta della signora...» aprii il mio taccuino nero, «Emma Gourlaouen, nata Tristani, moglie di Louis Gourlaouen, capitano di fregata a riposo.»

«È la sorella di mio marito», ammise di malagrazia. «Se Mathilde fosse andata da lei mi stupirebbe molto, perché siamo in pessimi rapporti e non ci vediamo ormai da molti anni.»

«Eppure il notaio Lombard continua a versarle regolarmente i dividendi delle società di famiglia...»

«Sì», confermò, altezzosa. «Mi ammazzo di lavoro affinché quei parassiti di mia cognata e di suo marito siano sempre pieni di grana senza mai far niente.»

«Possiedono azioni delle società?»

«Sì, un quindici per cento ciascuno.»

«E Mathilde?»

«Anche lei un quindici per cento.»

«Allora, se non sbaglio, lei possiede il restante cinquantacinque per cento, perciò è socia di maggioranza.»

«Sì, possiedo il cinquantacinque per cento delle azioni, svolgo il cento per cento del lavoro e mi assumo il cento per cento delle responsabilità.» Poi aggiunse stancamente: «La prego di lasciarmi, adesso. Ho avuto una giornata davvero estenuante».

«Capisco, signora Tristani. Grazie della sua franca collaborazione.»

Un apprezzamento pieno d'indulgenza.

Mi guardò un attimo per capire se mi stessi beffando di lei, ma non ribatté perché io rimasi impassibile. Mi accompagnò alla porta attraverso il lugubre corridoio di pietra. I cani attendevano alla base della scala, sbadigliando e sbavando, lo sguardo sempre triste. Lei li fece entrare mentre scendevo i gradini.

10

Erano le ventidue quando fermai l'auto in venelle du Pain Cuit.

In salotto, seduta sul divano, Amandine guardava la televisione e aveva accanto Mizdu.

Mi chinai per dare un bacetto sulla guancia ad Amandine e per accarezzare il gatto. Allora la mia vecchia amica si alzò come se fosse stata colta in fallo e io la trattenni dolcemente sul divano. «Non si preoccupi, Amandine. Resti pure a guardare la sua partita.»

«È registrata», rispose. «È Francia-Irlanda, torneo delle Sei nazioni. La guarderò più tardi.»

Mi sono comprata uno di quei televisori a schermo piatto che rimandano immagini favolose.

In verità, anziché dire che me lo sono comprato, dovrei dire che l'ho comprato ad Amandine. La televisione non m'interessa granché e il piccolo televisore che avevo prima mi andava più che bene. Invece la mia piccola vicina lo aveva desiderato tremendamente e nella sua «capanna», come chiamava il suo appartamentino popolare nel sottotetto, non avrebbe potuto installarlo perché non riceveva il segnale, quindi avevo deciso di accollarmi la spesa, e non era stata affatto una spesa sconsiderata, con tutti i servigi che lei mi rende.

In verità, Amandine Trepon, ex impiegata in uno studio

notarile, attualmente in pensione, passa molto più tempo nel mio appartamento che nel suo. C'è il giardino, che l'appassiona e di cui si occupa, e non dico altro... Poi c'è la cucina, altra sua passione, curata molto meglio da me che da lei. Infine, ultima passione, il computer, con cui scrive le mie indagini via via che gliele racconto.

Dalla cucina proveniva un profumo assai allettante.

«Ho cucinato zuppa di legumi e calamari all'armoricana», annunciò Amandine.

Posso dire di essere ben nutrita. Quando mi capita di leggere romanzi polizieschi trovo sempre poveri sbirri condannati a mangiare flaccide patatine fritte intinte nel ketchup oppure panini rancidi consumati in fetide autocivetta.

Povera gente!

Io quando devo mangiare panini me li preparo con il buon pane casereccio del mio vicino fornaio, con il prosciutto del paese dell'altro mio vicino, il salumiere, e con il burro salato di Guérande, se non vi spiace! Non è affatto difficile prepararsi un buon panino!

Amandine aveva apparecchiato la tavola in veranda e aveva acceso tutte le luci anche in giardino, creando un'atmosfera fatata. Pensai alla signora Tristani nella sua baracca storica in compagnia di Annette Kerlorch, dal viso liscio e dallo sguardo espressivo come quello di una mummia, serva modello che senza dubbio conosceva i segreti di famiglia, ma non aveva alcuna intenzione di rivelarli. Francamente non avrei cambiato la mia situazione con la sua.

Come al solito, la zuppa di legumi era eccellente e lo dissi ad Amandine, che mi fece osservare quanto mi ripetessi.

«Perché è sempre buonissima», risposi. «Non c'è altro da aggiungere.»

«E la sua indagine?» domandò Amandine. È curiosa

come un confessore, e adesso che sono usciti i nostri primi libri si sente investita di una sacra missione.

«Bah! Una strana storia, Amandine.»

Alzò gli occhi al cielo. «Come se non fosse sempre invischiata in affari impossibili!»

«Non creda che mi occupi unicamente di storie insolite. Semmai sono le uniche che le racconto. I furti di motorini, il traffico d'erba o i furti nelle roulotte sono di una tale banalità che non vale la pena parlarne.»

Così le raccontai la mia giornata, la nuova missione che mi era stata affidata dal commissario Mervent, il mio incontro con madre Marie-Madeleine della Contrizione e infine l'ultimo interrogatorio della giornata, quello della signora Tristani.

Amandine ascoltò assorta. Quando arrivai all'ultima parte della mia conversazione con la signora Tristani le chiesi di spegnere il piccolo registratore che aveva posato sul tavolo.

«Stiamo per parlare di segreti di famiglia che non ci appartengono, Amandine.»

Si stupì. «L'omosessualità del marito della signora Tristani è un segreto di famiglia?» chiese. «A mio parere è semmai un segreto di Pulcinella. E poi oggigiorno non è più come un tempo...»

«Questo è vero», convenni. «Però c'è di peggio.»

«Di peggio?»

«Sì.» La guardai e aggiunsi: «Quello che sto per rivelarle deve restare tra noi».

Mentre fremeva di piacere, i suoi occhi brillarono. Sollevò le braccia e iniziò: «Lo giuro su Dio, che io possa morire...»

«Va bene», la interruppi, divertita. «Non ho mai dubitato della sua discrezione, ma in questo caso...»

«Sa, Mary, anche nel mio mestiere ero vincolata al segreto professionale.»

«Certo...» Dopo un breve silenzio, confidai: «Credo che Mathilde non sia figlia di Firmin Tristani».

Amandine si era preparata a tutto tranne che a questo. «Non è sua figlia?» echeggiò.

«No, non è sua figlia, bensì sua sorella, o meglio sorellastra.»

Amandine si addossò alla spalliera della sedia e scoppiò a ridere. «Mary, credo sinceramente che lei stia inventando! Se ben ricordo il signor Firmin Tristani dovrebbe avere sessantacinque anni...»

«Esatto.»

«E sua sorella... Insomma, la sua presunta sorella, ne ha diciotto?»

Confermai: «Proprio così, Amandine».

«Ma se fosse sua figlia l'avrebbe avuta in età ormai avanzata...»

«Ancora esatto.»

«Insomma, una sorella! Quanti anni dovrebbe avere allora il padre, il vero padre?»

«Se fosse ancora vivo? Intorno ai novant'anni.»

«E sarebbe?»

«Sarebbe Auguste Tristani, il padre di Firmin, quello che tutti chiamano con deferenza il vecchio Auguste.»

Stupefatta, mi guardò a bocca aperta, con gli occhi sgranati. «Intende dire che avrebbe concepito la ragazza quando aveva...»

«Tra i sessantacinque e i settant'anni, sì.» Aggiunsi: «E non mi dica che in quarant'anni di notariato non ha mai incontrato padri settuagenari!»

Cercò nella memoria e rispose: «È vero, succede. Ma come...»

«Come l'ho saputo?» Mi toccai il naso con l'indice. «Il naso, Amandine, il migliore ausilio dello sbirro, il naso! Dapprima la signora Tristani riconosce, senza alcun entusiasmo, che suo marito è omosessuale. Non lo avrebbe mai ammesso se Annie Prat, la compagna di stanza di Mathilde, non mi avesse raccontato che quest'ultima era rimasta sconvolta da una certa lettera aperta per caso. In seguito la stessa signora Tristani riconosce di avere beneficiato da giovane, quando lavorava in fabbrica, di un trattamento di favore da parte del vecchio Auguste, come anche lei lo chiama con un certo fervore. Inoltre, per finire, è stato il medesimo vecchio Auguste a imporre a suo figlio Firmin di sposarla. Tutto questo non le ricorda nulla?»

Amandine mi guardò incuriosita. «Dovrebbe rammentarmi qualcosa?»

«Sì, quei signori che ogniqualvolta una serva restava incinta le organizzavano un matrimonio onorevole con uno dei loro fidati servitori. Di certo lo ha letto in qualche romanzo storico.»

«Oh! Suo figlio!» commentò Amandine con riprovazione.

«Un motivo in più. Così si garantiva una discendenza e anche una persona fidata per amministrare il patrimonio.»

«Nonostante questo non riesco a crederlo», insistette. «E questa signora Tristani...»

«Questa signora Tristani, nata Carval, è una strana tesorina, se posso esprimermi così. E il vecchio Auguste non si è affatto sbagliato: per quanto riguarda l'amministrazione, una donna del Cap val bene un uomo, anzi, direi che vale più di un uomo. Il vecchio Auguste l'ha iniziata agli affari e l'allieva non ha tardato a superare il maestro.» Guardai in tralice la mia anziana complice. «Ma sento che non mi crede...»

«Sì, sì, sì», rispose, affrettandosi troppo. «Le credo, certo. Però, l'ha detto lei stessa, non sono che supposizioni. Non ha alcuna prova a conferma della sua tesi.»

A tal proposito aveva ragione. «È vero», concessi. «Sono soltanto ipotesi. Eppure sento che se questa ragazza è fuggita è perché ha scoperto qualcosa di enorme, e non è possibile che si tratti dell'omosessualità del suo presunto padre. Probabilmente lo sapeva già, o almeno lo sospettava da lungo tempo.» E rimasi in pensoso silenzio.

«Cosa intende fare, adesso?» domandò Amandine.

«Cosa intendo fare... Ah! Lo so! Vado a stampare un po' di fotografie!»

Mi fissò senza capire e ripeté: «Fotografie?!»

«Sì.» Sedetti allo scrittoio e accesi il computer, quindi vi collegai la fotocamera per trasferire sul disco rigido le foto che avevo scattato a casa della signora Tristani. Infine le stampai su carta fotografica, mentre dalla cucina provenivano i rumori di Amandine che rigovernava. Mi sentivo un po' in colpa per averla lasciata sola, così abbandonai la stampante alla sua opera, mi recai in cucina e la esortai senza convinzione: «Lasci le stoviglie, Amandine!»

«Macché!» fece lei. «Torni a occuparsi delle sue foto. Poi mi spiegherà.»

Ubbidii perché in cucina Amandine regnava da padrona assoluta, tanto più facilmente in quanto non contestavo affatto la sua autorità.

Stavo esaminando le foto stampate in grande formato, quando Amandine mi si avvicinò e si curvò a guardarle. «Che roba è mai questa?» domandò, intrigata.

«Arte moderna, Amandine.»

Il suo gusto era rimasto molto classico. Per lei un bel quadro raffigurava mare, bastimenti, chiese, campagna. Buona musica erano i valzer viennesi e la fisarmonica. Guai a parlare di jazz, «baccano da selvaggi», e di Mozart, «musica da messa». Dunque rimase perplessa dinanzi ai quadri di Firmin Tristani e, nell'asciugarsi vigorosamente le mani con uno strofinaccio, commentò senza titubanza: «Sono brutti! Non si sa neanche da che parte guardarli. Non sentirei proprio il bisogno di appendere roba come questa in casa mia!»

Io non ero altrettanto sicura. Senza essere un'appassionata di arte contemporanea, intuivo che in quel tipo di pittura vi fosse qualcosa. «Dovrò interpellare qualcuno che se ne intende», affermai.

«Bah! Io non devo chiedere», rispose sprezzante. «In pittura so cosa mi piace e cosa non mi piace.» Arricciando il naso, concluse: «E questa roba non mi piace!»

Evitai di dirle che a me non piacevano le cerbiatte che bramivano al chiaro di luna raffigurate nella cromolitografia appesa sopra il suo letto. Non volevo addolorarla, e dato che in materia di gusto ritiene di essere in posizione dominante perché è la più anziana, non vale la pena discuterne.

11

Appena arrivata in ufficio chiamai il commissario Mervent per chiedergli di ricevermi. Creò qualche difficoltà, accennando a un incontro con il signor prefetto, poi, quando vide che non insistevo, mi richiamò: « A quale proposito, capitano? »

« A proposito dell'affare che ci preoccupa, signore. »

« Intende dire l'affare Tristani? » Abbassò la voce, perciò lo immaginai appiattito sulla scrivania a lanciare sguardi furtivi a destra e a sinistra.

« Sì, signore. »

« Venga subito! »

Perché sentiva la necessità di abbassare la voce ogni volta che parlava dei Tristani?

Bussai alla sua porta e Mervent mi aprì immediatamente. Sembrava attendesse con impazienza il mio arrivo. Nel farmi entrare spiò il corridoio con aria da cospiratore. Chiuse la porta alle mie spalle senza rumore e si affrettò a offrirmi una sedia prima che mi accomodassi. « Ebbene, capitano? »

« Nulla di nuovo, signore. Sono stata all'istituto religioso e ho rivisto la signora Tristani, la quale ha acconsentito a fornirmi informazioni che fino a quel momento aveva preferito tacere... »

Subito Mervent agitò nell'aria le mani aperte, quasi mimando il movimento di un tergicristallo, come per dire: «Non una parola di più. Non voglio saperne nulla». Quindi chiese: «E la ragazza?»

«Nessuna traccia», risposi.

Il commissario si torse dolorosamente le mani e azzardò: «Forse bisognerebbe...»

Impietosita, andai in suo aiuto: «Intende dire che bisognerebbe agire rapidamente?»

Una volta tanto fummo d'accordo.

«Proprio così, rapidamente! Capisce, con ogni probabilità la vita di questa ragazza è in pericolo...»

«A cosa sta pensando, signore?»

Gesticolò, turbato. «Non lo so... Ma se le accadesse qualcosa la Polizia sarebbe sicuramente ritenuta responsabile...»

Aveva ragione. Gli sbirri, come i militari e tutti coloro che sono incaricati della sicurezza dei loro concittadini, sono sempre perseguitati dagli stronzi. C'è sempre un giornalista, un giudice, un politico demagogo, o gente benintenzionata ma disinformata, insomma, qualcuno, secondo cui la Polizia non ha fatto niente, non ha fatto abbastanza, oppure ha fatto troppo.

Quando gli sbirri si fanno bucare la pelle, sono i rischi del mestiere. Quando gli sbirri bucano la pelle a un malvivente, è un peccato imperdonabile.

A volte mi chiedo per quanto tempo ancora si troveranno volontari per questi mestieri in cui non si ricevono altro che bastonate.

Comunque non era Mervent a rischiare di farsi bucare la pelle, se non quella del ventre a furia di strisciare.

Di sicuro vorreste dire che ancora una volta ironizzo con malignità e forse non avreste torto. Tuttavia nutro così tanta stima e tanto affetto per il commissario Fabien, che vedere al suo posto un individuo debole e insignificante come Mervent mi fa arrabbiare e potrebbe alterare il mio giudizio.

«Ascolti, signore...» esordii. «La signora Tristani ha chiesto ufficialmente che sua figlia sia ritrovata soltanto ieri...»

Il commissario Mervent prese ad annuire in modo meccanico. «Sì», convenne in un sospiro. «Però il signor prefetto me ne aveva parlato alcuni giorni prima...»

Misi i puntini sulle i: «Quella che conta è la denuncia ufficiale».

«Sì, però ho promesso al signor prefetto...»

«Gli ha promesso di occuparsene? Ebbene, ce ne siamo occupati!»

«Senza risultati...»

Lo guardai, sentendo che mi stava saltando la mosca al naso. Ma cosa credeva? Che avessi il potere di far ricomparire la pollastrella schioccando le dita? «Mathilde Tristani è scomparsa da più di un mese», ricordai. «La famiglia ha fatto passare quattro settimane prima di preoccuparsi, e noi dovremmo ritrovarla miracolosamente in due giorni? Sono desolata, signore, ma io conduco indagini, non eseguo numeri di magia.»

Mervent s'addossò alla spalliera della sua comoda poltrona e mi fissò, domandando con astio: «Insomma, perché ha chiesto di vedermi, se non ha nessuna novità?»

Ecco che ridiventava sgradevole. Con il mio più soave sorriso risposi: «Per tenerla al corrente, signore, e per ricevere eventualmente le sue direttive».

Anche se la mia risposta lo mise in imbarazzo, tentò di assumere un atteggiamento marziale: «Ha fatto bene».

Non lo pensava affatto, però feci quella che prende la parola del capo come pane benedetto e lo ringraziai chinando appena la testa.

Allora lui domandò: «Cosa intende fare oggi?»

Sospirai. «Routine, signore, la sacra e santa routine... Interrogare i parenti della signora Tristani, cercare d'incontrare il signor... »

Non mi lasciò proseguire. « Benissimo, capitano, benissimo! » Si alzò. « Ora, se vuole scusarmi... » Consultò con un gesto plateale il suo Piaget in oro con cinturino in coccodrillo. « Il signor prefetto mi attende! »

Per quello che poteva fregarmene di quel commissario da quattro soldi e del suo prefetto! Per quanto tempo ancora sarei riuscita a comportarmi rispettosamente? « Grazie, signore », risposi con deferenza nell'uscire.

Ero stata prudente senza che fosse servito a nulla.

Con le foto sottobraccio mi recai in una galleria d'arte situata nella città vecchia. Da tempo immemorabile la bottega si chiamava Lézard Bleu.

Un'insegna in ferro arrugginito, ornata di una sorta di piccolo rettile stilizzato, pendeva sopra la porta, senza dubbio per coloro che non sapevano leggere.

La bottega era situata in un fabbricato del XVII secolo. Il suo primo proprietario, un *pillaouer*,* aveva venduto dapprima pelli di coniglio e stracci, poi ferri vecchi, quindi, divenuto ambizioso, si era promosso rigattiere. Era stato molto prima della Grande guerra, in un'epoca in cui quel quartiere era abitato dai miserabili della città.

La gente ricca faceva costruire le sue ville fuori delle mura della città antica.

Come per contrappasso, ora le classi lavoratrici abitavano nelle case popolari molto decentrate, mentre le antiche case restaurate con stile hanno acquisito un valore considerevole e il quartiere è diventato la residenza di gente ricca e raffinata.

Mio nonno mi aveva detto che il nome della bottega derivava dal cognome del rigattiere, Glazard, ramarro in bre-

* In bretone, uno straccivendolo.

tone, ma dato che in questa lingua la parola *glaz* designa sia il colore azzurro che il colore verde, una traduzione azzardata, o forse scherzosa, aveva assegnato a quel ramarro una tinta che in natura non aveva.

Il secondo Glazard, figlio e successore del primo, aveva promosso ulteriormente l'attività vendendo anticaglie e diventando uno stimato antiquario, al quale i tribunali non disdegnavano di fare appello per autenticare mobili.

Il terzo Glazard, che avevo sotto gli occhi, si era specializzato in pittura e passava per un esperto. Nell'ambiente dei galleristi aveva un nome autorevole. Era un ometto di almeno settant'anni, curvo, quasi gobbo. Portava un berretto da marinaio blu con visiera di vernice e aveva un pizzetto bianco estremamente curato, per tentare di dissimulare un mento sfuggente su cui pendeva una pipa corta e curva serrata fra gli incisivi ingialliti.

Quando il campanello di quella porta bassa aveva tintinnato al mio ingresso, Glazard era uscito silenziosamente dal retrobottega come un ragno dalla tana. «Signorina?» domandò, scrutandomi con gli occhietti neri al di sopra degli occhiali dalla montatura d'acciaio.

Nell'aria ristagnavano odori di vecchie mura, carta vecchia e acquaragia.

Mostrai il mio distintivo. «Capitano Lester, Polizia nazionale.»

Corrugando la fronte, Glazard ripeté lentamente: «Polizia?» Poi chiese: «Vuole vedere i miei registri?»

Negai, sorridendo: «No, signor Glazard. Sono qui per consultarla in qualità di esperto».

«Ah...» Il suo volto si rischiarò e parve lusingato di essere riconosciuto come esperto, seppure dalla Polizia.

Aprii la cartella che tenevo sottobraccio e ne trassi le fotografie scattate nel maniero della signora Tristani.

Lui le osservò con sguardo curioso, poi, senza prenderle, mi invitò: «Venga di là, prego».

Mi condusse alla sua scrivania, uno strano tavolo massiccio che in un'altra vita forse era stato un ceppo da macellaio, illuminato da una lampada che pendeva bassa dal soffitto, come quelle che si vedono sui tavoli da biliardo nei film americani sul proibizionismo. Sedette sopra una strana sedia girevole tutta in legno cerato e indicando una sedia m'invitò ad accomodarmi. Infine prese le fotografie e le studiò a lungo, talvolta stendendo il braccio per allontanarle, talvolta accostandole al viso per esaminarne i dettagli. Senza dire alcunché continuò a succhiare la pipa spenta, producendo una sorta di sibilo alquanto disgustoso.

Un gattone rosso sbucato dal nulla gli balzò in grembo e mi fissò. Il signor Glazard lo accarezzò con fare distratto senza smettere di osservare le fotografie. Alla fine sollevò la testa e chiese: «Da dove provengono queste foto?»

«Segreto investigativo», risposi. «Non posso dirle nulla in proposito.»

«Queste tele sono state rubate?»

«Non credo.»

Il signor Glazard posò le fotografie dinanzi a sé, congiunse le mani e mi guardò. «Non capisco.»

«Che cosa non capisce?»

«Che cosa desidera, signora capitano. Se me lo dicesse chiaramente?»

«D'accordo. Hanno qualche valore, queste tele?»

Lui scosse la testa e sorrise. «Valore... I Tristani di questa qualità? Vuole scherzare? Se li portasse a me, li venderei in giornata.»

«Quindi ha capito che sono dipinti di Tristani?» Nello scattare le fotografie avevo badato a non inquadrare mai la firma.

«Mi prende per un idiota?» ribatté, guardandomi con diffidenza.

«Lungi da me, signor Glazard», protestai. «Il fatto è che non ne so nulla.»

«Questo si vede», rispose con aria sprezzante.

Ignorai il sarcasmo. «Mi è stato riferito che il signor Tristani dipinge, quindi volevo soltanto appurare se si tratta della distrazione di un uomo ricco o se la sua pittura ha davvero qualche valore.»

«L'una e l'altra cosa, capitano!» rispose il gallerista. «Il signor Tristani è un uomo ricco che si è potuto consacrare alla propria arte grazie al patrimonio ereditato dal padre, quindi, a differenza di troppi artisti di talento, non ha dovuto fare concessioni per vendere le proprie opere.»

Chiesi: «Vende molto?»

«Adesso? Tutto quello che vuole! Però tutti hanno riso dei suoi dipinti per anni, un po' come accadde a Van Gogh, se capisce cosa intendo...»

Come Van Gogh! Nientemeno! «A quanto ne so, Van Gogh in vita sua non ha mai venduto neanche una tela», commentai. Era tempo di mostrargli che non ero del tutto ignorante.

«Esatto», convenne Glazard, scrutando il fornello della propria pipa. Dopo qualche istante guardò di nuovo me. «Ma non è questo il caso di Tristani.»

«Dunque ha una certa notorietà?»

Il gallerista sorrise senza gioia. «Se la mette così!» Poi parve agitarsi, scrollò furiosamente le spalle, rimise la pipa in bocca, la riprese in mano. «È conosciuto in tutto il mondo, signorina, anche se solo in certi cenacoli. In ogni caso gli sono stati dedicati articoli dalle riviste d'arte più prestigiose di Parigi, Roma, New York... Le sue quotazioni non hanno mai smesso di salire. Per questo le ho detto che se sapesse dove sono queste tele...»

Evidentemente lo sapevo, però non potevo dirlo. «E il suo amico Diaz?»

«Ah...» commentò Glazard, come se si trattasse di una vecchia conoscenza. «Ernesto è tutta un'altra cosa!»

«E cioè?»

«È quello che un tempo, e senza alcuna sfumatura peggiorativa, veniva definito un piccolo maestro, vale a dire un buon pittore che sa rendere con un certo talento paesaggi, monumenti, volti...»

«Vende bene?»

«Eccome!» rispose Glazard. «In estate la sua galleria a Pont-Croix è sempre piena. Dipinge ciò che la gente ama, in uno stile figurativo iperclassico, ma molto sincero. A volte per punzecchiarlo gli dico che la sua pittura è demagogica.»

Lo fissai, sorpresa. «Demagogica?»

Spiegò: «Sì, nel senso che offre ai clienti ciò che sperano di vedere: bastimenti, fattorie, coste selvagge, porti...»

«In breve, pittura commerciale.»

«In effetti...»

«Nessuno glielo può rimproverare.»

Protestò: «Me ne guarderei bene! Se non ci fossero Ernesto Diaz e altri pittori come lui, cosa venderemmo noi?»

Azzardai: «Tristani».

Scosse la testa. «Non è così semplice, capitano! Il signor Tristani offre sul mercato solo pochissime opere. Vende esclusivamente agli amici, ai veri amatori dell'arte.» Mi fissò. «Le voglio dire che Firmin Tristani è un creativo, un inventore, uno di quegli artisti che fanno progredire la pittura, come hanno potuto fare Gauguin, Monet o Picasso.»

«Nientemeno?» commentai ridendo. «Non è che per caso si sta lasciando trasportare da un entusiasmo, come dire... eccessivo?»

Mi guardò freddamente. «Mi ha detto di non saperne molto in materia di pittura, vero?»

«Esatto. Proprio per questo ho voluto consultare lei.»

«Allora le dico, più semplicemente, che la pittura di Diaz è destinata alle sale da pranzo borghesi, mentre quella di Tristani è destinata ai musei.»

Ero sbalordita. «A questo punto?»

Sollevando un indice, Glazard proclamò con aria ispirata: « Tra cinquant'anni vedrà... »

Tra cinquant'anni avrò... calcolai, con la fronte corrugata. Il totale mi fece tremare. « Le credo sulla parola, signor Glazard. » Mi alzai. « La ringrazio per i suoi chiarimenti... »

Si alzò a sua volta. « Prego. » Mi accompagnò alla porta, poi mi trattenne un istante per un braccio fissandomi negli occhi come per ipnotizzarmi. « Ricordi che se queste tele dovessero esserle d'ingombro, io sarei disposto ad acquistarle. » Mi strinse il braccio e mi lasciò. « Arrivederci, capitano. »

Pur essendo sicura che quel « capitano » fosse alquanto ironico, non vi badai.

12

Arrivai poco prima di mezzogiorno al borgo di Plogoff, luogo di residenza della zia Emma e di suo marito Louis Gourlaouen.

Abitavano in una grande casa antica in fondo a un giardino cinto da un basso muro a secco. Suonai a una porta in legno laccato verde bottiglia, protetta da una tettoia in ferro battuto.

La signora che venne ad aprire poteva avere una sessantina d'anni. Aveva un viso affabile che s'incupì quando mi vide. Senza dubbio non ero la persona che si era aspettata di ricevere. «Cosa desidera?» domandò, tenendo la porta come se avesse paura che gliela rubassi o che intendessi irrompere con la forza.

Mostrai la tessera. «Capitano Lester, Polizia nazionale.»

Rimase per un momento come pietrificata, poi si girò verso un corridoio buio e chiamò con voce strascicata: «Louis... Louis...»

Subito apparve un ometto. «Che c'è?»

«C'è la Polizia, Louis.»

«La Polizia?» L'ometto parve stupefatto. Mi scrutò dalla testa ai piedi e io gli resi la cortesia tanto bene che ci esaminammo a vicenda in silenzio per alcuni istanti.

Avevo di fronte a me un settantenne secco e nervoso, con i capelli bianchi, gli occhi azzurri dietro lenti spesse, afflitto da un tic che gli contraeva l'angolo destro della bocca in alto, verso l'occhio, che si chiudeva a metà a ogni spasmo.

«La Polizia?»

Non sembrava credere ai suoi occhi. Era forse perché ero una donna? Mostrai la tessera anche a lui e allora finì per farfugliare, con l'aria colpevole tipica della gente onesta in situazioni del genere: «Cosa...»

Non terminò la frase, perciò fui costretta a precisare le ragioni della mia presenza per colmare il silenzio carico di tensione che si era creato.

«Vorrei domandarle notizie di sua nipote.»

«Mathilde?»

«Mathilde Tristani, sì.»

«Che cos'ha fatto?»

«È scomparsa.»

Marito e moglie si scambiarono un'occhiata, poi fissarono me senza dissimulare il loro sbalordimento.

«Scomparsa?»

«Sì, da circa un mese.»

«Un mese?»

Non avrebbero mica continuato a ripetere ogni mia parola?

«Non l'avete vista?»

Entrambi negarono con un cenno del capo, poi il signor Gourlaouen, assumendo un'espressione assorta, m'invitò a entrare. Lo seguii per un corridoio, seguita a mia volta da sua moglie, fino a un soggiorno in stile rustico. Quattro profonde poltrone in velluto di Genova e un tavolo basso erano di fronte a un grande caminetto in pietra, probabilmente salvato dalle rovine di un'antica fattoria, con alcuni ceppi sugli alari in ferro battuto nel focolare. Fui pregata di accomodarmi e mi sistemai sul bordo di una poltrona. Il signor Gourlaouen sedette di fronte a me e sua moglie rimase in piedi alle sue spalle, sforzandosi di dominare il tremito delle proprie mani.

Con voce lenta, come se cercasse le parole più appropriate, il signor Gourlaouen spiegò: «Deve sapere, capitano, che ormai da molto tempo non abbiamo più alcun rapporto con mio cognato e con sua moglie».

Ripetei: «Molto tempo?»

Annuì.

«Può essere più preciso?» chiesi con voce neutra.

Fu la signora Gourlaouen a rispondere parlando a scatti: «Da quando quella... quella...» Parve in procinto di completare la frase con la parola che sentiva più acconcia, ma la giudicò sconveniente e ripiegò sulla prima che le passò per la mente. «Da quando quella persona ha sposato mio fratello.»

«Allude ad Anastasie Tristani?»

Lei ribatté in tono vendicativo: «Quando lavorava nella fabbrica di mio padre era chiamata la grande Carval».

«Carval è il suo cognome da nubile?»

Marito e moglie scossero la testa come se quelle due sillabe ferissero dolorosamente le loro orecchie.

A un tratto il risentimento della signora Gourlaouen tracimò. «Era una sfrontata», inveì con astio. «Una donna senza morale e senza mezzi, che frequentava tutte le sale da ballo della regione...»

«Questo concerne la sua vita privata, mi sembra», replicai con freddezza. «Non influisce affatto sulle sue capacità dirigenziali.»

Con una smorfia di disprezzo la signora Gourlaouen ringhiò: «Bah! Ci sapeva fare con gli uomini, ecco tutto!»

Senza dirlo pensai che di certo tale dettaglio poteva aver influito, ma che altrettanto sicuramente non poteva bastare a trasformare un'operaia di fabbrica in una direttrice generale, la cui grande competenza era universalmente riconosciuta. « Non è stato suo padre a sceglierla affinché lo assistesse nella conduzione degli affari? »

« Mio padre era un uomo intraprendente, pieno di qualità, però aveva le sue debolezze », fece la signora Gourlaouen, sbuffando.

Non le chiesi di precisare a quali debolezze si riferisse. « Se non sbaglio, non si oppose al matrimonio di suo fratello con un'operaia della sua stessa fabbrica », osservai.

La signora Gourlaouen scrollò furiosamente le spalle. « Mio fratello... » Rifletté e continuò: « Mio fratello è un essere debole, capitano. È persuaso di essere il più grande pittore del mondo... » Scrollò di nuovo le spalle e rise con cattiveria: « Se vedesse i suoi quadri! »

Domandai amabilmente: « Non le piacciono? »

Un'altra scrollata di spalle. « Come potrebbero piacermi? Non somigliano a nulla! »

« Tuttavia sembra che in certi ambienti artistici suo fratello sia molto stimato », replicai.

Rimasto fino a quel momento stranamente silenzioso, il signor Gourlaouen intervenne. « Diciamo le cose come stanno, capitano. Può darsi che nell'ambiente da lui frequentato », alzò gli occhi come a prendere il cielo a testimone, « mio cognato sia tenuto in una certa considerazione. » Poi, a labbra strette, come se quella situazione fosse per lui dolorosa, aggiunse: « Ma la gente normale... »

Non avevo tempo di chiedergli cosa intendesse con gente normale.

Sospirando, aggiunse: « Se tutto fosse accaduto normalmente... »

Ancora? Era un inflessibile partigiano della norma, quell'uomo. Dato che si era interrotto a metà frase, esortai: « Ebbene? »

Mi guardò come se fossi appena scesa dalla luna. « Ebbene cosa? »

«Cosa sarebbe accaduto se tutto si fosse svolto normalmente?»

Fu la signora Gourlaouen a rispondere con livore. «Ora sarebbe mio marito a dirigere la fabbrica.»

Ecco, finalmente! L'eredità, o meglio il gusto del potere, pensai. Avrei dovuto sospettarlo. Le due cognate si sono scontrate per la direzione dell'impresa.

«Quando penso che Louis ha rinunciato alla sua carriera in Marina per venire ad assistere mio padre, e che per tutta ricompensa...» La signora Gourlaouen non concluse la frase.

«Suo suocero le aveva chiesto di aiutarlo nei suoi affari?» domandai al signor Gourlaouen.

Lui fece segno di sì.

Sua moglie aggiunse: «Aveva lasciato intendere che mio marito...» Era il giorno delle frasi incompiute. Scrollò le spalle e aggiunse con acrimonia: «Louis era capitano di fregata e sarebbe diventato ammiraglio se...»

Bella certezza! pensai. A parte un *se*, piccolo condizionale tutt'altro che trascurabile. Replicai: «Se ben capisco, lei ha lavorato con suo suocero e le conseguenze non sono state quelle che sperava...»

Il signor Gourlaouen arricciò il naso e replicò sprezzante. «Proprio così! Mio suocero era un uomo della vecchia scuola, mentre io avrei voluto applicare metodi di gestione più moderni... Inutile dire che ha reagito male.»

«E allora ha accordato la fiducia a sua nuora.»

Sospirò. «D'altronde, le aveva accordato la sua fiducia già da molto tempo. Avrei dovuto accorgermene... Sono stato molto ingenuo. Quando sono entrato in azienda mia cognata deteneva già tutto il potere.»

La signora Gourlaouen intervenne: «Infatti mio marito era ai suoi ordini e lei non si faceva scrupolo di vessarlo. Era insopportabile».

Domandai: «Le sue direttive non erano assennate?»

«Non si tratta di questo!» protestò la signora Gourlaouen con furore represso. «Era inimmaginabile che Louis, dopo avere studiato all'accademia navale, accettasse di prendere ordini da un'operaia di fabbrica che aveva a stento la licenza elementare!»

Repressi un sorriso. Senza dubbio l'ex futuro ammiraglio possedeva le competenze necessarie a governare un bastimento. Però tali competenze non dovevano per forza di cose coincidere con quelle necessarie per dirigere aziende. Vedevo una forte somiglianza tra la carriera della grande Thasie e quella del commissario divisionale Fabien. Lei aveva iniziato in fabbrica come operaia ed era diventata direttrice generale, mentre lui da agente di Polizia in divisa aveva salito tutta la scala gerarchica fino al suo grado attuale. E ciascuno eccelleva nel proprio ambito.

E in modo analogo potevo confrontare l'ex capitano di fregata al sostituto del commissario divisionale Fabien, presso il commissariato di Quimper. Molto probabilmente Mervent sarebbe divenuto prefetto di Polizia, però non sarebbe mai diventato un bravo sbirro.

Mi fu impossibile resistere a una domanda provocatoria. «Sua cognata l'ha sbattuta fuori?»

Louis Gourlaouen balzò in piedi come un gallo da combattimento. «Certo che no!» protestò. «Ho ingiunto a mio suocero di scegliere tra lei e me.»

Ripetei: «Glielo ha ingiunto?»

«Proprio così», confermò Gourlaouen. «Perché mi chiede di ripeterlo?»

«Perché la cosa mi sbalordisce», dichiarai.

«La sbalordisce?» ripeté lui.

«Eccome! Stando al poco che so di lui, il signor Auguste, come lo chiamavamo tutti, non era certo uomo da lasciarsi facilmente "ingiungere" alcunché.»

Gourlaouen scrollò le spalle come se l'assurdità della

domanda lo dispensasse dal rispondere. Aggiunsi: «Comunque, ha scelto Anastasie».

«È vero», ammise, indispettito, nel rimettersi a sedere.

«Allora?» domandai dolcemente.

«Allora? Ho sbattuto loro in faccia le mie dimissioni!»

Mi trattenni dal commentare: «Cosa che le ha evitato di essere cacciato». Chiesi invece: «Tuttavia ha conservato partecipazioni al gruppo?»

«Sono felice che quella vecchia...» S'interruppe per non pronunciare un termine che sarebbe risultato estremamente sgarbato. «Sono felice che non abbia diseredato la figlia!»

In silenzio considerai che il quindici per cento delle azioni del gruppo Tristani rendeva somme tali per cui valeva la pena di metter da parte l'orgoglio, anche per chi non era riuscito a diventare ammiraglio. «Dunque non avete mai conosciuto vostra nipote?»

La signora Gourlaouen rispose: «L'abbiamo conosciuta da neonata...»

«In seguito non l'avete mai più rivista?»

Nel silenzio che seguì, moglie e marito si consultarono scambiandosi un lungo sguardo.

Infine il signor Gourlaouen rispose con imbarazzo. «Mathilde è una brava ragazza. Arrivava il primo dell'anno a farci gli auguri, e poi talvolta in estate passava per un abbraccio a mia moglie.»

Vidi la signora Gourlaouen tergersi una lacrima.

«Emma ha sempre provato molto affetto per Mathilde, e anch'io», aggiunse il signor Gourlaouen. «Era una ragazza molto cara. Anche se i suoi genitori ci hanno trattati come se fossimo meno di niente, ciò non significa che...» Un'altra interruzione, prima di riprendere: «I ragazzi non devono essere coinvolti nelle beghe degli adulti».

«Ha ragione», commentai. «Ma non parli al passato. Sono convinta che riusciremo a trovarla in breve tempo.»

«Cosa crede?» domandò la signora Gourlaouen in tono ansioso. «Che sia stata rapita?»

«Non credo nulla. Cerco una pista, finora invano. Speravo che voi poteste aiutarmi, ma purtroppo devo constatare che non è così.» A un tratto mi venne in mente una cosa e guardai l'ex ufficiale di Marina. «Ha senza dubbio motivo di provare rancore nei confronti di sua cognata, mentre per quanto riguarda suo cognato...»

«Mio fratello non ha fatto nulla per influire sulla decisione di mio padre», intervenne Emma.

Era astiosa, la sorellina, tipo «chi non è con me è contro di me». Domandai: «Ne aveva forse il potere?»

Fu il signor Gourlaouen a rispondere: «A dire il vero, no. Da molto tempo Auguste Tristani aveva compreso che Firmin non era portato per gli affari e ne era molto contrariato». Allargò le braccia in segno d'impotenza. «La defezione di suo figlio è stata il grande dolore della sua vita.»

Guardai Emma. «Mi dica, signora Gourlaouen, cosa rappresentava esattamente Anastasie Carval per suo padre?»

Mi parve di vederla impallidire, mentre con le mani stringeva la spalla del marito, che ricevette il messaggio e posò la propria mano destra su una delle sue, in un gesto protettivo.

«Cosa intende dire?» chiese Emma con voce strozzata.

«Mi ha detto che suo padre aveva le sue debolezze...»

«Come chiunque!» protestò, sulla difensiva.

«Certo...» La fissai. «Sono costretta a chiederlo, perciò la prego di non offendersi. Anastasie Carval era l'amante di suo padre?»

In un silenzio eloquente, i due coniugi, sempre mano nella mano, si scambiarono uno sguardo, lui sempre seduto in poltrona, la testa sollevata a guardare lei, in piedi dietro di lui, appoggiata alla spalliera.

Poi il signor Gourlaouen girò la testa per guardarmi con aria disgustata. «Vedo che ha ascoltato i pettegolezzi!»

«In effetti, mi sono state riferite certe cose», ammisi. «Inoltre, dato che so contare, ho sommato, e due più due fa sempre quattro, signor Gourlaouen.»

Allora lui mi fissò con ostilità e diffidenza. «Cosa intende dire?»

«Ecco, in primo luogo, il signor Auguste era vedovo da alcuni anni allorché notò tra i suoi dipendenti Anastasie Carval, le offrì un avanzamento sociale inaspettato per una persona della sua condizione, e non sbagliò a valutarne i meriti.» A uno a uno scrutai i due coniugi. «È corretto, finora?»

La signora Gourlaouen borbottò: «I suoi meriti... I suoi meriti... Se Louis...»

Sapevo che cosa stava pensando e avrei potuto terminarne la frase: «Se Louis fosse stato al posto di quella Thasie, le aziende sarebbero state ancora più prospere». Anche se avevo tutte le ragioni per dubitarne, non dissi nulla in proposito. Invece proseguii: «Presumo che tale avanzamento non abbia mancato di provocare commenti da parte delle altre operaie della fabbrica...»

La signora Gourlaouen scrollò le spalle e sbuffò. «È sempre stato così. La gelosia...» Mi guardò con rancore, come per dire: «Lei dovrebbe sapere com'è!»

Anziché entrare nel gioco dei commenti sulla gelosia, dichiarai apertamente: «Presumo che Anastasie Carval sia stata sospettata di essere l'amante di suo padre...»

I due coniugi si scambiarono un'altra occhiata, con aria tanto imbarazzata quanto disgustata. «Che importanza hanno ora questi pettegolezzi?» ribatté il signor Gourlaouen. «È stato quasi vent'anni fa...»

«Esatto!» confermai. «Sono passati esattamente diciotto anni... E si può notare che diciotto anni è proprio l'età di Mathilde. Una curiosa coincidenza, vero?»

Ancora una volta i due coniugi si scambiarono uno sguardo colmo di segreti opprimenti e inespressi.

La signora Gourlaouen finì per rispondere: « È stato proprio allora che Firmin ha sposato Anastasie Carval. Dunque... » Mi fissò con aria di sfida.

Suo fratello si era sposato e meno di un anno dopo il matrimonio aveva avuto una figlia. Cosa c'era di strano in tutto questo?

Era vero, ma... C'era un *ma*... A quell'epoca era già risaputo che Firmin era omosessuale e che le donne, anche se belle come Anastasie Carval, non lo attraevano affatto.

Guardai in giro senza vedere quelle foto di famiglia che di solito si trovano incorniciate sui mobili. « Avete figli? » chiesi alla coppia che mi contemplava in un cupo silenzio.

Il signor Gourlaouen rispose duramente, a labbra contratte: « Non abbiamo avuto questa possibilità, signorina ».

Avevo solleticato un punto sensibile. « Scusate », risposi. Poi guardai la signora Gourlaouen. « Considerato che i rapporti con sua cognata si sono tanto guastati, non mi sorprende che non abbia più alcun contatto con lei. Con suo fratello, invece... »

Lei mi fissò con diffidenza in attesa che continuassi.

« Dicevamo che suo fratello non ha avuto nulla a che fare con l'esclusione di suo marito dalla conduzione degli affari di Auguste Tristani », proseguii.

« Direttamente no, ma indirettamente sì! » obiettò suo marito.

« Si spieghi meglio », replicai, guardandolo.

Agitando le mani piccole, mani davvero femminili, tradì il proprio nervosismo. « Be', se Firmin fosse stato normale... »

Ancora quella parola. Cominciava a irritarmi con il suo infimo concetto di normalità. « Intende dire, se fosse stato un donnaiolo come suo padre? È questo che considera normale? »

Dapprima farfugliò, poi si lasciò trasportare dalla collera. «In ogni caso, lo è sempre più che interessarsi ai ragazzi!»

Scrollai le spalle, irritata. «Quindi ritiene che la sua sorte sarebbe stata diversa se suo cognato fosse stato attratto dalle ragazze anziché dai ragazzi?»

«Se fosse stato così, il padrone sarebbe diventato lui, non questa... questa...» Non osò pronunciare la parola che gli bruciava sulle labbra.

Si continuava a girare in tondo, perciò mi alzai. «Vedo che non avete molto da dirmi.» Posai sul tavolo uno dei miei biglietti da visita. «Comunque, se mai ricorderete qualche dettaglio, anche se vi parrà insignificante, o se Mathilde vi contatterà...»

«Pensa che ciò sia possibile?» domandò la signora Gourlaouen, con gli occhi scintillanti.

«Tutto è possibile», replicai nel congedarmi. Mi fermai sulla soglia della porta. «A proposito, ha idea di dove possa essersi rifugiato suo fratello?»

«Probabilmente a Pont-Croix, da quel maledetto Diaz...»

Non le chiesi i motivi di quell'aggettivo poco lusinghiero. A cosa sarebbe mai servito? «Altrimenti, non esiste un luogo in cui amava ritirarsi?»

«Al Romitorio», rispose la signora Gourlaouen.

«Al Romitorio», ripetei. «È la prima volta che sento questo nome. Di cosa si tratta?»

«È una vecchia canonica appollaiata sulla scogliera. Mio padre la comprò molto tempo fa, quando l'arcivescovado la vendette per costruirne una nuova a Cléden-Cap-Sizun. Nessuno della famiglia se n'è mai interessato, a parte mio fratello.»

«Pensa che possa abitarvi?»

«Oh, no! È in pessime condizioni, privo di qualunque comodità. Però guarda il bellissimo panorama della baia di Douarnenez.»

«Può indicarmi dove si trova esattamente?»

«Ci sono le indicazioni. Dopo Porz Théolen vedrà un cartello che indica il Romitorio. La proprietà è conosciuta con questo nome.»

«E chi l'ha chiamata il Romitorio?»

«Non so», rispose la signora Gourlaouen con una smorfia d'ignoranza. «Forse mio fratello?»

Ringraziai i coniugi Gourlaouen e mi congedai.

Pensosa, tornai alla mia auto.

Circondata dai tigli, deserta e silenziosa, la grande piazza sembrava immersa, come tutto il centro del borgo, in una angosciosa letargia.

13

Nell'allontanarmi da casa Gourlaouen imboccai la strada sbagliata. Mi sarei dovuta dirigere a Cléden-Cap-Sizun, per poi deviare per la Pointe du Van e trovare la famosa canonica. Invece seguii stupidamente il cartello POINTE DU RAZ.

Accortami dell'errore, tagliai per la Baie des Trépassés e raggiunsi un'altura a strapiombo su una vasta distesa di acqua stagnante orlata di giunchi secchi.

Una strada scendeva ripida verso il mare e una vasta spiaggia di sabbia bianca, presso la quale s'innalzava un fabbricato imponente con una grande insegna bianca su cui si leggeva a lettere azzurre HÔTEL DE LA BAIE DES TRÉPASSÉS.

L'oceano era tranquillo, con piccole onde che rotolavano a morire sulla sabbia. Anche osservando con attenzione non vidi niente di simile a un trapassato.

Allora pensai, con la mia solita ironia cattiva: pubblicità menzognera. D'altronde quell'appellativo risaliva a un'epoca in cui la parola *pubblicità* non era stata ancora inventata.

La roccia affiorava ovunque, cosparsa qua e là di lunghe distese verdi. Nei terreni cinti di muri a secco delle case intorno allo stagno si scorgevano anziani indaffarati.

Poi la strada saliva tra declivi costellati di pruni. Pini

sparsi s'innalzavano dalla brughiera. Abbassai il vetro del finestrino per approfittare del profumo inebriante del ginestrone in fiore.

Un sole rosso affondava nel mare. Era tempo che mi affrettassi se volevo vedere il Romitorio prima del calar della notte. Alla cappella svoltai a destra, quindi scorsi il cartello PORZ THÉOLEN e cercai invano un'indicazione per raggiungere la famosa canonica. Purtroppo il cartello era stato divelto per vandalismo oppure era scomparso nella vegetazione.

Infine arrivai a Porz Théolen.

A dire il vero si trattava più di una insenatura che di un porto come lo si concepisce oggi, cioè fornito di attrezzature portuali, di pontili, di attracchi collocati razionalmente in modo da essere accessibili da ponti e strade.

Il Romitorio non si vedeva. C'erano soltanto due case, una delle quali fungeva da bar. Una donna che spazzava davanti alla porta del piccolo caffè campestre mi rimise nella direzione giusta. Dopo qualche chilometro di strada sterrata dai solchi profondi, scorsi alcune case nascoste nella brughiera.

La vecchia canonica dominava un porticciolo, un'insenatura tra le pareti a picco di una falesia, in cui una ventina di barche multicolori erano ormeggiate a boe bianche o rosse disposte con la più grande fantasia. Viste dall'alto della falesia sembravano giocattoli posati su un mare liscio come seta, che offriva alla vista le più straordinarie gradazioni di azzurro e di verde che si potessero immaginare: ardesia quasi nero al largo, turchese presso la riva, e un verde smeraldo quasi irreale sotto le barche, dove si scorgevano in trasparenza lingue di sabbia.

Una proprietà austera dietro un alto muro in pietra grigia dorata di licheni sembrava vegliare su una nidiata di basse casette che parevano piantate nella brughiera.

Nel muro privo di crepe un cancello in ferro battuto era

chiuso da una catena con lucchetto. Non ci si poteva sbagliare: al cancello arrugginito era appeso sghembo un cartello scolorito su cui si leggeva IL ROMITORIO.

Smontai dall'auto e mi avvicinai. Nella semioscurità che si addensava individuai in fondo a un giardino abbandonato una casa in granito che appariva deserta.

Tastai il grosso e solido lucchetto marino in ottone cromato e acciaio inossidabile che non potevo forzare senza uno strumento di cui non disponevo. Non c'era niente di più temibile delle spine nere dei fitti pruni selvatici ammassati tutt'intorno al muro alto più di due metri.

Scalare il muro era impossibile, però ci si poteva arrampicare sul cancello.

Mi guardai attorno senza vedere anima viva. Il crepuscolo scemava e dai camini sparsi nella brughiera s'innalzavano fumi bianchi che diffondevano nell'aria calma della sera un buon odore di legna bruciata.

Dal porticciolo al quale si accedeva per un sentiero di capre, saliva un rumore familiare di metallo su legno seguito a intervalli regolari da scrosci di acqua.

Non avevo bisogno di sporgermi per sapere che qualcuno stava sgottando l'acqua piovana dal fondo della sua barca. Poi si udirono lo sferragliare di una catena che scorreva nella cubia e il cigolare di un remo nello scalmo.

In quei rumori era racchiusa tutta la mia infanzia. Sapevo senza averlo visto che un marinaio aveva assicurato la sua catena di ormeggio al dritto di prua, e ora ritornava al greto con il suo barchino manovrando il remo da bratto.

Ero sicura che se avessi aperto la porta di una di quelle case avrei fiutato la fragranza di una buona zuppa di pesce servita da un paiolo di ghisa annerito dal fuoco.

Mi venne fame.

Tuttavia non ero lì per andare da quella brava gente a mendicare la cena. La mia incoercibile curiosità mi spingeva a scavalcare quel muro spesso per andare a vedere che cosa si nascondesse nel Romitorio.

Mi tolsi il montgomery che mi avrebbe intralciata nella scalata e mi attrezzai con una torcia elettrica, perché il buio era già sceso e una densa nebbia saliva dal mare a grandi brandelli sfilacciati.

Mi aggrappai alle sbarre e mi issai arditamente verso la sommità del muro. Non potevo scavalcare il cancello perché le punte arrugginite e affilate avrebbero potuto ferire la mia pelle delicata, oltre che lacerarmi i pantaloni, cosa che d'altronde non sarebbe stata troppo grave. Non volevo neanche immaginare di rimanere infilzata come un salame a una di quelle picche perché non vedevo chi avrebbe potuto soccorrermi.

Forse state per dire che un qualsiasi altro investigatore sarebbe tornato a riferire al suo capo, che a sua volta avrebbe chiesto una rogatoria e si sarebbe fatto accompagnare dai gendarmi, nonché da un fabbro, per visitare la casa in assoluta legalità. L'inconveniente era che per tutto questo sarebbero occorsi almeno tre giorni e io non potevo attendere tre giorni, perché se la disgraziata Mathilde fosse stata rinchiusa là dentro sarebbe stato necessario soccorrerla con la massima urgenza.

A tale obiezione l'investigatore avrebbe risposto che Mathilde era scomparsa da più di un mese, quindi tre giorni in più o in meno...

Considerai tutto questo ma, come vi ho già detto, non sono un investigatore qualsiasi e quando la curiosità s'impossessa di me devo soddisfarla. Nel riflettere giunsi in cima al muro e mi misi a cavalcioni. Non mi restava che trovare un luogo adatto per saltare a terra. La torcia elettrica mi rivelò che il suolo era così scabro che se mi fossi divertita a saltare da due metri d'altezza molto probabilmente mi sarei procurata come minimo una distorsione, e avrei trascorso all'addiaccio una notte assai scomoda.

La migliore soluzione consisteva nello scendere com'ero salita, cioè aggrappandomi al cancello.

Mi accingevo a farlo quando una voce brutale mi fermò: «Che cosa ci fa lassù?»

Per lo spavento rischiai di lasciar cadere la torcia. Mi girai per puntarla sulla sagoma di colui che mi aveva interpellata. Anche lui era munito di torcia elettrica, ma la mia era molto più potente.

Così vidi un sessantenne tarchiato che cercava di proteggersi gli occhi con l'avambraccio sinistro. Appeso alla spalla destra portava un fucile da caccia a canne sovrapposte. Ringhiò: «Spenga quella fottuta lampada o ci penso io!» Non sembrava che stesse scherzando, e io, appollaiata sul muro, non potevo fare altro che ubbidire.

Proprio in quel momento la luna sbucò da una grande nube nera a illuminare la scena con la sua fredda luce.

Brandelli di bruma mi dispensavano carezze umide e ghiacciate come baci di fantasma (o almeno è così che li immagino) e donavano alla scena un aspetto fantasmagorico. *Brrr!*

«Scenda!» ordinò l'uomo con voce astiosa.

In quel momento lo vidi meglio. Indossava stivali di gomma verde, pantaloni da lavoro in cotone azzurro, una sorta di giaccone in tela grigia con collo di pelliccia e un gran basco piegato a spiovente.

Mi concentrai per tornare al suolo senza inconvenienti. e quando gli fui di fronte lui proruppe in tono incredulo: «Una ragazza!» Poi domandò: «Che cosa ci facevi lassù?»

Risposi la prima cosa che mi passò per la mente: «Volevo visitare la casa. Mi è stato detto che è in vendita».

Si sforzò di ridere e il suo riso forzato echeggiò lugubre sulla pietra antica del muro. Nei suoi occhi vidi passare una luce strana. «Vuoi visitarla? D'accordo! Seguimi!» Trasse dalla tasca un mazzo di chiavi senza smettere di agitare il braccio nella mia direzione e aprì il lucchetto. La catena cadde al suolo tintinnando. Con le canne del fucile mi fece cenno di incamminarmi verso la casa. «Avanti...»

Non potei fare altro che ubbidire.

In quale pasticcio mi ero cacciata?

Quel pazzo, perché ero sicura che fosse un pazzo, mi avrebbe rinchiusa in quella casa e mi avrebbe ridotta a mal partito. La mia arma era rimasta nell'auto e se anche avessi gridato fino a sgolarmi nessuno sarebbe arrivato a soccorrermi in quella brughiera desolata.

Lanciai occhiate a destra e a sinistra in cerca di un cespuglio dietro cui gettarmi, ma erano tutti troppo scheletrici per nascondermi.

D'altronde quell'individuo sapeva servirsi del suo fucile, a giudicare dalla maniera in cui lo impugnava. Doveva essere un cacciatore, uno di quei tipi che non mancano una lepre in corsa da venti passi, figurarsi quindi una Mary Lester a tre metri...

Avrebbe osato sparare? Non me la sentivo affatto di mettere alla prova la sua volontà. Quando si sono visti i danni provocati da una cartuccia da caccia ci si pensa due volte prima di fungere da bersaglio.

Domandai: «Chi è lei?»

Tono tracotante: «Non sei nella posizione di fare domande!»

Arrivati alla casa, infilò una chiave nella serratura e aprì la porta senza distogliere lo sguardo da me. Contrariamente a ciò che avevo immaginato non si udì alcun cigolio e la porta si aprì in silenzio sull'oscurità di un corridoio che odorava di muffa.

Alla mia perplessità, l'uomo mi ficcò brutalmente le canne del fucile nella schiena. «Andiamo a visitare la casa!» E scoppiò in una risata sinistra. «Ti raccomando in particolare la camera del curato, al primo piano. Ti dice nulla, la camera del curato?»

A un tratto ebbi freddo alla schiena. Non mi sarei lasciata violentare da quel grosso schifoso! Avanzai di un passo, esitando, e la torcia elettrica del mio sequestratore illuminò un corridoio pavimentato di grandi lastre in pietra come quelle di una chiesa.

Senza riguardi, mi diede una spinta nella schiena con una mano. «Avanti! Cosa aspetti?»

Entusiasta come un bovino condotto al macello, avanzai di un altro passo, poi mi bloccai. Quello stronzo avrebbe dovuto trasportarmi di peso per costringermi a salire i gradini della scala polverosa che scorgevo in fondo al corridoio. Attesi un altro spintone, che non arrivò.

Allora, nel silenzio della notte, udii uno schiocco che conoscevo bene, il rumore divino di una rivoltella ben oliata alla quale si arretra il cane, e poi una voce che, sebbene un po' rauca, mi parve celeste. Era quella del tenente Fortin, che intimava con un tono cavernoso alquanto adatto al luogo e alle circostanze: «Posalo, nonnino!»

Mi girai e vidi stagliarsi sullo sfondo cupo del cielo la sagoma gigantesca di Fortin e la faccia sbalordita dell'uomo con il basco, che non osava più muovere neanche un dito perché il tenente gli aveva conficcato sotto l'orecchio la canna della sua .357 Magnum.

Emisi un fischio prolungato, poi domandai, incapace di credere ai miei occhi e alle mie orecchie: «Jipi? Che ci fai qui?»

«Che ci faccio qui?» ribatté Fortin. «E ti azzardi a chiederlo? Adesso dovresti dire grazie al vecchio Fortin. Quanto al resto, te lo spiegherò più tardi.»

«Grazie, Jipi!» esclamai, saltandogli al collo.

A quel movimento spontaneo la canna della .357 Magnum si spostò appena e il mio sequestratore accennò a scappare, ma Fortin riprese in fretta il controllo della situazione. «Non ti muovere, Lucien!» ordinò, conficcandogli la canna della rivoltella nel fianco, questa volta. Poi, sporgendosi all'esterno, muggì: «Albert! Porta le manette per il signore!»

Vidi l'ineffabile Passepoil accorrere con un paio di manette. Sembrava tutto eccitato di essere lì, ma evidentemente non aveva imparato ad ammanettare un sospetto. Disarmai il mio sequestratore, aprii il fucile e per precauzione espulsi le cartucce. Nel frattempo Fortin lo ammanettava.

«Non ne avete il diritto!» protestò lo sconosciuto.

«Sei noioso, Lucien», ribatté Fortin, gratificandolo di uno spintone che rischiò di atterrarlo.

«Non mi chiamo Lucien!» strillò lui.

«Allora qual è il suo nome?» domandai.

«Ehm... Trémeur, Adolphe Trémeur.»

«E che cosa fa nella brughiera a quest'ora con un fucile da caccia, signor Trémeur?»

«Sorveglio la casa del signor Tristani.»

«Dunque lei è il custode», conclusi.

«Esatto! E voi? Chi siete, voi? Delinquenti?»

Fortin si girò verso il povero Passepoil, che sembrava ancora più emozionato di Trémeur, e commentò: «Delinquenti! Noi, delinquenti! Hai sentito, Albert?»

«Ehm... Ehm...» balbettò Albert, troppo emozionato per parlare.

«Sono assolutamente d'accordo con te», dichiarò Fortin. «È un bracconiere.» Si girò verso il disgraziato Trémeur. «Ehi, Lucien! Sei un bracconiere, vero?»

«Io...» esordì l'ammanettato. «Io, bracconiere... Quanto a questo, non avete che da chiederlo al signor Tristani.»

«Perché? Forse caccia di frodo insieme a te?» chiese Fortin. «Bene, allora bisogna trovarlo!» Guardò Adolphe Trémeur roteando ferocemente gli occhi. «Il bracconaggio è proibito, mio vecchio Lucien, è una gran brutta cosa. Dov'è il tuo complice?»

«Non mi chiamo Lucien», ribatté il bracconiere, esasperato, dimenandosi come se volesse sbarazzarsi delle manette. «Ho già detto che mi chiamo Adolphe Trémeur!»

«Per giunta si chiama Adolphe, e se ne vanta!» disse Fortin, guardandomi con aria disgustata. «Non ti vergogni?»

«Come... Come se fosse colpa mia!» balbettò il bracconiere. «Non l'ho mica scelto io!»

«D'accordo, ma per me è un nome che scortica la gola, perciò ti chiamo Lucien. Cosa vuoi, non ricordo i nomi. Questo è l'unico che mi resta in testa.» Fortin si curvò su Trémeur, che all'improvviso parve meno compiaciuto. «È strano, vero? E non mi chiedi neanche perché!» Parve riflettere e aggiunse: «Forse perché Lucien è il nome del cane del mio vicino. Può darsi...» scrollò le spalle. «Capisci, non lascia mai in pace quel povero cagnolino! "Lucien, vieni qua! Lucien, porta qui! Lucien, non pisciare dallo sbirro!" Insomma, capisci che, alla lunga...» Tacque e fissò il vuoto, poi, come ridestandosi con un sussulto da un sogno a occhi aperti, tuonò: «Allora, Lucien! Il nome del tuo complice!»

Aveva un aspetto così feroce alla flebile luce delle torce elettriche che l'informatico tremò, e lo stesso Trémeur, che pure non sembrava affatto impressionabile, ebbe un lampo di timore nello sguardo.

«Il mio... Il mio...» esitò il bracconiere, assai agitato.

«Suvvia, non tormentarti tanto, Lucien», esortò, percuotendogli una spalla. «Tipi più duri di te hanno cercato di spezzare il metallo della Repubblica. Ti va di scherzare? Non è robetta, questa. Ti spellerai i polsi per niente. C'è soltanto un modo per sbarazzarsi delle manette...» Si sfilò un oggettino di tasca e lo fece scintillare alla luce della torcia. «La chiave», aggiunse in tono amabile. Poi, di nuovo feroce: «Allora, il tuo compare... Nome, cognome, indirizzo...»

«Intende dire il signor Tristani», rispose Trémeur.

«Esatto, Lucien!»

«Non è mio compare! È il proprietario della casa. Mi ha chiesto di custodirla! Non capisce? Custodirla! Con tutti i delinquenti che ci sono in giro, aveva paura che fosse occupata abusivamente.» E insistette: «Io abito qui vicino, perciò mi ha chiesto di dare un'occhiata a casa sua di quando in quando».

«Soltanto un'occhiata?»

«Sì.»

«Allora andiamo a vedere», intervenni.

«Vedere cosa?» guaì l'ammanettato nel girarsi verso di me.

«Be', la camera del curato, quella che intendeva farmi visitare.»

«Non ne avete il diritto!»

«E perché non ne avremmo il diritto?» chiese Fortin. «Lo hai sentito, Albert?»

«Sì... Sì...» balbettò Passepoil, completamente sopraffatto dagli eventi.

«Mostragli la tua tessera!» ordinò Fortin.

L'informatico si frugò maldestramente nelle tasche e finì per estrarne la tessera di Polizia e brandirla, al rovescio, dinanzi agli occhi di Trémeur.

«Sai leggere?» sbraitò Fortin. «C'è scritto "Polizia", amico mio.»

Trémeur non ebbe bisogno di precisare che Fortin non era amico suo. Lo guardò di sottecchi con occhio cattivo. «E con questo? Non avete nessun mandato!»

«Ti abbiamo detto che siamo della Polizia», ribatté Fortin, esasperato. «Non siamo mica delle Poste e telecomunicazioni!» E gli sbraitò sul muso: «Hai capito? Non siamo postini! Siamo sbirri! Alla fine dell'anno non distribuiamo calendari! Ma se vuoi subito un mandato di perquisizione...» Puntò aggressivamente un indice sul prigioniero:

«Te lo dico per l'ultima volta, Lucien. Per perquisire ci occorre una rogatoria firmata da un giudice, oppure...»

«Non avete la rogatoria!» s'infuriò Trémeur.

Fortin mi guardò, prostrato. «Ma non mi ascolta, questo idiota!» Guardò di nuovo Trémeur e insistette. «Ho detto "oppure", Lucien, e tu mi hai interrotto. Sei maleducato! Se mi avessi lasciato finire, infatti, mi avresti sentito dire: "oppure essere invitati a visitare i luoghi con il consenso della persona che possiede l'autorità di permettercelo".» Si girò verso Passepoil, estasiato di poter fare il suo numero.

Io non feci nulla per guastargli l'effetto, perché si accingeva a salvarmi dalle conseguenze di un grave passo falso. Comunque stava diventando sempre più guitto e mi ripromisi di dirglielo alla prima occasione.

«E qui, Albert, chi è la "persona che possiede l'autorità"?»

Passepoil farfugliò: «Il cu... cu...»

«Hai ragione, mio caro nipote!» fece Fortin, accrescendo all'improvviso la propria famiglia. «Il custode! E Lucien, qui presente, ha invitato il capitano Lester a visitare la camera del curato.»

Trémeur mi fissò con aria attonita.

«Eh, sì! È proprio così, caro il mio vecchio Lucien!» disse Fortin, allegro. «La ragazza è capitano! Ti rendi conto? Avevi intenzione di violentare un capitano!»

Stupefatto, Trémeur protestò: «Ma... non volevo violentare nessuno, io!»

«Bugiardo!» accusò Fortin. «Adesso vado a vedere questa famosa camera del curato, e guai a te se mi hai mentito!»

«Ti accompagno», intervenni. Quindi porsi il fucile da caccia a Passepoil. «Prendi, Albert, e tieni sotto tiro questo signore. Se scappa, spara!»

Passepoil prese goffamente il fucile e lo impugnò in modo tale che vidi tremare le canne.

« Ehi! » fece Trémeur, atterrito. « Non va mica bene! Questo tipo... »

Scrutai il custode con severità. « Questo tipo è un ufficiale di Polizia, signor Trémeur, e ha istruzioni precise. Lei stesso mi ha sentito impartirle. Se non intende tentare la fuga, non ha niente da temere. »

Guardandomi, inquieto, Fortin esordì: « Credi davvero che... »

Di nascosto aprii la mano a mostrargli le cartucce.

Sorrise e disse: « Andiamo! »

14

Nell'aria regnava un greve odore di muffa e incenso. Ragnatele invisibili s'incollavano al volto e ai capelli, suscitandomi brividi di spavento in tutto il corpo.

Sentii Fortin imprecare sordamente. «Che casino!»

«Nessuno è più stato qui da parecchio tempo», commentai.

Visitammo le stanze velocemente: tre erano vuote, la quarta conteneva un letto alto, coperto da un piumino polveroso. Non mi sarebbe piaciuto dormirci!

Il pavimento cosparso di chiazze chiare scricchiolava lugubre sotto il quintale di Fortin e le porte nell'aprirsi gemevano lamentose sui cardini arrugginiti. Era davvero la casa dell'angoscia. Se fossi stata sola mi si sarebbe accapponata la pelle e mi si sarebbero rizzati i capelli in testa.

Invece con Fortin mi sentivo relativamente tranquilla. Sapevo che nella fondina di cuoio sotto il braccio sinistro riposava la sua 357 Magnum Smith & Wesson canna da tre pollici, con cui stravinceva sempre le gare di tiro della Polizia. Bisognava essere aspiranti suicidi o pazzi da legare per affrontare il tenente Fortin armato di rivoltella. Ma anche per uno scontro a mani nude non avrebbe trovato più volontari.

«Sì, in effetti sembra abbandonata», convenne Fortin.

«Che facciamo? Filiamo via?» Evidentemente l'atmosfera della vecchia canonica angosciava persino lui.

Concordai. «Ce la svigniamo.»

«E che facciamo del tipo laggiù?»

Sospirai. «Lasciamo che se ne torni a casa.»

Mi guardò con aria interrogativa. «Dici sul serio?»

Sollevai le spalle. «Hai un'altra idea? Vuoi adottarlo?»

Gesticolò con irritazione. «Che sciocchezza è mai questa, Mary Lester? Ti ha persino minacciata!»

«È vero, però mi ha sorpresa in una brutta situazione, a cavallo di un muro, mentre mi accingevo a entrare abusivamente nella proprietà di cui è custode... Che cosa gli si potrebbe mai rimproverare?»

«Di avere avuto intenzione di stuprarti.»

Risi e risposi, con la più perfetta malafede: «Purtroppo sei intervenuto troppo presto!»

«Ah, be'! Questa è la migliore!» disse Fortin, picchiandosi le cosce. «La prossima volta...»

«La prossima volta farai la stessa cosa, Jipi: mi caverai dai pasticci.» E aggiunsi, con una pacca affettuosa su una spalla: «È per questo che ti amo!»

Sospirò, disarmato. «Certo che ne dici di sciocchezze!»

Sorrisi. «Sì, e per questo anche tu mi ami!»

Sospirò di nuovo nella semioscurità prima di chiedere: «E il suo schioppo?»

«Glielo restituiamo, il suo schioppo.»

Fortin sussultò. «Sei matta?»

«Al bisogno, potremo ritrovarlo in qualsiasi momento», assicurai. «Senza dubbio questo tizio non si allontana mai più di cinquecento metri da casa sua, e gli prenderemo le generalità.»

I due uomini che avevamo lasciato ai piedi della scala parvero particolarmente felici di vederci tornare.

Domandai a Trémeur: «La camera del curato è quella con un letto?»

«Sì», rispose lui. «L'ultimo curato ad avere abitato qui fu trovato in quello stesso letto un mese dopo la sua morte. Poi ovviamente nessuno lo ha mai più voluto, quel letto.»

«Per forza!» echeggiai, rabbrividendo. «Che camera spaventosa!»

Albert Passepoil, investito di una responsabilità che travalicava le sue competenze, era sull'orlo del panico, e così pure Adolphe Trémeur, perché intuiva che il giovanotto non era abituato a maneggiare armi da fuoco ed era tanto maldestro da rischiare di ficcargli una rosa di piombo nella trippa, che sporgeva parecchio.

Mi piantai davanti a lui, puntandogli negli occhi il raggio della torcia elettrica. «Ha dichiarato di chiamarsi Adolphe Trémeur.»

Turbato, Trémeur annuì.

Ordinai a Passepoil: «Scrivi, Albert!»

Passepoil lasciò cadere il fucile da caccia del prigioniero, che risuonò sulle lastre del corridoio, quindi sfilò di tasca un blocco per appunti. «Come si scrive?» domandò.

Docilmente, Trémeur scandì lettera per lettera il proprio nome.

«E abita?»

«Proprio qui»

«E "proprio qui" ha forse un nome?»

«Cléden-Cap-Sizun.»

«Quale via?»

«Non c'è alcuna via. È la seconda casa a destra sul sentiero che scende al porto.»

«Professione?»

«Pensionato.»

«E prima di andare in pensione?»

«Macchinista nella marina mercantile.»

«Per quale compagnia ha navigato?»

«Parecchie. L'ultima è stata la Chargeurs.»

Ordinai: «Levagli le manette, Jipi».

Si udì uno scatto metallico, poi l'ex capo macchinista si massaggiò i polsi con soddisfazione.

Domandai: «Per caso, ha navigato a bordo dell'*Ocean Glory*?»

«Sì», rispose Trémeur, sbalordito. «Ma come...?»

«Allora ha conosciuto Gabriel Cormet.»

«Questa poi!» replicò Trémeur, sempre più sbalordito, fissandomi come se avessi appena estratto un coniglio dal cappello. «Conosce il vecchio Gaby bruciabudella? Come sta?»

Gabriel Cormet era uno degli sfaccendati che avevo incontrato sui moli di Trentemoult, indagando a Nantes. Era un vecchio marinaio che, come avevo scoperto, era stato imbarcato con mio padre.

«L'ultima volta che l'ho visto stava bene, anche se a mio parere dovrebbe andarci piano col vino», risposi, mimando il gesto di portarmi un bicchiere alle labbra.

Trémeur annuì. «È sempre stato questo, il problema del vecchio Gaby. Aveva sempre in tasca una fiaschetta di acquavite distillata da suo nonno. La chiamava "bruciabudella", perciò era soprannominato così.»

Sorrisi e domandai: «E il suo comandante, lo ricorda?»

«Eccome», rispose Trémeur. «Non posso certo dimenticarlo, quello! Pensi che una sera, a Singapore...»

«Va bene», tagliai corto.

Tacque, sorpreso da quella brutale interruzione, chiedendosi che cosa mai avrebbe potuto raccontare di sconveniente e cercando la risposta sui volti di Fortin e di Albert Passepoil, che non ne sapevano più di lui. E a ragion veduta...

Non avevo voglia di sentirgli raccontare in presenza di testimoni l'impresa compiuta da mio padre, che era volato in un locale malfamato di Singapore per soccorrere a bottigliate il suo equipaggio aggredito da marinai norvegesi pieni di sakè fino agli occhi. Gli affari di famiglia non devono essere squadernati in pieno sole, anche se si tratta soltanto di un modo di dire, visto che grandi nubi nere nascondevano la luna quando uscimmo dal Romitorio.

«Dunque conosce il comandante Le Ster?» mi domandò Trémeur, che avevo autorizzato a recuperare il fucile e se lo stringeva al petto come avrebbe fatto una bimba con la sua bambola.

«È mio padre», risposi.

Si fermò tanto bruscamente da essere urtato da Passepoil, che lo seguiva. «Suo padre?»

«Eh, sì.»

«Questa poi... Oh! Signorina, se lo avessi saputo...» All'improvviso divenne premuroso. «Deve venire a casa mia! Sua figlia! Questa poi! Yvonne resterà sbalordita.»

«Yvonne è sua moglie?»

«Sì, e si starà chiedendo che cosa mi sia capitato. Quando ho visto i fari della sua auto sono salito a controllare... Se solo avessi sospettato...»

Il ripido sentiero che scendeva al porticciolo era pieno di solchi.

Trémeur spinse un cancello in legno dipinto di blu. «Di qua...»

Fortin mi prese per un braccio, sussurrandomi all'orecchio: «A che gioco giochiamo?»

«Lasciami fare», mormorai.

Attraversammo un orto con le aiuole vangate, pronte per una nuova semina. La luna ora rischiarava il porticciolo e le barche sembravano posate sulla superficie perfettamente liscia di un gigantesco vassoio d'argento.

Quando Trémeur aprì la porta, una voce languida lo accolse: «Sei tu, Dodolphe? Dove sei stato?»

«Ci sono ospiti, Yvonne», annunciò Trémeur con voce allegra. Sembrava avere ritrovato tutta la sua vitalità.

Il corridoio s'illuminò e Yvonne apparve. Era una robusta sessantenne dal viso placido, che indossava un cardigan di maglia lavorato a mano e un grembiule di nylon.

«Ti presento la figlia del mio comandante», esordì Trémeur con enfasi. «Sai, te ne ho parlato, quando ero alla Chargeurs, sulla *Ocean Glory*...»

Yvonne mi salutò gentilmente: «Buonasera, signorina».

Ricambiai la cortesia, porgendole la mano. «Buonasera, signora Trémeur. Mi scusi, sono in compagnia di due colleghi. Non è l'ora adatta per una visita, però suo marito ha tanto insistito...»

«Restate a mangiare la zuppa con noi?»

La ringraziai. «Non si disturbi. Siamo solo di passaggio.»

Intanto Trémeur appese il suo calibro dodici e il suo giaccone a un attaccapanni avvitato a un tramezzo, poi ci invitò a entrare in soggiorno.

Era una stanza di modeste dimensioni perché la casa stessa era molto piccola, con due camere al pianterreno, separate da un corridoio, e una scala che saliva al piano superiore, anch'esso probabilmente con due camere. Era un'autentica, vecchia casa bretone. Il parquet di quercia del soggiorno, incerato a mano, luccicava come un mobile costoso. E gli arredi in castagno, retaggio di generazioni passate, non dovevano essere mai stati spostati da quando il falegname del villaggio li aveva installati.

Li si poteva sentire appesantiti da lini ereditati da nonne defunte da lungo tempo, posate d'argento allineate sul raso scarlatto dei loro scrigni, servizi di porcellana, regali di matrimonio mai usati, accuratamente ordinati e religiosamente conservati.

Il soggiorno profumava di cera d'api, di lavanda essiccata, di fuoco di legna.

Camminammo con esitazione per timore di sporcare il parquet lucente con le nostre scarpe imbrattate di terra. Con lo sguardo cercai le pattine senza trovarle.

Adolphe Trémeur ci incoraggiò: « Entrate, prego! »

Sedemmo intorno a un tavolo da pranzo coperto da una tovaglietta di pizzo finemente lavorata, con sopra un vaso in ceramica di Quimper, colmo di fiori secchi.

« Cosa gradite bere? » domandò Trémeur, gioviale.

D'improvviso era passato dalla condizione di sospettato a quella di ospite, ed era sicuro che ormai Fortin non lo avrebbe più chiamato Lucien.

« Non si disturbi », risposi.

« Non sia mai detto che la figlia del comandante lasci la mia casa senza aver bevuto! » insistette Trémeur. « Vi piace il sidro? » Senza attendere risposta, ordinò: « Yvonne, porta una bottiglia di sidro e quattro bicchieri! »

Yvonne ubbidì con una celerità di cui non l'avrei creduta capace e suo marito con le sue grosse zampe fece saltare il tappo alla bottiglia.

« Ditemi cosa ve ne sembra! » ci esortò Trémeur nel riempire i bicchieri. « Lo produce mia cognata, che abita a Fouesnant, e lo imbottigliamo noi stessi. »

Bevemmo alla salute del comandante. Jean-Marie Le Ster sembrava proprio beneficiare di un'aura tutta particolare agli occhi dei suoi vecchi marinai.

In effetti il sidro della cognata era eccellente e miriadi di bolle frizzavano in quell'oro liquido.

Dopo avere schioccato la lingua e scosso la testa con aria soddisfatta, Trémeur si sporse verso di me e mi domandò: « Detto tra noi, signorina Le Ster... »

Non avevo tempo di spiegargli perché mi chiamavo Lester, quindi lo interruppi sorridendo: « Dato che chiama mio padre comandante, può chiamare me capitano ».

Acconsentì. « Sì, sì, certo! » Poi aggiunse: « Comunque è strano chiamare "mio capitano" una bella ragazza come lei! »

« Allora, signor Trémeur dica soltanto capitano. »

Annuì vigorosamente e riprese, in tono confidenziale: « Detto tra noi, che cosa cercava in quella baracca? »

« Segreto investigativo, signor Trémeur. »

« Ah », fece lui, fingendo di aver capito. Senza aggiungere una sola parola posò il suo sguardo a turno su ciascuno di noi.

« Così è il signor Tristani che le ha chiesto di sorvegliare la casa? » domandai.

« Sì », confermò Trémeur.

« Lo conosce bene? »

« Abbiamo la stessa età », rispose. « Da giovane sono stato imbarcato come mozzo su un peschereccio. Avevo l'incarico di andare in cucina a cercare teste di sardina per fare lo stronk.* Suo padre lo costringeva a sorvegliare ciò che usciva dalla cucina, così ci vedevamo di sovente. »

« È così che si creano legami », commentai. Avevo fatto la stessa cosa sul peschereccio di mio nonno, ma non glielo dissi. Invece domandai: « Da quanto tempo è in pensione, signor Trémeur? »

« Tra poco saranno dieci anni », rispose.

« E abita qui da allora? »

« *Gast!* » imprecò in bretone. « Ho sempre abitato qui! »

« E come ha fatto a diventare custode del Romitorio? »

« Un giorno sul sentiero ho incrociato Firmin Tristani. È stato allora che mi ha detto che la proprietà gli apparteneva. »

« Prima lei non lo sapeva? »

« Bah! » rispose, con un gesto evasivo. « Si dicono tante cose... che era del vescovado, che era stato acquistato dagli olandesi... » Precisò, alzando un dito: « Gli olandesi e i tedeschi comprano molto, qui. Dato che il Romitorio era sempre chiuso, nessuno se ne preoccupava. E poi un gior-

* Stronk: esca di pesce sminuzzato gettata intorno al peschereccio per attirare i banchi di pesci.

no la catena del cancello è stata spezzata e gente strana ha cominciato a bazzicarlo: zozzoni tatuati, maschi e femmine, che avevano parecchi cani e fumavano droga. Firmin ci ha chiesto una mano per cacciarli».

«Non ha avvertito i gendarmi?»

Trémeur scrollò le grosse spalle e tagliò corto, in tono sprezzante: «Per cinque, sei fannulloni? Bah! Non valeva la pena disturbare i gendarmi per questo! Appena ci hanno visti arrivare hanno tagliato la corda. Avevano una specie di vecchio furgone Volkswagen tenuto insieme con spago e fil di ferro. Nessuno li ha mai più rivisti».

«Da chi è stato assistito in questa spedizione?»

«Dagli amici che tengono le loro barche quaggiù. Nessuno aveva voglia di vedere una colonia di quei parassiti installarsi qui vicino. Sa, la gente di quella risma, se gli si concede un dito», mostrò un indice, «si prende un braccio. Se fossero diventati trenta o quaranta non saremmo più riusciti a cacciarli.» Aggrottando le sopracciglia aggiunse: «Ehi, non li abbiamo mica picchiati! Li abbiamo solo spaventati».

Immaginavo la reazione di alcuni hippy mezzo fatti alla vista di una decina di veterani della Marina mercantile sbarcare al loro accampamento. No, non era stato necessario picchiare, era bastato minacciare.

«Dopo abbiamo dovuto pulire», continuò Trémeur. «Avevano sparso la loro merda dappertutto. È stata Vovonne a sbrigare la faccenda.» Si girò verso la cucina e chiese a voce alta: «Non è vero, Vovonne, che hai sbrigato tu la faccenda?»

Sua moglie arrivò, asciugandosi le mani con uno strofinaccio. «La faccenda? Quale?» domandò.

«Al Romitorio, da Firmin.»

«Ah, sì», confermò lei. «Quelli che si erano rifugiati là erano maiali, non esseri umani! C'erano scatolette vuote sparse ovunque e avevano fatto i loro bisogni sul pavimento! » La sua indignazione era evidente.

« E lei ha pulito tutto? »

« Sì, con la candeggina. Poi Adolphe ha messo catena e lucchetto nuovi. »

Così si spiegavano le chiazze chiare all'interno del Romitorio.

Allora Trémeur riprese: « Ecco perché quando ho visto le luci dei suoi fari mi sono detto "Adolphe, eccoli che tornano"! »

« Quindi ha preso il fucile e mi ha scoperta. »

« Proprio così », confermò Trémeur, imbarazzato. « Capisce, era a cavalcioni del muro e... »

« Non le rimprovero nulla, signor Trémeur », assicurai. « Voglio soltanto sapere una cosa... »

« Sì », fece lui, intrigato.

« Perché voleva condurmi nella camera del curato? »

Parve imbarazzato. « Con tutto il rispetto, è là che gli altri, prima, avevano cagato dappertutto. Allora mi sono detto... »

« Si è detto: "Se è una della banda, la porto ad annusare la sua..." »

« Proprio così », confermò Trémeur. « Esattamente così ». Poi mi domandò, un po' inquieto: « Chiamerà i gendarmi? »

Negai.

Parve rassicurato.

« Vorrei chiederle un favore... »

« Tutto quello che vuole », promise lui, premuroso.

« Se le capiterà di vedere il signor Tristani, mi chiami subito. » Gli porsi il mio biglietto da visita.

Lui lo prese, lo esaminò e domandò: « Che cosa ha fatto? »

« Nulla », risposi. « Una semplice questione di famiglia da regolare, e dato che sua moglie non riesce a trovarlo... »

Mi sporsi verso di lui per riferire a mezza voce: «La signora ha chiesto al ministro che la Polizia, cioè noi, lo ritrovi. Sa, quella gente là ha il braccio lungo...»

Annuì, fingendo di capire.

«E soprattutto, non una parola a chicchessia», raccomandai.

«Quando occorre so tacere», rispose lui, con la massima serietà.

Nell'accompagnarci alla porta mi fece giurare di trasmettere i suoi saluti al comandante Le Ster e, quando c'incamminammo per risalire il ripido sentiero, aggiunse: «E se volesse partecipare a una partita di pesca, uno di questi giorni...»

15

Filavo sulla strada costiera e Fortin mi seguiva alla guida della sua giardinetta, affiancato dall'improbabile Passepoil Albert, dall'aria ebete più che mai.

«Vi invito a cena», avevo detto ai miei due colleghi. «Seguitemi.»

Iniziavo ad avere fame e la presenza di Fortin sulle mie tracce m'intrigava. Era stato Mervent per diffidenza nei miei confronti a ordinargli di seguirmi? Non lo credevo. Jipi mi avrebbe avvertita. Quindi avevo intenzione di chiarire tutto a tavola.

Nel frattempo avevo telefonato ad Amandine per avvisarla che non sarei rientrata per cena e lei aveva brontolato qualcosa che non avevo voluto intendere.

Fermai la Twingo nel parcheggio del ristorante Breizh-Armor dinanzi alla spiaggia sterminata di Penhors. Il locale, con una vista magnifica sull'immensità dell'oceano, brillava di tutte le sue luci nella notte buia. Un direttore di sala premuroso ci trovò un tavolo vicino alla grande vetrata sul mare.

Era lì, il mare, se ne sentiva il respiro salato, lo si udiva rombare nell'avventarsi sulla spiaggia, e quando la luna spuntò dalle nubi vedemmo i lunghi cavalloni bianchi susseguirsi senza sosta.

In lontananza il pennello luminoso del faro di Eckmühl perforava la notte a intervalli regolari.

Ordinai frutti di mare per tre con un pensiero commosso al nostro bravo commissario Fabien, che, a quell'ora, si annoiava a casa in convalescenza, sottomesso a un regime privo di fantasie.

Aveva conservato un tale ricordo di un certo pasto al Café de la Cale sull'Île-Tudy, che me ne parlava ancora benché fossero trascorsi parecchi anni. D'altronde mi era debitore di un invito alla locanda al Moulin de Rosmadec, a Pont-Aven, che non aveva ancora mantenuto perché temeva d'incorrere nei rimproveri di una moglie che, come diceva Fortin, non era affatto compiacente.

Questo era il commissario divisionale Fabien, che regnava da padrone incontrastato sul commissariato, mentre tra le mura di casa ubbidiva senza discutere.

A quanto sembra, parecchi uomini investiti di grande autorità sono così nella vita privata.

Un sommelier vestito di nero ci portò la bottiglia di Sauvignon che s'imponeva con i frutti di mare, poi ci servì.

Proposi un brindisi: « Al tenente Fortin, che, come la cavalleria, arriva sempre al momento giusto! » Quindi bevvi, posai il bicchiere e chiesi a Fortin: « Ora, se il tenente Fortin volesse dirmi in qual modo è giunto così a proposito, ne sarei del tutto soddisfatta ».

« Dato che insisti, ti chiarisco tutto », rispose Fortin. « Ecco, ho deciso di offrire al qui presente Albert una dimostrazione di come filare senza farsi sgamare. »* Con la mano indicò Albert Passepoil. « È stato il ragazzo a sfidarmi. »

Il ragazzo in questione arrossì come un chierichetto sorpreso dal parroco a leggere *Playboy* in confessionale e si tuffò nel proprio piatto.

* Per i lettori che non hanno ancora familiarizzato con il vocabolario del tenente Fortin, traduco: « come pedinare senza farsi scoprire ».

Fortin proseguì: «Mi ha chiesto se fossi abbastanza bravo da filare il capitano Lester senza che se ne accorgesse». Si girò verso Passepoil e l'apostrofò: «Non è vero, nipote? In qualche modo mi hai sfidato, e io, quando mi sfidano, non mi sgonfio».

«Quindi mi hai seguito da Quimper?» domandai.

«Sì», rispose Fortin, sgusciando uno scampo per intingerlo nella maionese.

Lo imitai, guardando Passepoil, che sembrava non sapere da quale parte prendere i crostacei. «Tanto di cappello», risposi. «Francamente non mi sono mai accorta di averti nella mia scia.»

«Bah, è stato facile», dichiarò Fortin con aria modesta. «Non stavi mica in guardia. La parte più difficile è stata avvicinarsi alla vecchia canonica. Non sono potuto intervenire quando il tizio ti ha beccata sul muro...»

«E se avesse sparato?» l'interruppi.

«Prima di sparare avrebbe dovuto imbracciare», spiegò tranquillamente Fortin. «E se avesse accennato a imbracciare il fucile...» Prese un'ostrica, la inghiottì, tracannò un bicchiere di vino bianco e commentò: «*Mm!*»

Intanto Passepoil non sembrava a suo agio dinanzi al suo piatto sontuoso.

«Non ti piace, Albert?» chiese Fortin.

Con il viso contratto, Passepoil puntò un dito contro un'ostrica e domandò: «Sono crude?»

«Sono anche vive», rispose Fortin, stuzzicando un'ostrica, che si ritirò.

Passepoil impallidì e ripeté: «Vive?»

«Sì, ma i crostacei sono cotti, e anche gli scampi», intervenni.

Lui esitò, prima di chiedere: «Bisogna sgusciarli?»

Ma cosa credeva, quell'imbranato? Che gli sgusciassi io le grancevole? «Vedo che questa roba non ti piace», replicai. «Ti ordiniamo qualcos'altro.»

Protestò: «No, no... vado a prendere le tartine imburrate e la ma... maionese...»
«Niente affatto!» obiettai. «Qui hanno tutto ciò che desideri.» Chiamai il direttore di sala, che si affrettò ad avvicinarsi.
«Signora?»
«Il piccolo non ama i frutti di mare», dichiarai, accennando con il mento a Passepoil.
«Oh!» fece il direttore di sala, come se avesse subito un affronto. Osservò Passepoil, il suo contegno, il suo abbigliamento, così incongruo in quel bel ristorante come una verruca crostosa su una chiappa di miss Mondo, e immantinente passò dall'indignazione al divertimento. Una luce maliziosa brillò nel suo sguardo. «In questo caso potrei raccomandare al signore il menù per bambini.»
«Cosa offre il menu per bambini?» domandai.
«Purè e salsicce, signora.» Deferente come se parlasse del piatto per cui lo chef era rinomato, aggiunse: «Se il signore teme che le salsicce possano essere troppo condite, abbiamo anche prosciutto parigino».
Nel piegarmi verso Passepoil, feci un occhiolino connivente al direttore di sala. «Ti vanno le salsicce, Albert?»
Passepoil annuì con entusiasmo.
«Perfetto», commentò il direttore di sala, annotando l'ordinazione. «Una o due salsicce?»
«Due», risposi d'autorità. Poi guardai Passepoil, reprimendo un incredibile impulso di scoppiare a ridere. «Albert, saprai ben venire a capo di due salsicce...» Lo rassicurai: «Non sono mica vive, sai».
Passepoil annuì di nuovo.
«E desideri forse bere qualcosa di diverso dal vino bianco?»
Ancora una volta annuì. «Sì...»
«Che cosa desideri bere?»
«Una co... co... coca!»

«Una Coca-Cola!» concluse il direttore di sala, serrando le labbra per soffocare un sorriso. «Ghiacciata o a temperatura ambiente, signore?»

«Ghia... ghia...»

«Ghiacciata. Perfetto, signore», dichiarò il direttore di sala, nel prendere nota con serietà imperturbabile. Qualche istante più tardi posò un piatto di purè fumante e due grosse salsicce dinanzi a Passepoil, nonché una bottiglia grande di coca.

Questa volta il nostro formidabile informatico ebbe ciò che gli andava a genio.

«Finalmente!» gli dissi. «Non sei mica difficile da nutrire, tu!»

Mi guardò con gli occhi pieni di gratitudine e, con la bocca piena di salsiccia, emise un *hon hon*, che io interpretai come un assenso.

Così, nel concedermi una bella cenetta, aggiornai Fortin sugli ultimi sviluppi dell'indagine.

Lapidario, il Grande concluse: «Dunque nessuno ha più visto quella ragazza da oltre un mese?»

Confermai: «Nessuno».

Brontolò: «Eppure non può mica essere evaporata!» Il Grande alzò su di me uno sguardo sospettoso. «Oh! Tu hai un'ideuzza!»

Mi faceva troppo onore. No, non avevo la minima idea di dove potesse essere Mathilde Tristani. Infine risposi: «Quello che si dovrebbe fare è rintracciare Firmin Tristani».

«Suo padre?»

Non avevo tempo di dilungarmi sui dubbi concernenti la paternità di Mathilde, così risposi semplicemente: «Suo padre, sì».

«Credi che sia con lui?»

Sospirai. «Non credo nulla, Jipi, non credo nulla. Cerco.»

Fortin mi guardò un momento con l'aria perplessa che assume spontaneamente quando dubita di ciò che gli dico. « E che cosa ne pensi di quel Trémeur? Detto tra noi, penso che tu l'abbia lasciato andare con un po' troppa facilità. I giustizieri che vanno a spasso di notte per la brughiera con un fucile carico finiscono sempre per fare cazzate. »

« Non quello là », dissi.

« Bah! » fece Fortin. « Lo dici perché è un vecchio marinaio di tuo padre! »

Protestai: « Ma no... » E riflettei. Quello che il Grande stava dicendo non era privo di buon senso, tuttavia pensavo che la lezione fosse bastata per indurre Adolphe Trémeur a lasciare il fucile appeso al chiodo. « Non vale la pena affollare le prigioni », osservai. « Sono sicura che se mai dovessimo tornare a cercarlo sapremmo dove trovarlo, e se Tristani ritornasse a galla io sarei la prima a essere avvertita. »

Passepoil accettò con piacere una *île flottante* come dolce. Fortin e io prendemmo un caffè, poi ciascuno tornò a casa propria.

16

La mia prima visita la mattina successiva appena arrivata alla tana fu per il commissario Mervent. Avevo deciso di giocare la partita fino in fondo e di riferire a lui ogni giorno, ben sapendo che ciò lo metteva in imbarazzo.

Ogni volta che gli chiedevo un parere lo vedevo cambiare colore, e la cosa mi divertiva.

So che è un comportamento un po' perverso, ma devo riconoscere di non praticare affatto la carità cristiana come viene insegnata al Saints-Anges. Comunque ero ben decisa a non seguire i consigli che lui avrebbe potuto eventualmente dispensarmi.

«Allora, ragazza mia, a che punto siamo?» chiese Mervent con aria di superiorità.

La sua arroganza non arrivava nemmeno più a esasperarmi. «Status quo, signore.»

Emise una sorta di riso amaro affatto sgradevole. «Non si fanno passi avanti, Lester, non si fanno passi avanti!»

Esagerai: «Direi di più, signore. Si segna il passo».

Si accigliò. «Mi sembra che la prenda molto alla leggera, capitano.»

Protestai: «Oh, no, signore!» Non mi presi la briga di spiegargli che all'inizio di un'indagine si procede un po' a caso, si va, si viene, si sta fermi, fino al momento in cui un elemento nuovo provoca un'intuizione, e allora, talvolta, si compie un passo gigantesco. Dato che non eravamo ancora a questo punto, mantenni un prudente silenzio.

In tono di reprimenda, Mervent mi domandò: «Che cosa ha fatto ieri?»

«Ho fatto visita al signore e alla signora Gourlaouen, a Plogoff.»

«Chi sono costoro?»

«La signora è la sorella del signor Tristani.»

«Capisco», disse Mervent. «Ebbene?»

«Nulla, non sanno niente. D'altronde, non si parlano da parecchi anni. Un conflitto d'interessi...»

«Capisco», ripeté il commissario.

Decisamente capiva molto, quell'uomo.

«E in seguito?»

«In seguito mi sono recata a Cléden-Cap-Sizun per visitare una casa di proprietà dei Tristani.»

Tre rughe verticali si scavarono sulla fronte del commissario. «Dove?»

«A Cléden Cap-Sizun, non lontano da Porz Théolen, un incantevole porticciolo come ce ne sono un po' dappertutto al Cap.»

Con un gesto d'impazienza mostrò che le mie considerazioni estetiche sugli incantevoli porticcioli di Cap Sizun lo lasciavano del tutto indifferente. «E quella casa?»

«Una vecchia canonica abbandonata da molti anni. Pensavo che la ragazza potesse essersi rifugiata lì, però è risultato evidente che nessuno vi soggiornava più da lungo tempo.»

Questa volta corrugò la fronte. «Si è introdotta in quella casa?»

Assunsi la mia aria più virtuosa. «Non mi sarei mai permessa, signore...»

Approvò scuotendo la testa, come per dire: «Lo spero bene!»

«Un vicino sorvegliava la proprietà», ripresi. Fingendo

di consultare il mio taccuino, precisai: « Un certo Trémeur, Adolphe Trémeur. Ha le chiavi della casa ed è stato così gentile da permettermi di visitarla ».

Ancora una volta corrugò la fronte. « Gentile? »

« Assolutamente, signore. » Non aveva per niente l'aria di credermi, tanto che mi domandai se qualcuno lo avesse messo in guardia su di me, perciò aggiunsi: « Questo Trémeur mi ha persino invitata a bere qualcosa da lui ».

« E lei ha accettato? »

« Sì, signore. »

« E allora? »

Mi rimisi a fare la sciocca estasiata. « Un'adorabile casetta da pescatore, signore, con una vista insuperabile sul... »

« Non m'interessa affatto la casa del pescatore! » si spazientì Mervent. « È quella canonica che m'interessa. »

Mi affrettai ad assecondarlo. « Certo, signore, certo! La casa del signor Tristani era tanto vuota quanto può esserlo una casa, signore. Non recava tracce di occupazione recente. L'anno scorso è stata occupata abusivamente da un gruppo di vagabondi, ma poi il signor Tristani l'ha fatta ripulire e ha fatto rinforzare i serramenti. Inoltre, come le ho detto, ha chiesto a questo Trémeur, che abita nei pressi, di tenere d'occhio il Romitorio. » Lo vidi storcere il naso e spiegai che era il nome della proprietà.

« Dunque nessuna traccia della giovane Tristani? »

« Neppure una minima traccia. »

Mervent ostentò la sua aria più preoccupata. « È increscioso. Il tempo passa e non c'è ancora nessun elemento da fornire al signor prefetto. »

Non risposi. In effetti era increscioso, ma meno per il signor prefetto che per la signora Tristani.

Il commissario Mervent mi guardò di traverso.

Quale carognata voleva ancora rifilarmi?

« Forse dovrei chiedere assistenza all'unità di ricerca di Rennes », suggerì.

Se si era aspettato di sentirmi protestare con veemenza, rimase con le pive nel sacco. Dissi: « È un'idea, signore ».

Mi fissò, imbronciato, poi si fece sarcastico. « Questo non la disturba? »

Spalancai gli occhi, che avevo già riempito d'ingenuità. « Perché mai dovrebbe disturbarmi? »

« Ma... Ma... » Agitò nell'aria le sue piccole braccia. « Perché essere privata dell'indagine non le gioverebbe affatto, capitano! » E aggiunse, perfido: « E non gioverebbe affatto alla sua carriera ».

Chi di voi mi conosce sa quanto poco m'interessino la carriera, le promozioni, le decorazioni e tutte le lusinghe inventate dagli individui più perversi per allettare coloro che nutrono sogni di gloria. Repressi un sorriso e dichiarai con ostentata rettitudine: « Ciò che conta, signore, è ritrovare la ragazza al più presto e restituirla all'affetto della sua famiglia ».

« Certo », fece Mervent, passandosi un indice tra il colletto della camicia e il collo, come se si sentisse soffocare.

« Dunque se ritiene che altri possano riuscirvi meglio di me, lo accetto. Il capo è lei. »

A quel richiamo alla sua responsabilità si adombrò. Ancora una volta l'avevo messo in imbarazzo e ne fui felice. Dopo lunga esitazione, domandò: « Che cosa raccomanda? »

« Allo stato attuale non sono affatto certa di poter raccomandare alcunché », ammisi. « Ha detto di volermi togliere l'indagine, quindi non approva il mio modo di condurla. »

« Allora, diciamo che sono generoso e senza rancore », fece lui, con un sorriso forzato che deformò soltanto un angolo della sua bocca. « Sì, diciamo che sono generoso e senza rancore, e che voglio concederle un'ultima occasione... »

Evitai d'inchinarmi e di esclamare: « Troppo buono, mio signore! » Conveniva non esagerare. « Non ho soluzioni miracolose da proporre », dissi. « Tutto quello che posso fare nell'immediato è continuare a indagare nell'ambiente dei parenti e degli amici della ragazza.»

Alzò la testa come se si fosse svegliato. «A proposito di amici, la ragazza deve avere uno spasimante...» Parve più meravigliato lui della propria scoperta di quanto lo fosse stato Archimede nell'uscire dal bagno gridando *eureka!*

Raffreddai sul nascere il suo entusiasmo. «In effetti sì, signore», confermai. «Il ragazzo si chiama Vincent Ebrel. Ha ventidue anni ed è chitarrista in un gruppo chiamato Les Chats Échaudés.» Senza lasciargli il tempo di chiedermelo, precisai: «Nessuna condanna a suo carico. Ha avuto qualche noia soltanto per avere fumato droga alle *festou-noz*».

Increspò le sopracciglia. «Le... cosa?»

«Le *festou-noz*, le feste notturne.»

«Ah!» fece lui, improvvisamente ispirato. «I rave party bretoni!»

Decisi di non contrariarlo. «In un certo senso...»

«E questo ragazzo è rimasto coinvolto nel traffico di stupefacenti?» gracidò Mervent.

«Non esageriamo», replicai. «Anche se ha fumato uno spinello, non vuol dire che spacci. Nelle serate musicali di quel genere fumano tutti.»

Lo sentii mormorare «Deplorevole!», ma non vi badai. Con un tono più comprensibile chiese: «L'ha interrogato?»

«Sì, signore, a casa sua, quartiere Corniguel, a Quimper.»

«Ebbene?»

«Ha detto di non saper niente della scomparsa di Mathilde.»

«Gli crede?» Evidentemente il giovane musicista capellone che frequentava i rave party e che talvolta si drogava sarebbe stato un colpevole perfetto per il commissario Mervent. «Avrebbe dovuto interrogarlo in commissariato e torchiarlo.»

Ehilà! Si passava alle maniere forti! Mi sporsi verso il commissario, imitando il suo modo di fare, e bisbigliai: « Bisogna considerare che i suoi genitori sono sindacalisti d'assalto, attivi in tutte le rivendicazioni. Immagina le noie che ne potrebbero derivare? »

Mentre parlavo, Mervent si rabbuiò. Sindacalisti! Non mancava che quello per farlo felice del tutto. Bisbigliò a sua volta: « Ha fatto bene, Lester! »

Forte di tale approvazione, continuai: « D'altronde, di cosa avrei mai potuto accusarlo? Il ragazzo mi è sembrato davvero dispiaciuto per la scomparsa della sua amica. Pensa che sia stata la signora Tristani a toglierla dalla circolazione ».

« Ridicolo! » protestò Mervent. « Perché mai avrebbe dovuto farlo? »

« Secondo lui, per impedirle di frequentare un ragazzo che non appartiene alla sua classe sociale. »

Mi fissò con aria scettica. « E lei lo crede possibile? »

« È plausibile. Devo dire che la signora Tristani si limita al minimo indispensabile nel fornire informazioni. »

Come se dicesse: « Ma cosa mi racconta? » Mervent domandò invece: « Pensa che le abbia nascosto qualcosa? »

« Sì, signore. La signora Tristani non mi ha detto di avere ricevuto fotografie compromettenti. »

« Fotografie compromettenti? » ripeté Mervent. « Di quale genere? »

« Di un genere tale da lasciar capire senza dubbi che il signor Tristani preferisce i signori alle signore. »

« Ah, bene, ecco una pista, capitano », osservò Mervent.

« Ce ne sarebbe una se si sapesse chi ha inviato le foto, signore. »

« Ah! Una spedizione anonima », fece, indispettito.

Che cosa credeva?

« Inoltre la signora Tristani mi ha accuratamente nascosto di essersi recata da Vincent Ebrel per intimidirlo e per intimargli di dimenticare sua figlia. Dovrò dunque tornare dalla suddetta signora.»

Il commissario Mervent parve rassegnarsi. «In questo caso, vada pure», autorizzò.

Lo ringraziai con un cenno della testa. «Bene, signore.»

17

Iniziavo a conoscerla bene, la strada per Audierne. Questa volta mi presentai alla sede della Tristani S.A., un fabbricato in legno e vetro situato sui moli di fronte al porticciolo.

La signora Tristani era assente perché aveva dovuto incontrare al cantiere navale il rappresentante di un cliente importante e sarebbe ritornata soltanto a fine giornata, come mi assicurò una segretaria che sembrava molto indaffarata.

Non l'aspettai, perché avevo un'altra visita da compiere a Pont-Croix, per l'esattezza al notaio Lombard, l'uomo di fiducia della famiglia Tristani. Percorrendo una strada molto bella che costeggiava il Goyen, non tardai a giungere all'incantevole cittadina di Pont-Croix. Lo studio del notaio guardava una piazza cinta di tigli che doveva essere rimasta identica a com'era stata duecento anni prima.

L'unica differenza era che le automobili avevano sostituito i carri dei contadini che si recavano a « sbrigare i loro affari » nel capoluogo di circoscrizione.

Entrata nello studio constatai che forse l'ambiente non era cambiato granché dai tempi antichi, tuttavia non si poteva dubitare di essere nel XXI secolo. Ogni impiegato disponeva di un computer, e sopra un gran tavolo che sembrava provenire dal refettorio di un seminario erano collocati una fotocopiatrice, uno scanner e parecchie risme di carta pronte a essere utilizzate.

Mostrai la mia tessera di Polizia a una giovane segretaria che la prese e mi guardò con stupore, nonché con un po' di timore. In silenzio prese il telefono, poi mormorò qualche parola che non compresi, scosse la testa, riagganciò e nell'alzarsi mi annunciò: «Il notaio la riceve subito. Se vuole seguirmi...» Mi precedette per un corridoio, si fermò dinanzi a una porta imbottita di pelle con qualche screpolatura e suonò. Senza che io udissi alcun suono, spinse la porta ed entrò.

Il notaio Lombard si alzò ad accogliermi e accennò alla segretaria di ritirarsi, poi mi tese una grossa mano da contadino, dicendo: «Attendevo la sua visita».

Strinsi la mano che mi offriva. «Buongiorno, notaio. La signora Tristani l'ha dunque preavvisata di una eventuale visita della Polizia?»

Il notaio sedette pesantemente nella sua poltrona, invitandomi con un gesto ad accomodarmi su una delle sedie davanti alla sua scrivania. Era un uomo corpulento, dal ventre prominente e dal viso rubizzo, con i capelli grigi tagliati a spazzola, abbigliato con un completo scuro a doppiopetto. «In effetti, è così. È a proposito della scomparsa di Mathilde?» chiese con voce rauca, arrotando le erre.

«Sì, notaio.»

Sospirò profondamente, stringendosi nelle spalle larghe. «Purtroppo temo di non poterle essere di grande utilità...»

«Qualunque informazione sarà più che gradita», risposi. «Se non sbaglio, lei è l'uomo di fiducia del signor Tristani...»

«Sì, svolgo per Firmin la medesima funzione svolta a suo tempo da mio padre per il signor Auguste.» Ciò detto, precisò: «Auguste era il padre di Firmin Tristani».

«Sembra che lei conosca bene la famiglia...»

Sorrise. «Già mio nonno e suo nonno...»

Tagliai corto perché non avevo alcuna intenzione di risalire alle calende greche. «Quindi, lei conosce di persona il signor Firmin Tristani?»

«Certo, siamo coetanei e abbiamo lucidato con i nostri calzoni gli stessi banchi di scuola.»

«Avete studiato insieme?»

«Sì, fino all'ultimo anno delle superiori, al liceo di Quimper. Poi io ho studiato diritto a Rennes, mentre Firmin studiava alla scuola superiore di commercio di Angers.»

«La stessa scuola alla quale la signora Tristani vorrebbe iscrivere Mathilde?»

«La stessa», confermò il notaio. «Ma Firmin non è rimasto molto ad Angers. Il commercio non lo interessava affatto. Voleva essere pittore.»

«E suo padre da questo orecchio non ci sentiva...»

Il notaio parve riflettere, poi replicò: «È curioso, ma il signor Auguste non si è apertamente opposto alla vocazione del figlio». Si puntò un grosso dito al petto. «Le posso garantire che se avessi annunciato io a mio padre l'intenzione di abbandonare lo studio del diritto per iscrivermi alla scuola di belle arti non me la sarci cavata con altrettanta facilità... Invece il signor Auguste era amico di parecchi artisti. Se è stata a Kreiz ar Pin non avrà mancato di vedere le magnifiche tele che ornano il salone del maniero.»

«In effetti è proprio così», confermai.

«Molti di quegli artisti sono stati ospiti del signor Auguste, spesso per periodi assai lunghi, e per ringraziarlo gli hanno donato le loro opere. In verità, il signor Auguste era una sorta di mecenate.»

«Tuttavia sarà rimasto deluso nell'apprendere che suo figlio non aveva alcun desiderio di dedicarsi agli affari e di proseguire le sue attività...»

Ancora una volta il notaio Lombard parve riflettere.

«Non direi», rispose infine. «Sarebbe rimasto deluso se nessuno avesse continuato la sua opera, ma la signora Anastasie si è rivelata una donna d'affari di primissimo ordine. Nutro molto affetto per Firmin, è un buon amico, ma so che avrebbe lasciato andare a rotoli l'azienda e che ora sarebbe rovinato, se non se ne fosse occupata Anastasie. Suo padre ha dunque organizzato la propria successione in maniera tale da lasciare pieni poteri alla nuora e così ha dimostrato una volta di più di avere un ottimo fiuto.»

«Sembra che tutto questo non sia affatto piaciuto al signor Gourlaouen...»

La bocca del notaio si distese in un sorrisetto. «Il signor Gourlaouen?» ripeté. «È soprattutto la signora Gourlaouen a esserne rimasta insoddisfatta.» Si sporse verso di me. «Non è tradire un segreto ammettere che il signor Gourlaouen era un brillante ufficiale della Marina. È stata sua moglie a convincerlo a presentare le dimissioni nella speranza che prendesse il posto del vecchio Auguste.»

Constatai che anche il notaio Lombard chiamava familiarmente per nome il vecchio capo dell'azienda di famiglia. «Quindi è rimasta tremendamente delusa quando il signor Tristani ha scelto per succedergli la signora Anastasie...»

«A dir poco», sospirò il notaio. «È arrivata al punto di far trasferire tutti i propri documenti presso un mio collega... Come se fossi stato io responsabile delle decisioni di Auguste Tristani!»

«Invece Firmin ha continuato ad affidarsi a lei...»

Il notaio mi guardò, sorpreso. «Non aveva alcun motivo di perdere la fiducia in me!»

«Tuttavia i genitori di Mathilde intendono divorziare», replicai.

Il notaio parve sbalordito. «Lo sa anche lei?»

«Oh, la Polizia sa molte cose», dichiarai, abbozzando

un sorriso. «Non è imbarazzante assistere due clienti che hanno interessi opposti?»

Il notaio unì le punte delle dita e mi confidò con voce calma: «Ma i loro interessi non sono affatto opposti».

«Come mai?» chiesi, sorpresa.

«Firmin Tristani riscuote i dividendi che gli sono dovuti, secondo le disposizioni impartite da suo padre quando era ancora in vita. Tuttavia le posso assicurare che non aspira in alcun modo al potere. Non ha mai contestato l'amministrazione di sua moglie. Quello che desidera è dipingere.» Si passò la mano aperta sul cranio. «Non è minimamente interessato agli affari. Per dirla tutta, è il suo amico Ernesto Diaz ad amministrare il suo denaro.» Il suo sorriso si allargò. «Lei conosce la natura del loro rapporto?» Mi guardò annuire e proseguì. «Firmin vive con il suo amico Diaz da molto tempo. La signora Tristani ne è al corrente sin dall'inizio della loro relazione, e credo che Firmin non l'abbia mai nascosta. Esisteva tra loro una sorta di *gentlemen's agreement*, se posso esprimermi così.»

«Allora perché hanno deciso di divorziare?»

«Ah!» fece il notaio. «La paura dello scandalo...»

«Le famose fotografie?»

Questa volta il notaio parve davvero sorpreso. «Sa anche questo?»

«Sì, notaio. Inoltre ho visto le foto, che mi sono state mostrate dalla stessa signora Tristani.»

Il notaio Lombard sembrò sbalordito. «Questo mi sorprende!»

«Che me le abbia mostrate?»

«Sì. La signora Tristani non è di natura espansiva.»

«Tenga conto, notaio, che anch'io come lei sono vincolata al segreto professionale», spiegai. «Tuttavia nella nostra epoca una coppia omosessuale non desta più alcuno scandalo, a maggior ragione se appartiene a un ambiente artistico.»

Il notaio si fissò le unghie come per trarne ispirazione, poi rispose: «In confidenza posso dirle che la Grande non s'interessa affatto delle abitudini del marito. Sarebbe molto più irritata se fosse un donnaiolo e se spendesse cifre folli per le sue amanti. Quello che l'ha sconvolta è che le foto sono finite nelle mani di sua figlia».

«Pensa che la scomparsa di Mathilde sia dovuta a queste foto?»

«Lei vede forse qualche altra ragione?» domandò il notaio.

Anche se lui non vedeva altre ragioni, io ne avevo una buona riserva: il rifiuto della madre a lasciarle frequentare la scuola di belle arti e l'ostilità manifestata nei confronti del suo innamorato. Erano già due ragioni eccellenti. Comunque alla richiesta che mi era stata posta replicai con un'altra domanda. So bene che questo non si fa, che è maleducato, ma dato che sono in Polizia, tanto vale sfruttare fino in fondo la cattiva reputazione degli sbirri. «Dove si trova Firmin Tristani?»

Il notaio Lombard sottolineò a gesti la propria dichiarazione d'ignoranza: «Non ne so nulla!»

«Davvero?»

Mi guardò e rispose: «Davvero!»

Dovevo credergli? Non per forza un notaio è al corrente degli spostamenti dei suoi clienti, però Firmin Tristani era più di un cliente per lui: era un amico d'infanzia. «Non ha qualche idea di dove potrebbe essersi recato in questa stagione?»

Abbozzò un sorriso mentre allineava con cura un righello in legno al sottomano di carta assorbente verde. «Qualche idea? Di sicuro non me ne mancano: le Seychelles, la Croazia, l'Andalusia, il Marocco...»

Lo fissai, chiedendomi se si stesse burlando di me, invece no, sembrava serissimo. «Sono sue destinazioni abituali?» domandai.

«Sì, in questo periodo ama andare in cerca di un po' di caldo. L'ultima volta che l'ho visto, Firmin mi ha parlato a lungo e con entusiasmo di quei Paesi.» Parve riflettere e aggiunse: «D'altronde, lui e Diaz potrebbero essersi recati a esplorare Acapulco, oppure il Kenya. Quando si tratta di loro ci si può aspettare di tutto». Nel dir questo sorrise con aria un po' malinconica. Forse il notaio invidiava segretamente l'amico che aveva osato rifiutare le convenzioni, le quali imponevano che un figlio succedesse al padre, e che non aveva avuto timore di vivere apertamente il suo rapporto con un altro uomo. Il notaio Lombard era legato al suo studio come una capra al picchetto. Immaginavo che avesse una moglie virtuosa e austera, nonché un figlio che studiava diritto per prepararsi a sedere dopo di lui dietro quella stessa scrivania. Stava forse pensando le stesse cose che pensavo io? Sospirò e disse, completando la frase precedente: «Però potrebbero essere anche a Ouessant, oppure all'Île de Sein».

Tra il Messico e l'Île de Sein... Per me era un'area geografica dannatamente vasta da esplorare. «Adesso sì che ho le idee più chiare!» commentai ironica.

«Non posso essere più preciso», si rammaricò il notaio, allargando le braccia in un gesto d'impotenza.

Comunque non sembrava essere tanto rammaricato, anzi, aveva tutta l'aria di fregarsene. D'altronde, cosa potevo farci? Mi alzai e gli porsi il mio biglietto da visita. «Se dovesse ricevere notizie...»

«D'accordo», rispose il notaio, nel prenderlo. «Se mai Firmin mi farà avere sue notizie, gli raccomanderò di contattarla.»

Non gli chiesi di più. Gli strinsi la mano, ringraziandolo, e me ne andai.

18

Mi ritrovai davanti alla mia Twingo nella piazza di Pont-Croix, un po' disorientata da quella strana ricerca di una ragazza scomparsa. Avevo la sensazione che tutto mi sfuggisse tra le dita e che non vi fosse alcun filo da tirare. In breve, mi sembrava di essere diventata all'improvviso una perfetta incapace. A volte sono assalita da pensieri di tal fatta, però non dura mai a lungo. Non tardo a ribellarmi contro lo scoramento e mi rimetto a ficcanasare con rinnovato ardore.

Ritornai al commissariato, ma per la via più lunga, cioè per la strada costiera che offre un panorama spettacolare.

Feci una sosta a Pors-Poulhan, un luogo magico che mi ha sempre affascinata. Come ho già detto, la strada si snoda tra la costa e una rasa brughiera cosparsa di case basse cinte di muretti a secco. A un tratto una discesa assai ripida precipita verso il mare e si giunge a una spaccatura nella falesia. Un capriccio della natura ha scavato nella roccia una profonda insenatura e gli uomini non hanno tardato ad approfittare di quella faglia aperta sull'oceano per costruirvi un porto.

Un porticciolo in più, direte voi. Sì, ma questo è protetto da due frangiflutti in cemento armato, l'uno che come un dito si protende nel mare a respingere le correnti violente che giungono dalla vicina Pointe du Raz, l'altro che sbarra a metà l'imboccatura e rompe le onde in arrivo dall'Atlantico quando il vento soffia da occidente, cioè sei giorni su sette.

Una sorta di faro bianco e rosso è appollaiato sulla falesia, e boe rosse e bianche segnalano gli ormeggi. Tuttavia durante le grandi tempeste invernali i frangiflutti sono irrisori, incapaci di contenere le onde mostruose che si infrangono sulla costa. Così i marinai prendono la precauzione di tirare in secca i loro barchini sul terrapieno in fondo al porto.

Mi fermai lì, dove la flottiglia bene allineata, con le chiglie dei barchini che riposavano sopra vecchi pneumatici, attendeva saggiamente giorni migliori.

Dalla punta estrema della falesia, domina il porto la statua, collocata sopra uno zoccolo in pietra, di una donna in abito tradizionale che guarda verso la punta di Penmarch. Su una lastra dello zoccolo è inciso questo avviso: EMAN ECHU BRO BIGOUDEN, che per quelli che non conoscono il bretone significa: «Qui finisce la regione Bigouden».

Era un avvertimento di pericolo? Rimasi perplessa.

Sul lato opposto della strada una grande casa dipinta in ocra aveva subito diverse modifiche nel corso del tempo a seconda delle necessità. Un balcone che offriva una bellissima vista sul porticciolo correva lungo tutta la facciata, sulla quale alcune scritte annunciavano: BAR, ALIMENTARI, BENZINA, e un angolo era occupato da un piccolo caffè con l'insegna BAR LES CÔTIERS.

Gli abitanti della costa ai quali si riferiva il nome del bar dovevano essere i pescatori che con i loro barchini gettavano le lenze lungo le falesie di Cap Sizun.

Dato che non avevo urgenza di rientrare al commissariato, spinsi la porta del caffè ed entrai. Cinque o sei avventori erano appoggiati con i gomiti al bancone davanti ai loro boccali di birra, quasi tutti sessantenni dal volto rude e la voce forte, i quali, al mio ingresso, tacquero all'istante.

Sedetti a un tavolo da cui si poteva osservare il porto. Un'amabile donna attempata arrivò a prendere la mia ordinazione. Optai per un caffè e lei mi servì rapidamente senza una parola prima di tornare al bancone. Una nicchia accoglieva uno scaffale di generi alimentari di prima necessità.

Un'altra sala, deserta a quell'ora, aveva una parete ornata da un vecchissimo ingrandimento fotografico di due metri per tre che ritraeva un'insenatura cinta di scogli coperti di alghe, dove marinai dai grandi berretti imbarcavano casse di astici su una barchetta arenata: una tranquilla scena della vita quotidiana a Cap Sizun un secolo prima.

Mi girai verso il bar, dove le conversazioni erano riprese. Si parlava di pesca, di coefficienti di marea e di un parco marittimo immaginato da tecnocrati innovatori di Parigi, o forse di Bruxelles, beninteso, senza consultare le popolazioni interessate.

Scelsi alcune cartoline da un espositore collocato nei pressi della porta e tornai al bar per indicare con un dito l'ingrandimento e chiedere alla padrona: «È una foto di Pors-Poulhan?»

«Sì, prima della Grande guerra.»

«È cambiato molto», osservai.

«Sì», confermò. «Ma già allora si alzavano le barche a terra con l'ausilio di un verricello, altrimenti sarebbero state fracassate dalle tempeste.»

Scossi la testa. Come tutti i tratti di costa trasformati dall'attività umana, il luogo aveva guadagnato in sicurezza e perso in autenticità.

Una Renault Clio blu si fermò davanti al bar e una donna in camicia bianca ne smontò portando una valigetta. Sul parabrezza vidi un adesivo con il caduceo da infermiera.

Quando entrò nel bar fu salutata dai marinai: «Salve, Marie-Thé!»

La nuova arrivata strinse la mano ad alcuni di loro, mandò un bacio alla donna che stava dietro il bancone, e chiese: «Come sta oggi?»

Con aria rassegnata la signora rispose: «Non peggio del solito. Vuoi un caffè?»

L'infermiera annuì. «Sì, grazie.»

La padrona si affaccendò con la macchina per il caffè e io tornai a sedere, fingendo di scrivere le mie cartoline. In realtà, osservavo l'infermiera, perché mi stavo domandando...

Bevuto il caffè, l'infermiera annunciò: «Vado».

«Ti accompagno», disse la padrona. Prese una specie di scialle, se lo avvolse intorno alle spalle e uscì. Le vidi attraversare la strada ed entrare in una casa vicina.

Le voci rauche dei marinai e il tono della loro conversazione mi rammentarono l'atmosfera che avevo trovato al bar Le Cormoran, a Kerlaouen, quando avevo indagato sui sabotatori di barche. Senza dubbio gli uomini di mare erano gli stessi ovunque, con la differenza che lì sembravano rispettare le barche.

Terminai di bere il caffè e mi apprestai ad andare via, ma la padrona non tornò. Alla fine mi alzai, recandomi al bancone. «Vorrei pagare», annunciai al gruppo di marinai. «Non torna, la padrona?»

«Si sta occupando di sua madre», spiegò un settantenne panciuto, dal viso grottesco.

«Ne avrà per un po'?»

L'uomo si limitò a un gesto evasivo delle spalle.

Fu un altro marinaio a rispondere. «Dà una mano a sua nipote, l'infermiera, per curare Perrine.»

«Perrine è la madre della padrona?»

«Sì», confermò il mio secondo interlocutore. «Ha novantadue anni.» Un altro gesto fatalista, con l'aria di dire che era ormai molto vecchia per essere ancora in vita.

«Anche l'infermiera è della famiglia?»

«Marie-Thé? È la nipote di Perrine.»

«È per caso la figlia della signora Kerlorch?»

«Proprio così! Conosce Annette?»

Risposi evasivamente: «L'ho incontrata dalla signora Tristani». Non volevo dare l'impressione di interessarmi troppo alla famiglia Kerlorch, che doveva essere conosciuta da tutti, lì. «Quanto per il caffè?»

«Ottanta centesimi», rispose il marinaio.

Sorridendogli, posai un euro sul bancone. «Vorrebbe pagare per me?»

«Eh, non ho il resto!» fece lui.

«Non importa», dissi. «Arrivederci, signori.»

Ricambiarono il saluto e uscii.

Quindi avevo incrociato una delle figlie di Annette Kerlorch...

Cosa potevo fare? Seguirla? Per quale ragione? Soltanto perché non avevo altre idee. Comunque tutto ciò che rischiavo era di andare da una casa all'altra mentre l'infermiera si recava a dispensare le sue cure.

A un tratto ebbi un'illuminazione e proruppi: «Che idiota che sono!»

Rimontai in auto e filai verso Quimper.

Giunta al commissariato, seppi che Fortin era uscito per un intervento d'urgenza, per due bande che si stavano affrontando con rara violenza. La situazione era stata giudicata abbastanza grave per inviare sul posto quasi tutti gli effettivi in tenuta antisommossa.

Rientrai in ufficio e cercai il numero dell'agenzia che aveva organizzato il viaggio della signora Tristani.

Fui costretta a rimanere in attesa per qualche tempo prima di poter parlare con una operatrice, cosa che non mi mise di buon umore. Quando finalmente ebbi un'interlocutrice, non mi fu possibile ottenere l'informazione che cercavo.

«Al telefono non forniamo informazioni sui nostri clienti», mi disse una giovane donna altezzosa, con voce da madonna degli aeroporti.

Cercai di convincerla dell'utilità della mia ricerca. «Capisco bene, tuttavia sono della Polizia e sto indagando sulla scomparsa di una ragazza.»

«Sicuro», ribatté lei. «E io sono il papa e organizzo viaggi in paradiso.» E riagganciò.

Richiamai all'istante, ma il numero suonò occupato mentre imprecavo per la frustrazione.

Alla fine riuscii a ritrovare la mia interlocutrice. «Ancora lei!» protestò, con voce che aveva perduto tutta l'inflessione capace di far sognare.

«Sì, ancora io, e le conviene fornirmi le informazioni che cerco», ribattei. «Sono capitano di Polizia e...»

M'interruppe: «Polizia o non Polizia, le torno a dire che non ho il diritto di fornire informazioni sui clienti per telefono. Riesce a capirlo?»

«Non si aspetterà che io venga a Parigi per ottenere una semplice informazione!»

«Se riguarda i nostri viaggi sono a sua disposizione, ma per il resto non se ne parla! Lavoro in un'agenzia di viaggi, non in un'agenzia d'informazioni. Ho una serie di ordini da evadere, io, e clienti seri che mi aspettano.»

«E non è forse seria la scomparsa di una ragazza?» domandai con voce tesa.

«Senta, non è un problema mio. Sono sola, la mia collega è in ferie...»

«Eh, be', spero che la prossima volta che avrà bisogno di una volante l'operatore del pronto intervento le risponda che anche gli sbirri sono in ferie.»

Ancora una volta sentii lo scatto della comunicazione interrotta.

«Merda!» urlai.

Ero talmente esasperata che se avessi avuto di fronte quell'impiegata le avrei fatto passare un brutto quarto d'ora.

La porta del mio ufficio si aprì e spuntò la testa sgomenta di Passepoil. «Che cosa... che cosa succede?» farfugliò.

«Ah, tu ci sei», risposi, stizzita. «Credevo che seguissi il Grande ovunque...»

«Non ha voluto», si scusò Passepoil.

Capivo: l'intervento contro le bande rischiava di essere molto pericoloso e Fortin non voleva che succedesse qualcosa al suo genio informatico.

Genio informatico...

Buon Dio! Cosa stavo dicendo? Genio informatico?!

Scrutai a lungo Albert Passepoil con una tale concentrazione che lui alla fine parve a disagio e tanto turbato da arrossire. Per giustificare la propria intrusione farfugliò: «Ho sentito gridare, perciò...»

Continuai a fissarlo per un po', poi dissi: «Albert...»

«Sì?» fece lui timidamente.

«È vero quello che mi è stato detto?»

Ripeté scioccamente: «Quello che... quello che... quello che...»

«Quello che mi è stato detto, cioè che sei stato capace di violare i sistemi informatici della Difesa?»

«Oh... sì. Ma è stato soltanto per provare. Non l'ho più fatto», ammise, con un gesto di protesta.

«Me ne frego. Ma se sei stato capace di violare i sistemi della Difesa, saprai violare anche il sistema informatico di un'agenzia di viaggi, no?»

«Sì», fece Albert. «Quale...»

«Quale agenzia? UMS, vecchio mio. Ti dice qualcosa?»

Negò: «Non... non mi pare.»

«Sta per Un Mondo Sconosciuto.»

Era evidente che Passepoil non avesse nulla a che fare

con quel mondo. Però avrebbe cercato l'agenzia UMS, e se fosse esistita l'avrebbe trovata. Non aveva alcun dubbio in proposito.

Così mi gettai a capofitto nell'illegalità, e poiché non volevo che il povero Passepoil subisse le eventuali conseguenze di quella violazione delle regole, cercai un espediente per fare in modo che se qualcuno avesse indagato sarebbe stato impossibile risalire ai computer dell'amministrazione pubblica.

Fu Albert stesso a fornirmi la soluzione. « Farei più presto da casa mia », spiegò. « Ho tutto il mio... il mio... materiale... »

« Okay! » approvai. « Andiamo! »

Nel peggiore dei casi il commissario Mervent non avrebbe potuto accusarci di avere compromesso il suo commissariato.

19

Albert Passepoil abitava con la madre in una casetta di periferia dalle parti di Locmaria, il quartiere più vecchio di Quimper.

Era una casa operaia come quelle costruite dai contadini tra le due guerre, quando avevano iniziato a venire a lavorare in città. Non era certo una residenza lussuosa, però era rigorosamente pulita e ordinata.

La madre di Albert sembrava avere poco più di sessant'anni: corti capelli grigi alla Giovanna d'Arco e grandi, candidi occhi azzurri che mi osservarono con interessata curiosità. «Così lei è il capitano?» mi domandò.

«Sì, signora.»

«E il signore grande e grosso che passa qualche volta con Albert è solo tenente?»

Immaginai che alludesse a Fortin. «Sì.» Nel vederla scuotere la testa con ammirazione supposi che il suo rampollo le avesse fornito una descrizione ditirambica di Fortin. Sapere che una debole donna come me era superiore a quel colosso parve impressionarla moltissimo. «Sono desolata di questa intrusione», mi scusai. «Devo compiere una ricerca urgente e i computer della Polizia non sono così efficienti come quelli di Albert.»

La signora Passepoil si vantò. «Ah, sì! In materia di computer il mio Albert è un campione!»

Il *suo* Albert, che doveva essere il piccolo dio della casa, si mise ad arrossire e a farfugliare: «Vado... vado...»

Lo incoraggiai: «Esatto, Albert, vai! Cerca di entrare nell'hard disk della nostra cliente, e quando ci sei riuscito torna ad avvertirmi».

Scomparve e lo sentii salire una scala.

Allora la madre mi confidò con indulgenza: «Occupa tutto il piano di sopra con il suo bazar! Sa, è il mio unico figlio. Mio marito è morto quando lui aveva tre anni, e...»

«E lei l'ha allevato da sola.»

Annuì. «Posso offrirle una tazza di tè?»

Intuii che un rifiuto l'avrebbe contrariata. «È molto gentile da parte sua.»

Mi fece sedere al tavolo della cucina, coperto da una tovaglia in tela cerata gialla e azzurra, con alcune rose in vaso sopra un centrino ricamato. Tutto in quella stanza era di grande semplicità, ma senza il minimo dettaglio di cattivo gusto (insomma, secondo il mio gusto, almeno). «Se ho ben capito, abita qui da molto tempo», ripresi.

«No, prima abitavo a Parigi. Ero sarta da Dior, poi Albert ha vinto il concorso per entrare in Polizia ed è stato chiamato a Quimper...»

«E lei lo ha seguito.»

«Sì, ero già in età da pensione e non mi ci vedevo a restare a Parigi tutta sola.» Scostò la tenda di cotone, anch'essa ricamata, e guardò il giardinetto dirimpetto alla finestra. «Per tutta la vita ho sognato di avere un giardino», confidò con un sorriso malinconico. «A Parigi non era possibile, e qui mi trovo bene.» Aggiunse che eseguiva modifiche per i negozi di abbigliamento della città per non perdere la mano e per arrotondare una pensione un po' scarsa. Dichiarò che Albert era un bravo ragazzo, ma troppo timido, e che lei stessa era rimasta stupefatta nell'apprendere del suo desiderio di entrare in Polizia.

Era gentile, la mamma di Albert, ma dato che non conosceva ancora nessuno nella regione in cui si era trasferita da poco, aveva bisogno di parlare. Volle sapere perché avevo deciso di diventare poliziotta e conversammo così per una mezz'ora abbondante, come vecchie amiche.

Poi chiesi, accennando al soffitto: «Forse dovrei andare a vedere cosa fa Albert...»

All'improvviso parve imbarazzata. «Mi scusi, io chiacchiero, chiacchiero...»

«È stata una chiacchierata molto piacevole», assicurai, alzandomi. «Grazie per il tè.»

Salii a mia volta la scala che conduceva al dominio di Albert.

Era una lunga soffitta illuminata da due abbaini, con un letto a una estremità e un armadio che probabilmente era stato acquistato da un rigattiere, però era stato lucidato con tanta cura da brillare alla luce elettrica. Sopra un lungo piano in compensato sostenuto da due cavalletti era posizionata una batteria di computer, stampanti e apparecchi di cui sul momento non riconobbi la funzione.

Fischiai, ammirata. «Ehi, Albert! Sei bene equipaggiato, eh!»

«Il meglio del meglio», rispose, con aria di vanità soddisfatta.

«A che punto sei?»

«Sto cercando la password», rispose.

«Pensi di riuscire a trovarla?» chiesi. Un po' ne dubitavo. Come trovare un codice tra milioni di combinazioni possibili?

«Nessun problema», garantì Passepoil, sicuro. E aggiunse, con una risatina: «Ho creato un software appositamente per la ricerca di parole chiave. Talvolta occorre un po' di tempo, però funziona sempre».

«Dimmi, non è in commercio, questo software?» domandai, preoccupata.

«Oh, no!» fece Albert, sempre sicuro. «Come le ho detto, l'ho creato io. Ne esiste un unico esemplare.»

Doveva essere davvero un informatico speciale, Albert! Essere nel suo territorio gli aveva procurato una sicurezza in se stesso del tutto nuova: non balbettava nemmeno più.

Prese un'aria misteriosa. «Non bisogna dirlo a nessuno, eh!»

Lo rassicurai, pensando a tutti i malintenzionati che avrebbero sborsato una fortuna per disporre di uno strumento come quello.

A un tratto si udì una suoneria.

«Ecco fatto», annunciò Albert, guardando uno schermo. «La password è *pacifico*. E adesso, che cosa vuole sapere?»

Presi una sedia e mi accomodai accanto a lui. «Cerca *trekking*.»

«Con due cappa?»

Confermai: «Proprio così, con due cappa».

Un elenco apparve sullo schermo.

«Quattro destinazioni», riferì Albert. «Nepal, Messico, Kenya e Marocco meridionale.»

Decisi: «Nepal!»

Lui digitò i cinque caratteri, inviò, e così apparve il catalogo di quella spedizione, che costava la bagattella di seimila euro per dieci giorni, trasporto compreso.

Come aveva detto il piccolo benzinaio, era pagare assai caro quello che si faceva sotto le armi senza spendere niente...

«Ora cerca i nomi di coloro che hanno partecipato alle ultime spedizioni... diciamo, a partire da gennaio.»

Apparve un elenco di nomi, tra i quali non trovai quello della signora Tristani. Li lessi e li rilessi, però erano nomi anglosassoni, olandesi o tedeschi, senza alcun Tristani.

«È la migliore!» proruppi, picchiandomi il pugno destro nel palmo sinistro. «La Grande mi ha fottuta un'altra volta!» Mi alzai e vidi, all'altezza del pavimento, la testa della signora Passepoil, che mi guardava con i grandi occhi sgomenti. «Mi scusi», dissi. «In Polizia si prende l'abitudine di usare vocaboli deplorevoli.» Non aggiunsi che ne avrebbe sentiti molti altri se suo figlio avesse continuato a frequentare assiduamente il tenente Fortin.

Lei salì due gradini, emergendo con tutto il busto, e domandò ingenua: «È contrariata?» Sembrava preoccupata, come se il suo caro piccolo Albert avesse commesso qualche cattiva azione.

La rassicurai: «Niente affatto, signora Passepoil. Albert è un ragazzo prezioso e sta facendo progredire la mia indagine a passi da gigante. Grazie, Albert!» dissi all'informatico, percuotendogli una spalla. «Non so cos'avrei fatto senza di te!»

Di nuovo Albert arrossì di piacere.

Guardai l'orologio: le diciassette. Non era ancora troppo tardi per andare a chiedere alla signora Tristani le precisazioni che s'imponevano.

Avrei potuto percorrere a occhi chiusi la strada tra Quimper e Audierne. Imbruniva quando giunsi alle alture di Plouhinec, là dove si inizia a scorgere il ponte che varca il Goyen. I lampioni si accendevano lungo il bacino, riflettendo le loro luci rossastre sulle acque calme del porto. Alcuni passanti si affrettavano per le vie deserte. Prima di attraversare e imboccare la strada per Kreiz ar Pin lanciai un'occhiata al cantiere navale, dove un'unica finestra era ancora illuminata.

Così vidi, parcheggiata tra due panfili in cantiere, una Mercedes coupé che conoscevo bene. La signora Tristani non era ancora rincasata? Perfetto, così potevo evitare di andare ad aspettarla al maniero.

Posteggiai la Twingo tra la lussuosa coupé e una vecchia Lada 4x4 con la carrozzeria corrosa. Nel passarci accanto esaminai quella vettura vetusta chiazzata di ruggine e annotai in automatico il numero di targa. Poi cercai l'ingresso del cantiere.

Su una porta in vetro smerigliato lessi DIREZIONE. Tendendo l'orecchio riuscii a sentire voci di persone impegnate in una conversazione che cessò bruscamente appena bussai con una nocca al vetro.

Seguì un momento di silenzio prima che la porta si aprisse, proiettando un rettangolo di luce viva nell'oscurità esterna. Sulla soglia si stagliò come un'ombra cinese l'alta sagoma della signora Tristani, che nel vedermi indietreggiò. «Lei?»

Risposi semplicemente: «Io».

Dopo un altro breve silenzio chiese: «Che succede? Ha ritrovato mia figlia?»

Negai con un cenno della testa, quindi aggiunsi: «Continuo a indagare. Proprio per questo sono qui».

Sarcastica, ribatté: «Se è qui che spera di trovarla...» Esitò, come rammaricata, e m'invitò a entrare.

Nella stanza era presente un cinquantenne prestante con una bella faccia da marinaio abbronzata dal sole e dal vento.

La signora Tristani me lo presentò con noncuranza: «Il signor Toussaint Fouquet...»

Senza dire una parola l'uomo mi salutò con un gesto del capo.

La Grande si girò verso di lui e dichiarò: «Siamo d'accordo, signor Fouquet. Può lasciare il suo naviglio al molo. Quando l'elica sarà arrivata, presumo la settimana prossima, procederemo alle modifiche e al riallineamento dell'albero».

Il marinaio annuì, salutò brevemente con un altro cenno della testa e uscì senza che avessi avuto modo di udire la sua voce. Un rumore di tubo di scappamento annunciò la partenza della 4x4.

La signora Tristani parve sollevata e si rilassò. Nell'indicarmi una sedia sospirò con aria stanca, poi sedette dietro una scrivania ingombra di carte. «Cosa posso fare per lei, capitano Lester?»

«Dirmi dove è stata tra il 9 e il 30 aprile...»

Evidentemente fu colta alla sprovvista, perché trasalì ed esordì: «Come le ho detto...»

«Mi ha detto di avere partecipato a un trekking in Nepal.»

«Ebbene?» ribatté, in tono di sfida.

«Ebbene, non è affatto vero!»

Mi guardò con aria caparbia, ostile, senz'altro chiedendosi grazie a quale indiscrezione fossi riuscita a svelare il suo segreto.

Fui costretta a rompere il silenzio. «Il suo nome non compare negli elenchi dei passeggeri dei voli Air France diretti in Nepal.»

Una luce astuta brillò per un momento nei suoi occhi. «Esistono altre compagnie, oltre a Air France», replicò, come per insegnarmi qualcosa che non sapevo.

«È vero, ma per quelle destinazioni UMS si serve soltanto di Air France.»

«Infatti non sono partita con UMS!»

«Brava! Ecco che mi dice la verità per la prima volta! Lei non è partita né con quella né con altre agenzie.» La guardai dritto negli occhi e dichiarai: «Lei non è partita affatto!» E aggiunsi: «Non per una lontana destinazione, s'intende, perché da qualche parte è andata!»

Mantenne un silenzio imbronciato.

Con modi affabili, come se interrogassi una bambina, chiesi: «Non vuole dirmi dov'è andata?»

«Cosa importa?» ribatté, altezzosa. «Mia figlia è scomparsa in mia assenza. Poco importa dove mi trovavo.»

«Dal suo punto di vista, forse! Ma io sono una poliziotta e non mi accontento.»

«Invece dovrà accontentarsi!» rimbeccò rabbiosa.

Feci un sorriso triste e, scuotendo la testa, aggiunsi: «Signora Tristani, temo che lei non si renda conto dell'imbarazzo in cui si troverà a causa di queste menzogne».

«Quali menzogne?» recalcitrò.

«Vuole che le elenchi?»

«Non si faccia scrupolo!» ringhiò con aria di sfida.

«In primo luogo, ha affermato di non conoscere il ragazzo di Mathilde.»

Abbassò la testa come un toro in procinto di caricare, guardandomi dal basso. «Non lo conosco e nemmeno mi risulta che mia figlia ne abbia uno!» La brusca risposta lasciò trapelare un furore frenato a stento.

Domandai: «Le dice qualcosa il nome Vincent Ebrel?»

Scrollò le spalle senza rispondere.

«Eppure si è recata da lui, e a minacciarlo, per giunta!»

Soffiò come una gatta infuriata. «È un piccolo delinquente!»

Rettificai subito: «Non ho avuto l'impressione che sia un delinquente. Di sicuro è nato in un ambiente meno privilegiato di quello di Mathilde, però è un musicista eccellente.»

Tentò d'ironizzare: «Perché? Lei s'intende anche di musica?»

«Dieci anni di pianoforte classico», annunciai. «In effetti ho qualche motivo di credermi alquanto competente. Ma non si tratta di questo.»

«Allora di cosa si tratta?»

«Le chiedo ancora una volta di dirmi dove è stata tra...»

Infuriata m'interruppe: «Basta! È incaricata di ritrovare mia figlia, non d'intromettersi nella mia vita privata».

«Temo che queste due cose siano collegate, signora Tristani. Chi è il signor Fouquet?»

Scrollò le spalle. «Un cliente del cantiere, un pescatore che ha portato a riparare il suo naviglio in avaria.»

«In avaria?»

«Sì, ha urtato una roccia con l'elica e...»

«E si è presentato qui in cantiere a quest'ora di sera?»

Senza dubbio percepì il mio tono dubbioso, perché s'inalberò. «Si è presentato quando ha potuto. Il signor Fouquet è pescatore e abita sull'Île de Sein. Una delle sue eliche ha perso una pala e le altre due sono irrimediabilmente danneggiate. Beninteso, sarà necessario mettere il naviglio in cantiere per valutare i danni.»

«L'ha preavvisata del suo arrivo?»

«Sì, ha telefonato.»

«E lei è rimasta ad attenderlo?»

Mi fissò, esasperata. «È arrivato prima della chiusura e stavamo per accordarci quando si è presentata lei.» Aggiunse con cattiveria: «Qui non siamo nella pubblica amministrazione! I clienti hanno necessità urgenti e noi ci occupiamo di loro quando arrivano».

«Proprio come in Polizia», osservai con voce soave.

«Esatto, come in Polizia...» rispose con ironia. «Ora non vedo quale attinenza possa avere con la scomparsa di mia figlia un pescatore che porta in cantiere il suo naviglio in avaria per farlo riparare. Tutte le settimane il cantiere riceve clienti come il signor Fouquet.»

«Non ne dubito, signora. Mi sembra, però, che di solito i clienti come il signor Fouquet discutano i loro problemi con il capo cantiere o con il capo officina. Lei possiede anche competenze tecniche?»

«Abbastanza per concordare un incontro. Il capo officina ha concluso la sua giornata di lavoro.» Rise. «Le trentacinque ore! Immagino che ne abbia sentito parlare...»

«Ne ho sentito parlare, ma in Polizia non si applicano.» Guardai il mio orologio. «Infatti dovrei essere già tornata a casa.»

Mi sfidò con lo sguardo. «Allora che cosa aspetta?»

«Aspetto che mi dica dove è stata tra il 9 e il 30 aprile.»

20

La signora Tristani mi guardò con aria incredula. « Allora non rinuncia mai? » domandò.

« Mai, finché non ottengo risposte alle mie domande. Se ha mentito su una cosa che può essere verificata tanto facilmente, penso che sia perché ha qualcosa da nascondere. A partire da questo posso immaginare di tutto. »

« La mia vita privata non riguarda nessuno! » ripeté stizzita.

« Sta cominciando a scocciarmi con la sua vita privata! Lei non è Rita Hayworth né Carolina di Monaco! Può credermi, se le dico che come trascorre le sue vacanze non m'interessa per niente! »

L'avevo offesa accennando alle celebrità, oppure dicendo, in modo volutamente provocatorio, che mi stava scocciando?

Mi fissò con aria altezzosa e con il massimo disprezzo, come se volesse spedirmi sottoterra.

Le sorrisi. « Signora Tristani, i suoi atteggiamenti da gran dama non m'impressionano. Dove è stata tra il 9 e il 30 aprile? »

Sbuffò per ritrovare la calma e si sporse in avanti per affermare a labbra serrate: « Le assicuro che il luogo in cui mi trovavo non ha nulla a che fare con la scomparsa di Mathilde! »

«Cosa ne sa? È troppo coinvolta, signora Tristani, quindi non è nella posizione adatta per giudicare. Sa bene che non si può giocare e al tempo stesso arbitrare.»

«Ah! Lei mi esaspera!» Spazientita, gesticolò. «Farò in modo che sia rimossa dall'indagine», minacciò, con rabbia soffocata.

Più lei s'innervosiva, più io mi sentivo calma. «Non dubito affatto che lei ne abbia il potere. Tuttavia se fossi in lei rifletterei bene prima di telefonare al suo amico ministro.»

«Ah, sì. Perché mi crede incapace di riflettere. Lei è ancora un po' troppo giovane per impartirmi lezioni, signorina...»

Protestai: «Impartirle lezioni? Io? Dio me ne scampi! Nondimeno...»

«Nondimeno... cosa?»

«Nondimeno, se la stampa scoprisse che sua figlia è scomparsa e che...»

«E che... cosa?»

«E che lei sta ostacolando un'indagine di Polizia.»

«Non ostacolo niente, io! È lei che è troppo incompetente per progredire nelle ricerche.» Mi fissò con aria di sfida, gli occhi fiammeggianti.

«Questo è un punto di vista», risposi, imperterrita. «Riconosco che certi giornalisti investigativi pervengono a risultati che la Polizia non sempre ottiene, perché a differenza di noi non sono obbligati a rispettare alcuna procedura e non sono neppure vincolati al segreto professionale. Ecco perché non tarderebbero a scoprire dove lei è stata davvero e con chi, e ne ricaverebbero un articolo su tre colonne. È questo che vuole?»

I suoi occhi parvero spegnersi e lei si accartocciò sulla scrivania. Poi mormorò in un soffio: «Le ho pur detto che non voglio pubblicità!»

«Bene! Allora risponda alla mia domanda: dove è stata tra il 9 e il 30 aprile?»

Chiuse gli occhi, respirò profondamente e mormorò, vinta: « All'Île de Sein ».

« Caspita... in albergo? No, magari possiede una casa sull'isola. Sbaglio? »

Mi guardò, con la bocca ostinatamente serrata.

« Sì, sbaglio. È stata ospitata da qualcuno, vero? » Mi stavo infervorando, e più io mi accostavo alla verità, più lei si chiudeva in se stessa. Suggerii: « Era dal signor Fouquet? »

Alla fine annuì, guardandomi come se fossi il diavolo.

D'altronde, ero abituata a essere guardata come se fossi il diavolo. La prima volta era stata quando mi ero trovata dinanzi alla scrivania di suor Marie-Madeleine della Contrizione...

Con voce flebile, la signora Tristani chiese: « Lo sapeva già, vero? Da chi lo ha saputo? »

« Da nessuno. Era un semplice sospetto. » Le sorrisi. « È un bell'uomo, il signor Fouquet! Lo conosce da molto tempo? »

Assentì, il viso sfatto.

Ora mi faceva pena. Mi alzai, avvicinandomi per prenderle le mani, che erano ghiacciate.

Alzò su di me due occhi sorpresi che brillavano, ma non più di collera: si erano riempiti di lacrime.

Con dolcezza dissi: « Signora Tristani, le assicuro che tutto ciò che mi dirà rimarrà tra noi ».

Questa volta le lacrime debordarono e colarono sulle guance senza che lei accennasse a tergerle.

« Da quanto tempo conosce il signor Fouquet? »

« Da più di vent'anni », rispose. « Toussaint veniva a vendere astici al mercato del pesce. Eravamo giovani, allora. Andammo a un ballo... » Scrollò le spalle, si asciugò le lacrime con il dorso di una mano e tirò su col naso cercando un fazzoletto di carta.

« E poi lei si è sposata con Firmin... »

Accennò di sì, soffiandosi rumorosamente il naso con un Kleenex trovato nella borsetta.

«Dov'era Toussaint Fouquet a quell'epoca?»

«Nel Pacifico, arruolato nella Marina.»

Avevo sbagliato nel supporre che Anastasie Carval avesse ceduto al corteggiamento del signor Auguste. Che imbecille! Mi sarei riempita di schiaffi.

«È tornato un anno dopo», riprese la signora Tristani con voce mesta. «Io ero già sposata, era nata Mathilde...»

Trattenni il fiato. «Dunque Mathilde è figlia...»

«Di Toussaint, sì», ammise.

«E lui lo sa?»

«Certo che lo sa!»

«E Firmin Tristani?»

«Ignora l'identità del padre di Mathilde. È sicuro soltanto di una cosa, cioè di non essere lui. Come potrebbe esserlo?» fece lei, con un sorriso dolente. «Firmin non ha mai toccato una donna in vita sua! Tuttavia nutre un'autentica passione per Mathilde.»

«Tanto che Mathilde lo considera il suo vero padre.»

«Sì, e immagini il trauma che ha subito quando ha scoperto quelle foto!»

«La sua relazione con il signor Fouquet dura da molto tempo?»

«Da vent'anni», dichiarò la signora Tristani, abbassando gli occhi. «Di fatto, da quando è tornato dal Pacifico. Ha ereditato la casa di sua nonna sull'Île de Sein, si è congedato dalla Marina e continua a pescare astici.» Mi guardò e aggiunse: «Non so perché le racconto tutto questo...»

«Solo perché comprendo la situazione.»

Fece un mesto sorriso, si asciugò gli occhi e si soffiò di nuovo il naso.

Sorrisi a mia volta. «Dunque il suo trekking in Nepal si svolge in realtà all'Île de Sein?»

Annuì. «Tutte queste aziende, tutti questi affari... È appassionante, certo, ma è un fardello pesantissimo da sopportare! »

Non avevo dubbi in proposito.

Aggiunse: « Così, di quando in quando, mi isolo da tutto ».

« Lascia credere di partire per l'altro capo del mondo, ma va a ricaricarsi all'Île de Sein. »

« Sì. Toussaint viene a prendermi a Saint-Evette... »

« E lei trascorre quindici giorni da lui. »

Annuì. « Sein, è l'isola magica », disse sognante. « La casa di Toussaint è abbastanza isolata e mi ci sento bene. »

« È sicura che Mathilde non sia là? »

Scrollò le spalle con aria di estrema stanchezza e disse: « Ne sono appena tornata... E poi, crede forse che le avrei chiesto di cercarla se già sapessi dove si trova? »

« Non lo credo, no. Ma allora dov'è? »

21

«Ma allora dov'è?» domandò il commissario Mervent, stizzito.

Non avrei potuto rispondergli in modo più banale: «Non lo so, signore».

Agitando le corte braccia, ripeté: «Non lo sa, non lo sa... Bella risposta!»

La giornata iniziava bene! Appena ero arrivata in commissariato, Mervent mi aveva convocata per rimproverarmi violentemente. Se il commissario Fabien fosse stato presente avrei potuto chiedergli consiglio. Lui avrebbe cercato di capire e mi avrebbe guidata. Invece quell'imbecille che lo sostituiva non pronunciava che un'unica parola: voleva risultati! Ri-sul-ta-ti!

Fece, caustico: «Insomma, non sa nulla di più di ciò che sapeva il primo giorno?»

«Non molto di più, signore.»

Come vedete, tenni un profilo basso. In ogni caso non intendevo rivelargli ciò che avevo appreso sulla famiglia Tristani.

Proseguì: «Mi chiedo cos'abbia fatto da quando le ho affidato l'indagine».

«Ho proceduto come le ho riferito, signore, indagando sui famigliari della ragazza scomparsa.»

«E questo non ha portato a nulla!»

«No, signore. Nessuno ha visto la ragazza. Non sono giunte richieste di riscatto, o almeno, non ne sono stata informata. La lettera con le fotografie compromettenti del signor Tristani è stata maneggiata da più persone, quindi non è stato possibile ricavarne indizi...»

Mervent rise. «Insomma, lei è in attesa di un miracolo!»

«Almeno di un fatto nuovo, signore.»

«Cioè, come ho detto, un miracolo», fece lui, in tono cattivo. «E io che cosa riferisco al signor prefetto? Che i miei sbirri sono impotenti? Mi rammarico molto di non avere convocato veri sbirri dalla sede di Rennes!»

Simpatico, l'ex allievo della scuola nazionale d'amministrazione! Mi trattenni dal mandarlo al diavolo, anche se avrei dovuto. «Non è troppo tardi, signore.»

Interdetto, Mervent mi fissò. «Proprio lei me lo dice?»

«Ma sì! Se giudica che altri sappiano fare meglio di me, non esiti a sollecitarne l'intervento! È in gioco la vita di una ragazza: non c'è da scherzare.»

Si erse in tutta la propria altezza senza che il suo cranio calvo superasse lo schienale della poltrona. «Non mi metta alla prova, capitano Lester! Sono capacissimo di farlo!»

«Non ne dubito, signore.» Posai di fronte a lui la foto di Mathilde Tristani. «Ecco la fotografia della ragazza scomparsa.»

«Cosa vuole che me ne faccia?»

«Può consegnarla a coloro che proseguiranno l'indagine dopo di me. Penso che per prima cosa dovranno distribuirla a tutti i media, giornali, televisione...»

Picchiò il piede sul pavimento, forse perché ne aveva abbastanza di martirizzarsi le palme sul legno duro della scrivania. «La signora Tristani non vuole pubblicità!» ricordò di malagrazia.

«Proprio per questo, seguendo alla lettera le sue raccomandazioni, non ho giocato questa carta. Tuttavia bisogna riconoscere che ora è l'unica cosa che resta da fare. In questo modo si potrebbe raccogliere qualche testimonianza.»

«O cento testimonianze», interruppe, con aria disgustata. «E questo equivarrebbe a non averne alcuna.»

Non aveva torto. Se quella fotografia fosse stata pubblicata sarebbero piovute le telefonate e i maniaci si sarebbero scatenati. D'altronde, la situazione, forse, si sarebbe sbloccata. «Non del tutto, signore», osservai. «Avremmo necessariamente una grande quantità di false informazioni e di fantasie da valutare a una a una, ma tutto questo ci potrebbe condurre a individuare una testimonianza determinante.»

«Bene», concluse Mervent, con aria poco convinta. «Vado a riferire.» Mi congedò con un gesto della mano, come per scacciare una mosca importuna, e io me ne andai senza commentare.

«Non capisco», disse Fortin, quando gli ebbi riferito la mia conversazione con Mervent.

«Cosa non capisci?» domandai.

«Non capisco perché tu non ti sia impegnata di più a cercare il padre della piccola.»

Riflettei. Fortin aveva ragione. Firmin Tristani era un elemento importante del puzzle e l'avevo trascurato troppo. Risposi senza convinzione: «L'ho cercato, ma sembra che sia in viaggio».

«Dove?» chiese il Grande.

Scrollai le spalle. «Nessuno è stato in grado di dirmelo.»

«È strano», dichiarò Fortin.

«Forse, però il suo notaio, un vecchio compagno di studi che sembra conoscerlo bene, mi ha riferito che spesso sparisce così, senza preavviso, insieme al suo amico Ernesto Diaz, un altro pittore.»

«E non dice mai dove va?»

« A quanto pare, no. »
« Lo si potrebbe trovare », suggerì Fortin.
« E come? »
« Le agenzie di viaggi: di sicuro acquista il biglietto in un'agenzia di viaggi. »
« Hai ragione, però può anche darsi che si serva di un'agenzia di Parigi, o che acquisti i biglietti su Internet. »
« Si può sempre iniziare indagando nelle agenzie della regione », insistette Fortin, che non intendeva rinunciare alla propria idea.
« Sì, si potrebbe », decretai, poco convinta.
« Fa piacere vedere tanto entusiasmo », dileggiò Fortin.
Mi sentivo in colpa. Il Grande voleva aiutarmi e io ignoravo il suo consiglio, peraltro pertinente. Nello stesso tempo dicevo a me stessa: « A cosa servirebbe sapere che Tristani è in Messico oppure in Borneo? In tal caso, come lo si potrebbe contattare? Come indurlo a ritornare? E cosa si potrebbe apprendere dalla sua testimonianza? »
Intanto Fortin mi contemplava con i suoi occhi buoni da cane fedele, un po' ansioso nel vedermi tanto demotivata.
Il mio cellulare prese a squillare. Mi affrettai a rispondere e udii una voce che sulle prime non riconobbi. « Notaio Lombard? » Poi recuperai la memoria: il notaio Lombard, certo, il notaio di Pont-Croix! Lui parve sorpreso della mia mancata reazione, ma ero in una sorta di letargia intellettuale, perciò tardavo a reagire.
« La chiamo per avvisarla che il signor Tristani è rientrato a Pont-.Croix », dichiarò il notaio.
« Cosa? » domandai.
Scandì le parole come se parlasse a una persona limitata o dura d'orecchi. « Le ripeto che il signor Tristani si trova a Pont-Croix. Mi ha chiesto di avvisarla se avessi avuto sue notizie, quindi... »
« Accidenti! La ringrazio, notaio. Come l'ha saputo? »

«Mi ha telefonato lui stesso per una questione giuridica e...»

«Gli ha detto di Mathilde?»

«Ne era già informato. La signora Tristani gli aveva lasciato un messaggio sul cellulare. D'altronde è proprio per questo che è tornato.»

Imprecai. La dannata Thasie aveva il suo numero di cellulare e non me ne aveva parlato! Più grave ancora, io non mi ero neppure sognata di chiederle se lo avesse! Dove avevo la testa? «Gli ha riferito che desidero incontrarlo?»

«Certo, e gli ho consigliato di mettersi in contatto con lei al più presto possibile. Ma a quanto pare non l'ha ancora fatto...»

«Non ancora, però telefonerò subito alla bottega d'arte, a Pont-Croix. La ringrazio, notaio.»

Prima di interrompere la comunicazione, il notaio mi fornì i numeri per permettermi di contattare, eventualmente, Firmin Tristani.

Allora Fortin, che avevo dimenticato, domandò: «Novità?»

«Eccome! Papà è tornato!»

Prima che potessi chiamare la bottega d'arte, squillò il mio telefono.

Era il brigadiere Duval, sottufficiale in servizio permanente all'ingresso: «Capitano, ci sono qui due signori che chiedono di lei. Un certo signor Tristani e...»

Lo interruppi: «Tristani? Ha detto Tristani? Buon Dio! Lo faccia accompagnare subito da me!»

«Che succede?» domandò Fortin.

«Non occorre più cercare Tristani. È qui.»

«Qui?» ripeté Fortin, guardandomi in modo strano.

«Sì, all'ingresso. Sta per salire. Siediti, altrimenti lo spaventi.» Appena Fortin si fu seduto, cambiai idea. «No, vai invece a cercare altre due sedie.»

Sì alzò e uscì, brontolando. «Ma lo sai quello che vuoi?»

Pochi istanti più tardi si sentì bussare alla porta e la giovane Cécile Pointeau, una nuova recluta, entrò annunciando timidamente: «Il signor Tristani, capitano».

Mi ero già alzata per accogliere i due nuovi arrivati. Firmin Tristani era un ometto un po' panciuto, con begli occhi azzurri pieni di candore. Il suo compagno, che si presentò come Ernesto Diaz, era alto e magro. Nel vederli insieme la tentazione di paragonarli a Don Chisciotte e Sancho Panza fu irresistibile.

Porsi loro la mano, presentandomi: «Capitano Lester».

L'ometto si presentò a sua volta: «Firmin Tristani. Sono il padre di Mathilde».

Fortin tornò con due sedie e io li pregai di accomodarsi.

«Sono felice di incontrarla finalmente, signor Tristani», esordii. «Nessuno ha saputo indicarmi dove trovarla.»

«Cosa è successo a Mathilde?» domandò il pittore, torcendosi le mani. «Quando ho appreso questa notizia terribile...»

«Chi l'ha informata?» domandai.

«Un messaggio di mia moglie, confermato dal mio amico Lombard.»

«Il suo notaio...»

Anziché rispondere, chiese: «Cosa è successo a Mathilde?»

«Non lo so», confessai. «Sua moglie ne ha denunciato la scomparsa e ora stiamo indagando.»

Firmin Tristani continuava a spostare il suo sguardo febbrile da me a Ernesto Diaz come per cercarvi sostegno.

Il pittore di Pont-Croix sedeva con la schiena molto dritta e con le mani dalle lunghe dita ossute posate sulle cosce magre. I suoi occhi, di un nero impressionante, affondati in orbite profonde, sembravano vedere attraverso gli oggetti e le persone. Impressionante!

«È mia moglie!» riprese Tristani. «È lei che ne aveva la custodia, e...»

«A causa di questa scomparsa la signora Tristani non è meno afflitta di lei, signor Tristani.»

Il pittore gesticolò con evidente diffidenza. «Ne dubito!»

«Ha detto che ne aveva la custodia...»

Mi interruppe: «Esatto!» E il suo sguardo volò verso quello del suo amico Diaz per cercarvi forza e conforto.

«Signor Tristani, sua figlia è maggiorenne.»

«Da pochissimo», protestò, e mi parve in procinto di scoppiare a piangere. Ripeté: «Da pochissimo... Ha appena compiuto diciotto anni. È ancora una bambina!»

«Non si è maggiorenni "da pochissimo"», osservai. «Lo si è oppure non lo si è! Un giorno si hanno diciassette anni e trecentosessantaquattro giorni, il giorno dopo diciotto e si è maggiorenni.»

«Ma questo cosa importa?» intervenne Diaz. «È scomparsa, bisogna ritrovarla!» Aveva un timbro di voce grave e rauco, anch'esso impressionante!

Spiegai: «Tenuto conto che di fatto è ormai maggiorenne, sono costretta a considerare che sia partita di sua spontanea volontà».

«No!» gridò Tristani. «Questo non è possibile!»

«Allora mi spieghi perché non è possibile», domandai.

«Non è possibile perché con noi aveva tutto. Ha sempre avuto tutto quello che voleva e...» Di nuovo il suo sguardo disorientato cercò quello del suo amico come per trovarvi altri argomenti e, quando Diaz rimase imperturbabile, i suoi occhi smarriti si fissarono di nuovo su di me con una insistenza imbarazzante.

«Lei mi sta fornendo le stesse ragioni che mi sono già state fornite da sua moglie», risposi.

«Ah...» fece lui, inspirando come un naufrago appena riemerso dalla profondità delle acque, senza aggiungere altro.

Ne approfittai per chiedergli che cosa avesse fatto durante tutto il tempo trascorso dalla scomparsa di sua figlia.

Fu Diaz a rispondere con voce cavernosa. «Eravamo a Ouessant, capitano.»

«Per tutto il mese di aprile?»

«Siamo partiti il 15 e siamo rientrati ieri.»

«Avete alloggiato in albergo?»

«No, quando andiamo sull'isola siamo ospiti di un amico, anch'egli pittore, che vi abita per tutto l'anno.»

«Come si chiama questo signore?»

«Gérard Sibiril.»

Io prendevo appunti, Fortin osservava, e il signor Tristani sembrava sempre più angosciato, mentre Ernesto Diaz era così impassibile che i suoi occhi neri come il carbone non battevano ciglio.

«Nessuno vi ha dunque avvisati della scomparsa di Mathilde?»

«Quando andiamo sull'isola è per lavorare», dichiarò Diaz, con voce pacata. «Non ci siamo per nessuno e prima di partire non avvisiamo nessuno.»

«Per il trasporto utilizzate il servizio regolare?»

«No, noleggiamo un aerotassì, da Brest.»

«E al ritorno?»

«Lo stesso. Firmin non sopporta di navigare.»

«Cos'è successo a mia figlia?» domandò Tristani con voce dolente.

«Mi dispiace non saperle rispondere, signor Tristani. Mathilde non ha lasciato messaggi e non sono giunte richieste di riscatto. Tutto ciò induce a pensare che non sia stata rapita. Non sono stati segnalati incidenti che hanno visto coinvolte ragazze non identificate.»

«Dev'essere stata rapita da un sadico!» proruppe Tristani con voce isterica. «Succede!»

Cercai di calmarlo. «Non credo, signor Tristani.»

«E che cosa le permette di crederlo?» domandò Tristani, sciogliendosi in lacrime. «Dopotutto non sa nulla, non ha scoperto nulla! Cosa le importa? Se ne fotte, buon Dio!»

Spiegai: «Non lo credo, perché nessun caso di questo genere è stato segnalato nella regione».

Diaz aveva preso una mano dell'amico e la picchiettava dolcemente. «Suvvia, Firmin, calmati. La Polizia fa quello che può.»

Allora Tristani crollò, scoppiando in singhiozzi. Con lo sguardo Diaz mi chiese di autorizzarlo a condurlo via.

Acconsentii perché ho orrore di veder qualcuno piagnucolare, a maggior ragione se è un uomo.

D'altronde, capita anche a me di crollare. Ma quanto mi detesto in quei momenti!

22

Usciti i due uomini, Fortin mi guardò con una smorfia espressiva. «Non ha forza d'animo, il paparino!»

«Ne avresti, tu, se scomparisse una delle tue figlie?»

Fu costretto a convenire che non ne avrebbe avuta e pose la sua sempiterna questione: «Che cosa si fa?»

«Tu non so, ma io intendo ricominciare da zero.»

«Vale a dire?»

«Interrogo di nuovo il ragazzo di Mathilde e anche le buone suore, se necessario.»

«Ti accompagno», dichiarò il Grande.

«Dalle buone suore?»

«Hai detto che vuoi andare prima da Ebrel.»

Aggrottai la fronte. «Lo conosci, questo Ebrel?»

«Il pelandrone? No, non lo conosco, ma il padre sì. È pompiere e si allena nella stessa palestra in cui mi alleno io.»

«Avresti potuto parlarmene.»

Senza dubbio percepì il tono di rimprovero e rispose con la più perfetta malafede: «Tu non mi hai chiesto niente». Poi aggiunse, e a questo proposito devo riconoscere che non aveva affatto torto: «Ho come l'impressione, fin dall'inizio, che tu voglia condurre questa indagine da sola».

Protestai: «Ma no! Cosa vai a pensare! È andata così, nient'altro».

Mi guardò sospettoso, poi chiese: « Vengo con te? »

Mi alzai e gli diedi un colpetto sulla spalla nel passare: « D'accordo, Jipi. Andiamo! »

Il vigile del fuoco non era in servizio. Lo trovammo nel suo garage, intento a cercare di rimettere ordine. Quando vide Fortin, il suo volto dai folti baffoni neri si illuminò: « Ecco che arriva la Polizia! »

« Salve, Bob », salutò Fortin, porgendogli la mano. « Cosa stai facendo? »

« Sto cercando di rimediare un po' a questo casino », rispose il pompiere con aria disgustata, accennando a un guazzabuglio di oggetti eterogenei ammucchiati al centro del garage.

« Non si fa più musica qui? » domandai.

Il pompiere mi fissò con sguardo penetrante e Fortin ne approfittò per presentarci: « Il capitano Lester, una collega ». Poi si volse a me: « Robert Ebrel, detto Bob, vigile del fuoco di professione e sommozzatore emerito ».

« Piacere di conoscerla », dissi, porgendogli la mano.

Robert Ebrel era di altezza media. Si intuiva in lui una vitalità pronta a esplodere. Evidentemente, riordinare non era un lavoro che gli si addiceva. « No, qui non si fa più musica », confermò, in risposta alla mia domanda. « Ho cacciato tutti. » Istintivamente parlava a Fortin, come se avesse difficoltà a concepire che una donna potesse essere superiore nella gerarchia al suo amico Jipi. « Capisci, quegli stronzetti sono riusciti a mettermi contro tutto il vicinato. Ho detto tante volte: "Non così forte! Chiudete le porte del garage quando provate", ma non c'è stato niente da fare. Così mi sono stufato e... »

« Dove provano adesso? » domandai.

« Non ne so niente e me ne frego », rispose il pompiere. Poi ci ripensò e aggiunse: « Ho sentito dire che stavano cercando di ottenere una sala alla Maison pour Tous ».

« Avrei voluto parlare con suo figlio », dissi. « Crede che lo troverò là? »

« Mi sorprenderebbe », replicò il pompiere. « È a Rennes. »

« Cosa ci fa a Rennes? »

« Un concorso, signora, un concorso per entrare nella pubblica amministrazione. » Si volse di nuovo a Fortin: « Pensa che quell'idiota ha un diploma di specializzazione in contabilità! Tra qualche anno potrebbe lavorare come contabile, se volesse. Ma anziché esercitare un mestiere serio e redditizio, preferisce andare a fare il pagliaccio con la sua banda di incapaci ». Poi guardò me: « A proposito, perché vuole vederlo? Un'altra storia di hashish? »

Ricordavo che il piccolo chitarrista aveva già avuto qualche guaio per faccende di quel genere. « Niente affatto », risposi. « La sua ragazza è scomparsa e... »

« Intende la figlia dell'industriale? »

« Mathilde Tristani, sì. »

« È scomparsa? »

« Sì! »

« Tanto meglio! » commentò il pompiere, asciugandosi le mani con una salvietta di carta.

« Perché lo dice? » chiesi. « Ha qualcosa da rimproverarle? »

« È da quando la conosce che Vincent non combina più niente » dichiarò il pompiere con aria vendicativa. « Si è messo in testa di far fortuna con il suo gruppo di buffoni anziché cercare un lavoro serio. »

« Non sarà che per questo ha avuto l'idea di farla sparire? » domandai.

Il pompiere parve stupefatto. Mi guardò, guardò Fortin, poi esplose: « Ma cosa dice? Non me ne frega nulla di quella ragazzetta! Volevo soltanto che Vincent rimettesse i piedi per terra. I Tristani sono pieni di grana! Non possiamo avere niente a che fare con loro! Noi siamo proletari, gente del popolo! Non c'entriamo niente con il loro mondo! »

« Mi sembra che ciò riguardi esclusivamente suo figlio », osservai.

« Ah, così le sembra?! » fece lui, sarcastico, gettando sul pavimento la salvietta di carta. « Così sembra a lei! Bene, questa è casa mia, e qui comando ancora io. »

« Nessuno pretende il contrario », risposi. « Ma per quanto riguarda Mathilde Tristani, una richiesta di ricerca è stata presentata formalmente alla Polizia, e Fortin e io siamo incaricati di ritrovarla. Sa come funziona nella pubblica amministrazione, signor Ebrel: riceviamo ordini e li eseguiamo. »

Il pompiere annuì. « Sì, so come funziona », convenne.

« E sa anche che suo figlio, come Mathilde, è maggiorenne, quindi, secondo la legge, sono entrambi liberi di fare ciò che vogliono senza chiedere il suo consenso. »

« D'accordo », intervenne una voce proveniente dal fondo del garage.

Ci girammo tutti e tre insieme. La signora Ebrel, fronte bassa e bocca litigiosa, ci osservava con aria vendicativa. « D'accordo », ripeté. « Sono liberi. Però sono libera anch'io! E sono libera di cacciarlo di casa se insiste a frequentare quella stronzetta. »

Senza conoscere Mathilde Tristani, mi chiesi chi fosse la più stronza tra le due, ma non dissi nulla. L'atmosfera si era improvvisamente caricata di tensione.

Fu allora che scoppiai a ridere, e in quella situazione fu del tutto fuori luogo.

Tre paia di occhi si posarono su di me: quelli di Fortin con preoccupazione, come per il timore che avessi d'un tratto perso la ragione; quelli del pompiere con stupore e incomprensione; quelli di sua moglie sfavillanti di furore.

« Cos'ha da ridere, questa svitata? » urlò la signora Ebrel, pronta a saltarmi addosso.

Il vigile del fuoco si rese conto che stava esagerando e redarguì la moglie: «Chiudi il becco, Odile!»

Che stile!

Il pompiere si girò verso di me e chiese sgarbatamente: «Allora, cos'è che la fa ridere? Si può sapere?»

«Quello che mi fa ridere è la vostra reazione piccolo borghese. In tutta sincerità, non mi aspettavo nulla del genere, qui!»

«Borghese?!» ruggì la megera. «Ci insulta, per giunta! E tu non dici niente, Ebrel! Ti cali i pantaloni davanti alla prima stronza che passa...»

Il vocabolario della signora Ebrel non brillava né per delicatezza né per varietà.

Il pompiere fulminò la moglie con lo sguardo e intimò con voce gelida: «Ti ho detto di chiudere il becco!» Quindi aggiunse: «Non lo ripeterò».

Fissai la megera, che tremava di furore: «Signora, dovrò ordinare al tenente Fortin di ammanettarla e di condurla alla stazione di Polizia, dove sarà interrogata e accusata di oltraggio a un ufficiale della Polizia giudiziaria nell'esercizio delle sue funzioni».

Lei ridacchiò: «Tutto qui?»

«Per cominciare» ribattei, perché stavo per perdere la pazienza.

La vidi inspirare profondamente per prepararsi a bombardarmi con una bordata di gentilezze.

Suo marito si rese conto che stava per aggravare la sua situazione e ne prevenne lo sfogo spingendola verso la porta e intimando: «Taci, Odile!» Con la bocca serrata, sollevò un avambraccio muscoloso ad agitare minacciosamente un pugno nodoso.

Come potete vedere, si continuava a mantenere un certo stile.

«Per rispetto dell'amicizia e della stima che il tenente Fortin nutre per suo marito, sono disposta a non considerarmi insultata» ripresi. «A dirla tutta, non mi sarei stupita di un simile atteggiamento da parte dei Tristani. Sono più spesso i ricchi a temere che i loro figli frequentino i poveri. Qui, invece, è il contrario. È una situazione nuova e non manca di spirito, perciò mi ha fatto ridere.» Guardai la megera negli occhi. «Dov'è suo figlio, signora Ebrel?»

Lei ringhiò di malagrazia: «A Rennes, per un concorso amministrativo».

«Dunque desidera entrare nella pubblica amministrazione?»

«No, non lo desidera affatto», intervenne il pompiere. «Il signore vuole fare il musicista. Come se un uomo potesse guadagnarsi da vivere in questo modo!»

Sorrisi. Sostituendo l'arte alla musica, era esattamente lo stesso discorso pronunciato da Madame Tristani a proposito di sua figlia. «Dove alloggia quando va a Rennes?»

«Non ne so nulla», rispose il pompiere. «Da amici, suppongo.»

«Quando tornerà?»

«Non so neanche questo.» Fu di nuovo il padre a rispondere, sollevando appena le spalle.

«Sia gentile e mi avverta appena torna a casa. Dovrà semplicemente chiamare Fortin.»

«D'accordo», sospirò il pompiere.

Dopo il consueto scambio di strette di mano, al quale la signora Ebrel Odile si sottrasse, ci separammo.

«Senti», esordì Fortin, quando fummo in auto. «Non conoscevo quella puttana di sua moglie, però ho visto che non è molto disposta a lasciarsi fottere!»

Prego le caste orecchie e tutti coloro che amano il linguaggio castigato di volermi scusare, ma riproduco *in extenso* le parole del tenente Fortin, che non ha studiato presso le suore mariste, bensì ha appreso il linguaggio di strada fin dalla più tenera infanzia. Una persona istruita si sarebbe espressa in modo più corretto, ma meno pittoresco: «Non conoscevo sua moglie. Non è molto simpatica». (Cari lettori, vi lascio il compito di scegliere la formula che più vi aggrada.)

«Questo è il minimo che si possa dire», osservai. «Già durante il nostro primo incontro è stata molto aggressiva. Da allora non si è affatto addolcita.»

«Comunque quel marmocchio dev'essere un fottuto pelandrone!» replicò Fortin. «Potrebbe beccarsi un megalavoro nella pubblica amministrazione e invece vuole fare musica per dementi!»

«Questo è il tuo punto di vista», osservai. «Invece il ragazzo è tutt'altro che stupido. Il suo diploma di specializzazione in contabilità è già un buon titolo di studio.»

«E cosa se ne farà del suo diploma se non ha voglia di sgobbare?»

«Non ha mai detto di non voler lavorare!» protestai. «Credi forse che fare musica non sia lavorare? Bisogna provare, provare e ancora provare.»

«Bah», sbuffò Fortin, sprezzante.

Per lui, le arti non erano lavoro.

«Sai cosa faceva mia madre?» domandai.

Fece cenno di no con la sua grossa testa.

«Era pianista.»

«Ah...» Mi guardò in tralice, incuriosito, mentre guidava. «Suonava in un'orchestra?»

«Sì, in un'orchestra sinfonica, e quando ne ebbe abbastanza di suonare scale per dieci ore al giorno, il suo posto fu preso da un'altra.»

«Che carognata», commentò Fortin tanto per dire qualcosa.

«No, non è così. La musica classica è così esigente che soltanto i migliori restano.»

«E dopo cosa fece?»

«Impartì lezioni di pianoforte, accompagnò cantanti, suonò nei piano bar...»

«È stata lei a insegnarti a suonare il piano?»

«No, è morta nel mettermi al mondo.»

Nel dir questo gli occhi mi si riempirono di lacrime. Avevo visto mia madre soltanto in fotografia. Per me la sua voce era la voce del pianoforte, le registrazioni che possedevo. E quando suonavo avevo l'impressione di parlare con lei.

Nel sentirmi tirar su col naso Jipi capì che ero commossa. Posò una grossa zampa sul mio ginocchio e disse: «Scusa, Mary».

In fondo quello sbirro grosso e rozzo era molto sensibile. Gli presi la mano e la rimisi sul volante. «Non devi scusarti, caro il mio Jipi.»

Mentre la vettura procedeva nel flusso del traffico, ciascuno di noi si perse nei propri pensieri.

Alla fine Fortin chiese: «Cosa accadrà ora?»

«A proposito di cosa?»

«Be', se Mathilde sarà ritrovata.»

«Non lo so, Jipi.» Dopo avere riflettuto per un poco aggiunsi: «C'è almeno una cosa su cui le due famiglie sembrano essere d'accordo: gli Ebrel non vogliono che il loro figlio frequenti Mathilde, e i Tristani non vogliono un musicista come genero».

«Allora è fottuto!» esclamò Fortin.

«Chi è fottuto?» domandai. «In mezzo a tutto questo abbiamo dimenticato, mi sembra, di chiedere agli interessati la loro opinione. Non conosco Mathilde Tristani, ma Vincent Ebrel mi è sembrato molto dispiaciuto per la scomparsa della sua ragazza. Penso che ne sia molto innamorato.»

«E lei?» chiese Fortin.

«Mathilde? Quando l'avremo trovata lo chiederemo direttamente a lei.»

23

« Albert, scopri quali concorsi amministrativi si stanno svolgendo al momento a Rennes. »

« Su... subito, capitano », rispose Passepoil.

Eravamo tornati al commissariato ed ero sempre alla ricerca di un indizio. Per il momento, la pista del chitarrista mi sembrava la più adatta per avvicinare Mathilde Tristani.

Ero nell'ufficio di Albert Passepoil, che si destreggiava al computer con un virtuosismo tale da lasciarmi in beata ammirazione.

« Ecco... ecco fatto! » annunciò Passepoil, leggermente arrossito per l'emozione.

Quando mi accostai a lui per leggere, aveva già iniziato a stampare. A Rennes si stava davvero svolgendo un concorso di due giorni per l'assunzione di gestori degli enti territoriali.

Ringraziai calorosamente Passepoil e tornai nel mio ufficio con il documento da lui stampato. Chiamai la segreteria della città amministrativa e dopo un'attesa abbastanza lunga mi fu passata la responsabile del concorso in questione.

Mi presentai: « Capitano Lester, Polizia nazionale. Vorrei sapere se un certo Vincent Ebrel ha presentato domanda per il concorso ».

Senza dubbio la responsabile ebbe necessità di digitare sulla tastiera perché mi rispose dopo un altro silenzio: «Ebrel, Vincent, ventidue anni, residente in avenue du Corniguel, a Quimper. È lui?»

«Proprio lui. Sto cercando di contattarlo e vorrei sapere se le ha fornito un recapito a Rennes.»

«No», rispose.

«Ah! Il concorso è terminato?»

«Si sta svolgendo in questo momento l'ultima prova. Tra un'ora sarà tutto finito. In seguito si dovranno attendere i risultati.»

«Allora, potrebbe essere così gentile da chiedere a Vincent Ebrel di contattarmi al numero che le lascio?»

«Lo farei molto volentieri, ma il signor Ebrel non si è presentato alle prove.»

«Cosa?» esclamai.

La donna ripeté, scandendo le parole: «Come le ho appena detto, non si è presentato alle prove.»

«Ma si era iscritto?»

«Sì, certo. Ha debitamente compilato la domanda e ha pagato le tasse di iscrizione. Era tutto in ordine.»

«È stato assente anche ieri?»

«No», assicurò la donna. «Capisco cosa sta pensando. Alcuni candidati non superano le prime prove, quindi rinunciano a proseguire perché sono ormai certi di non poter più riuscire. Invece il signor Ebrel è assente sin dal primo giorno. In pratica, non si è mai presentato.» Proseguì: «Sa, può succedere, ma di solito i candidati che non si presentano il giorno stabilito ci inviano un certificato medico, in modo da poter almeno recuperare le tasse di iscrizione».

«Invece Ebrel non ha mandato nulla del genere?»

«Non ancora.»

«La ringrazio», dissi, nel riagganciare.

Papà Ebrel sarebbe stato contento! E la madre pure!

Dove avrei potuto trovarlo, ora, il piccolo bastardo?

Stavo riflettendo su come procedere allorché squillò il telefono. Era il commissario Mervent che chiedeva notizie.

Mi recai nel suo ufficio senza eccessivo entusiasmo.

« A che punto siamo, capitano? » mi domandò Mervent in tono burbero.

« Allo stesso punto di prima, signore », annunciai con franchezza.

« Nessun progresso? »

« Neanche un passo. »

Mi guardò con aria incredula. « E me lo dice così! »

Cosa si aspettava? Che glielo cantassi in bretone? « Come dovrei dirglielo, signore? Non ho raccolto elementi nuovi, e il divieto di diffondere il ritratto di Mathilde attraverso i media non ci facilita affatto. »

« È una condizione imperativa! »

« Lo so, e mi ci sono rassegnata. »

In verità, avrei potuto lasciar trapelare le informazioni e i quotidiani non avrebbero tardato a impadronirsi del caso. « Ho giocato secondo le regole, signore, e ne sono rimasta vittima. Non faccio che girare in tondo senza poter neppure mostrare l'immagine della ragazza ai potenziali testimoni! »

« Allora che cosa si deve fare? » chiese Mervent stolidamente.

« Spetta a lei dirmelo, signore. Il capo è lei. Ordini, e io eseguirò. »

Essere costretto ad agire non gli piaceva affatto. S'imbronciò: « Sono deluso, capitano Lester. Qui lei è considerata un elemento geniale, eppure nulla si muove. Che cosa raccomanda? »

L'elemento non più geniale raccomandò: « Diffondere la foto di Mathilde mediante la stampa, signore. Oppure... »

« Oppure? » echeggiò.

« Oppure lasciar perdere. »

Lo vidi trasalire, come se un ago gli avesse subdolamente trafitto il posteriore. «Lasciar perdere la vittima di un rapimento? Si rende conto delle implicazioni di tale suggerimento, capitano Lester?»

«Nulla indica che Mathilde sia stata vittima di rapimento, signore. Nessuna richiesta di riscatto, nessun messaggio da parte dei rapitori...» Mentre Mervent restava muto, aggiunsi: «Nulla indica che sia vittima di un crimine!»

S'indignò: «Come osa?»

«Signore, centinaia di persone scompaiono ogni anno, eppure non tutte sono vittime. Alcune desiderano cambiare vita, altre desiderano essere dimenticate, altre scompaiono per altri motivi ancora...»

«Mathilde non aveva nessun motivo di voler cambiare vita», obiettò Mervent.

«Lo so! Aveva tutto ciò che poteva desiderare. Non si affatichi, conosco l'antifona. Mi è stata propinata dai Tristani, signora e signore. Ma ricordi il proverbio secondo cui il denaro non fa la felicità.»

«Bah!» sbuffò Mervent, sprezzante. «Mi risparmi le sue considerazioni da vecchia comare!»

«Grazie da parte delle vecchie comari», ribattei con aria piccata. «Ma i proverbi sono l'espressione della saggezza popolare: non mentono.»

Mervent espresse con un gesto della mano la scarsa considerazione che gli ex allievi della scuola nazionale d'amministrazione avevano per la saggezza popolare.

«Comunque farò un ultimo tentativo», annunciai.

«Sì?» Si sporse verso di me con avidità e diffidenza al contempo.

«Tenterò di trovare il ragazzo di Mathilde.»

«Pensa che potrebbe illuminarci?»

Apprezzai l'uso della prima persona plurale, come si conveniva, e moderai l'incipiente entusiasmo di Mervent. «Non vedo cos'altro si possa fare, signore.» Uscii, lasciandolo sull'orlo della depressione, seduto alla sua bella scrivania, che nessun documento oltrepassava.

Mi ritrovai nel piccolo parcheggio vicino al Bar Les Côtiers di Pors-Poulhan. Avevo abbassato il finestrino della mia portiera per sentire sul volto il vento che soffiava dal mare recando i potenti effluvi delle alghe che si seccavano al sole. Con la bassa marea, le barche riposavano sulla sabbia del porticciolo.

Non mi accorsi del trascorrere del tempo. Mi sentivo bene, cullata dal rumore del mare e anche dal *Flauto magico* del mio amato Mozart riprodotto dall'impianto audio della mia auto.

Anch'io avrei avuto bisogno di un flauto incantato per sbrogliare il caso della scomparsa di Mathilde. Se mi avesse vista così languida al sole del Cap, anziché in procinto di attivarmi, come avrebbe detto lui stesso, il commissario Mervent mi avrebbe aspramente redarguita.

Ma per cosa avrei dovuto attivarmi? E perché ero lì? Spesso sono guidata da un istinto che senza dubbio ha origine nei recessi più nascosti del mio cervello.

Compresi perché mi trovavo lì quando vidi arrivare la Clio blu di Marie-Thérèse Kerlorch, l'infermiera, figlia della donna di fiducia della famiglia Tristani a Kreiz ar Pin.

Smontata dall'auto, l'infermiera attraversò la strada in compagnia di sua zia per entrare nella grande casa di pietra in cui viveva la vecchia signora che doveva assistere.

Ecco ciò che mi turbava: la signora Kerlorch serviva la famiglia Tristani da mezzo secolo, dunque aveva visto nascere Mathilde ed era probabile che si fosse occupata di lei tanto spesso quanto la madre, se non di più, perché la Grande era spesso assente per dirigere le imprese di famiglia.

Eppure, a differenza della signora Tristani e di suo marito, che sembravano straziati dalla scomparsa della ragazza, Annette Kerlorch non aveva tradito alcuna emozione. Il suo volto era rimasto imperscrutabile, come se l'assenza di Mathilde la lasciasse indifferente.

Ebbene, ciò non era affatto normale. Annette Kerlorch era così serena perché sapeva che a Mathilde non era successo niente. Doveva anche sapere dove fosse.

D'altronde, indurla a rivelarlo sarebbe stato tutt'altro paio di maniche. Ci sarei forse potuta riuscire tramite sua figlia?

Decisi di interrogarla, ma il luogo non era affatto adatto. Perplessa, attesi mezz'ora prima di vederla uscire dalla grande casa. Quando la Clio partì, la seguii. Sostò altre due volte dinanzi a case isolate in cui senza dubbio abitavano altri suoi pazienti, poi attraversò Audierne e proseguì sino al porto di Saint-Evette, dove si trova l'imbarco per l'Île de Sein. Superato il cartello di Esquibien, che segnava il confine tra due comuni, salì una strada in pendenza e si fermò di fronte a una bassa casa bianca che guardava il porto.

Il cancello fu aperto con un telecomando, la Clio entrò e le porte in legno laccato si chiusero in silenzio. Il muro di cinta era troppo alto per permettermi di vedere cosa succedeva nel giardino e non volevo arrischiarmi a scalarlo sotto gli occhi di tutti.

Che fare? Corroborata dalle due ore di attesa nella mia auto con Wolfgang Amadeus e dagli effluvi densi di iodio del porto di Pors-Poulhan durante la bassa marea, sentivo di essere sulla pista giusta e ne avevo abbastanza di quella indagine inconcludente, con tutte le restrizioni che m'intralciavano, impedendomi di progredire, e tutti i risultati che si aspettavano da me.

Tanto valeva prendere il toro per le corna. Smontai dall'auto e suonai alla stretta porta riservata ai pedoni.

Una voce chiese tramite l'interfono: « Sì, chi è? »

« Capitano Lester, Polizia nazionale. Desidero vedere la signora Marie-Thérèse Kerlorch. »

Dopo un breve silenzio, la voce, leggermente alterata, domandò: « A quale proposito? »

« Se mi aprisse la porta potrei spiegarlo più comodamente. »

Ancora un breve silenzio, prima che attraverso la porta si udisse un rumore di passi sulla ghiaia. Uno spioncino cigolò e un viso apparve oltre una grata, come in un confessionale. L'infermiera mi osservò attentamente, quindi chiese con voce angosciata: « Cosa vuole? »

« Desidero vedere Mathilde Tristani. »

Serrò la bocca, poi replicò: « Ha sbagliato casa ».

« Non lo credo affatto. »

Corrugò la fronte. « Non capisco a chi si riferisce. »

« Ma sì, capisce benissimo. La figlia della signora Tristani, del maniero di Kreiz ar Pin, dove lavora sua mamma. »

« Mia madre è in pensione », dichiarò l'infermiera.

Sospirai. « Signora Kerlorch, sarebbe bene smetterla di giocare. Lei conosce benissimo Mathilde e io sono sicura che si trova qui. Quindi adesso deve scegliere se aprire la porta, o non aprirla. Non ho un mandato che mi autorizzi a costringerla a farmi entrare legalmente in casa sua, però posso ottenerne uno in un paio d'ore. Se obiettasse che nel frattempo scadrebbe l'orario consentito, sarebbe vero. Dunque sarei obbligata ad attendere le sei di domani mattina per entrare in casa sua. In tutta sincerità, le assicuro che in questo caso convocherei subito una squadra di gendarmi alla quale ordinerei di circondare la casa: e le giuro che allora nessuno potrebbe entrare o uscire senza essere fermato. Non chiedo altro che di risolvere la situazione, ma se succedesse ciò che ho appena descritto, lei non mancherebbe di avere guai con la giustizia. A lei la scelta. »

Seguì un lungo silenzio durante il quale la mia interlocutrice parve riflettere, poi sentii la chiave girare nella serratura e la porta si aprì cigolando.

«Entri», invitò Marie-Thérèse Kerlorch con un filo di voce.

Varcai la soglia passando davanti all'infermiera. «La ringrazio.»

Il giardinetto dinanzi alla casa era perfettamente curato, con viottoli di ghiaia bianca e alti rosai lungo la facciata.

«Prego», fece Marie-Thérèse Kerlorch, nel precedermi.

La seguii. Lei aprì la porta d'ingresso dipinta di bianco e mi condusse in un soggiorno altrettanto bianco, elegantemente arredato con poltrone tappezzate di tessuto a fiorami e tavolo e sedie in legno bianco.

In quel momento avrei dovuto provare la soddisfazione che si sente dopo una lunga e difficile indagine, quando la verità appare all'improvviso. Invece non sentii niente del genere. In verità mi chiesi se non fosse un sogno, nel rendermi conto che dopo la mia seconda visita a Kreiz ar Pin e il mio incontro con la signora Kerlorch sarebbe bastato andare dalle sue figlie e chiedere, come avevo appena fatto: «Desidero vedere Mathilde Tristani». L'indagine si sarebbe conclusa in un paio di giorni e io avrei consolidato la mia reputazione di piccolo genio agli occhi del commissario Mervent. D'altronde, Marie-Thérèse Kerlorch avrebbe forse collaborato? Avrei forse avuto prove sufficienti per minacciarla di perquisire la sua casa?

A dire il vero, non lo pensavo.

Marie-Thérèse Kerlorch mi chiese qualche istante. La sentii scendere le scale e poco dopo ritornò spingendo davanti a sé una ragazza che sembrava spaventata. «Ecco Mathilde», annunciò.

Sorrisi alla ragazza che avevo tanto cercato: «Buongiorno, Mathilde».

Lei parve sorpresa. Si era aspettata un capitano di Polizia e aveva di fronte una donna che avrebbe potuto essere sua sorella maggiore. «Buongiorno», rispose con voce soffocata, porgendomi la mano con timidezza.

Non ebbi bisogno di osservarla a lungo per accorgermi che era incinta. In verità, avevo sospettato qualcosa del genere. Le sfiorai il ventre e dissi: «Congratulazioni! Quando sarà?»

Mathilde sembrò stupita e imbarazzata.

Allora interrogai Marie-Thérèse, che rispose con la stessa voce serena di sua madre: «Fine luglio».

Annuii e aggiunsi, guardando il soffitto: «Immagino che anche Vincent sia qui...»

Mathilde chinò la testa, arrossendo, e Marie-Thérèse le disse sottovoce: «Puoi tornare di sopra, Mathilde».

La ragazza uscì e la sentii salire le scale.

Marie-Thérèse Kerlorch mi invitò a sedermi su una poltrona, poi chiuse la porta e sedette di fronte a me, calma, determinata. «Posso spiegarle tutto», esordì.

Sorrisi. «Credo di aver compreso l'essenziale...»

Come se non avesse sentito, Marie-Thérèse continuò: «Non sono sposata e non ho figli. Quando nacque Mathilde, avevo ventidue anni. Ero nubile, trascorrevo spesso le mie giornate di riposo a Kreiz ar Pin e consideravo Mathilde come mia figlia. In effetti, siamo sempre state mia madre e io a occuparci di lei». Mi parlava con lo sguardo fisso dinanzi a sé, nel vuoto. La sua mano destra giocherellava con un grosso anello d'oro che portava all'indice sinistro.

«E ovviamente sua madre sapeva...»

«Certo. Quando Mathilde si accorse di essere incinta, fu con mia madre che si confidò.»

«E sua madre non ne parlò con la signora Tristani?»

«No. Lei non conosce la Grande! È molto autoritaria, e Mathilde ha sempre avuto paura di lei.»

«Allora sua madre le chiese di ospitare Mathilde.»

«Sì, per il tempo necessario a trovare una soluzione.»

Quale soluzione pensavano di poter trovare, e quando? Una gravidanza non si può tenere nascosta a lungo!

«Poi lei è arrivata a Kreiz ar Pin e mamma ha capito che

le cose erano andate troppo oltre», continuò l'infermiera. «Mi ha esortata a chiamarla per spiegare la situazione.»

«E lei hai rifiutato?»

«Sì, a causa di Mathilde. Era terrorizzata al pensiero di dover confessare la propria condizione alla madre. Ma quando lei hai suonato alla porta, poco fa, ho capito che non c'era più nulla da fare.»

«Si rende conto dello stato in cui si trovano il signore e la signora Tristani?»

«Forse tutto questo potrà rendere umana sua madre», dichiarò Marie-Thérèse, che non sembrava nutrire alcun affetto per Anastasie. «Quanto al signor Firmin, mi dispiace di avergli causato tanta sofferenza: è un brav'uomo.»

Osservai: «Era sconvolto e in preda al panico quando è venuto nel mio ufficio».

L'infermiera sospirò e ripeté: «Mi dispiace...» Poi mi guardò con un mesto sorriso e aggiunse: «E non è tutto... Ora bisognerà raccontare ogni cosa a quella donna!»

«Per quanto riguarda la signora Tristani, me ne occuperò io», assicurai.

Lei mi guardò, sorpresa. «Ne sentirà di belle!»

Sorrisi: «Anche lei ne sentirà di belle». Poi aggiunsi: «Ma prima vorrei parlare con Mathilde e con il seduttore. Può accompagnarli qui?»

«Vado a chiamarli», rispose Marie-Thérèse Kerlorch.

24

Ci riunimmo tutti e quattro nel soggiorno dell'infermiera, Mathilde seduta sopra una sedia, Vincent accanto a lei, a testa china, e Marie-Thérèse, che però ci lasciò subito per andare in cucina, annunciando: « Preparo il caffè ».

Allora presi la parola: « Siete in una situazione imbarazzante ».

Era tanto evidente che nessuno rispose.

« Vincent, quali sono le tue intenzioni nei riguardi di Mathilde? »

Il ragazzo chinò un po' più la testa e mormorò: « Voglio restare con lei ».

« Bene. Ciò significa che l'ami, senza dubbio. »

Lui si limitò ad annuire con convinzione, e io sapevo che per i ragazzi è molto difficile parlare d'amore.

« E tu, Mathilde, ami Vincent? » Avevo la curiosa impressione di essere diventata un funzionario di stato civile che poneva le domande di rito: « Signor Vincent Ebrel, acconsente a prendere in moglie la qui presente signorina Mathilde Tristani? » Tuttavia ciò era prematuro.

Mathilde diventò tutta rossa e annuì con convinzione.

« Bene », commentai. « Allora va tutto bene. »

I due giovani si scambiarono un'occhiata ansiosa. Sembrava che in quella situazione non trovassero alcun motivo per dire « va tutto bene ».

«Mathilde, andrò da tua madre a spiegarle come stanno le cose. Quanto a te, Vincent, dovrai essere tu a spiegare tutto ai tuoi genitori.» Allora vidi una grande apprensione affiorare al suo viso. «Quanti anni hai?» domandai.

«Ventidue.»

«Perfetto. Sei maggiorenne e puoi assumerti le tue responsabilità.» Aveva un aspetto così fanciullesco che fu strano dirgli «sei maggiorenne». Eppure era proprio così.

«Mi cacceranno di casa», dichiarò. «E quando sapranno che non mi sono presentato al concorso amministrativo...» gesticolò in maniera esplicita.

«A proposito, perché non ti sei presentato?» domandai. «Avevi paura di essere bocciato?»

Scosse la testa in segno di diniego. «No, avevo paura di essere promosso.»

Scoppiai a ridere: «Be', questa è davvero nuova!»

«I miei genitori sognano soltanto di vedermi entrare nella pubblica amministrazione. Io invece non voglio», spiegò lui.

«Hai altri progetti?»

Vidi brillare i suoi occhi: «Molti!»

«Bene, ma bisogna dirlo ai tuoi genitori.»

«Si vede che lei non li conosce», rispose.

«Di certo non li conosco tanto bene quanto li conosci tu, però ho avuto modo di farmi un'idea.» Lo guardai sorridendo. «Sai, ho avuto lo stesso problema quando ho detto a mio padre che volevo entrare in Polizia.»

Mi guardò con interesse. «Ah sì? Lui non voleva?»

«No davvero. Pensava che sarei dovuta diventare infermiera, medico, avvocato o qualcosa del genere. Insomma, un lavoro adatto a una ragazza. Ma sbirro... Sembrava molto prevenuto nei confronti della Polizia.» Parlai al passato, ma, detto tra noi, non sono affatto sicura che Jean-Marie Le Ster abbia perso del tutto tale pregiudizio.

Allora Mathilde si recò in cucina, fingendo di voler dare una mano a Marie-Thérèse.

«Mi è stato riferito che hai una solida formazione come contabile... È vero?»

Vincent si strinse nelle spalle, come per scusarsi di aver scelto quella strada, che mal si accordava con l'arte. Di solito contabili e saltimbanchi non remano in coppia. «Lo hanno voluto i miei genitori...»

«A te piace?»

Di nuovo si strinse nelle spalle. «Non è male, ma non nella pubblica amministrazione.»

Decisamente, sembrava provare una spiccata avversione per l'ordine amministrativo.

Mi guardò. «Lei non può capire.»

Sorrisi. «Dimentichi che io lavoro nella pubblica amministrazione».

Si mise una mano davanti alla bocca come se si fosse accorto all'improvviso di avere detto una sciocchezza. «Oh, merda!»

Lo guardai, fingendo un'espressione severa. «Non si dice "Oh, merda!" Devi imparare, Vincent, adesso che stai per inserirti nel bel mondo. Si dice: "Oh, scusi!"»

Arrossì come un pomodoro, si accinse ad aggiungere qualcosa, poi cambiò idea, senz'altro per paura di commettere una nuova gaffe.

«È divertente come tu e Mathilde sembrate temere i vostri genitori. Sono davvero così terribili?»

«Mio padre va bene, è un tipo a posto», rispose Vincent. «Invece mia madre lo tormenta di continuo e ogni volta ci rimetto io. È ossessionata dall'idea di farmi diventare un impiegato pubblico e mi scoccia sempre con la pensione, un lavoro sicuro, i vantaggi sociali, e questo, e quell'altro...»

Compresi la situazione. Consciamente o inconsciamente, condizionato dalla madre troppo autoritaria, faceva sempre l'opposto di quello che lei voleva, e al tempo stesso temeva di affrontarla. Domandai: «Hai fratelli? Sorelle?»

«Sì, una sorella maggiore che è insegnante, e un fratello che ha quattro anni più di me.»

«Lui cosa fa?»

«Controllore alla Società nazionale delle ferrovie.»

Trattenni un sorriso. Se tutto fosse andato come sembrava, quel ragazzino, e mi permetto questo termine perché aveva tutta l'aria di essere appena uscito dall'adolescenza anche se allo stato civile aveva ventidue anni, ebbene, quel ragazzino sarebbe diventato in breve tempo l'uomo forte del gruppo Tristani, cioè un sostenitore del capitalismo, come sua madre probabilmente lo avrebbe definito. La povera donna sarebbe stata, se non disonorata, almeno screditata. Immaginai la sua furia.

«Forse sarebbe meglio se li preavvisassi per telefono», aggiunse.

«Sì, sarebbe meglio preparare il terreno», approvai.

Si preoccupò. «E Mathilde?»

«Mi occupo io del suo caso», assicurai.

Mathilde tornò dalla cucina portando un vassoio con quattro tazze e una caffettiera in porcellana bianca. Servì il caffè, ma era molto emozionata: le tremavano le mani e fece cadere qualche goccia sul tavolo. L'incidente, per quanto insignificante, parve sconvolgerla. Posò la caffettiera, scoppiando in lacrime, e singhiozzò: «Sono una nullità!»

Marie-Thérèse accorse. «Non è niente, non è niente! Vado a prendere la spugna. Non c'è niente di rotto.»

Tuttavia Mathilde, travolta dall'emozione, continuò a singhiozzare.

Le presi le mani, come avevo preso quelle di sua madre quando la Grande aveva avuto un momento di malinconia al cantiere navale. «Mathilde...»

Lei singhiozzò di nuovo, stringendomi le mani.

«Mathilde, calmati... Stai attraversando momenti difficili, ma credimi, domani andrà meglio.»

Mi guardò attraverso le lacrime.

«Sì, vedrai, domani tua madre sarà così felice di ritrovarti che non penserà nemmeno a rimproverarti. Vuoi bene a tua madre?»

Annuì.

«Ottimo», dichiarai. «Anche lei ti vuole bene, e anche tuo padre, ed è molto, molto, molto preoccupato. Per il momento rimarrai qui da Marie-Thérèse, e intanto io andrò a rassicurare i tuoi genitori.» Entro pochi mesi sarebbe diventata madre e io le parlavo come se fosse ancora una bambina.

D'altronde ebbe una reazione infantile e mi gettò le braccia al collo, balbettando: «Grazie».

Mi congedai dall'infermiera raccomandandole di aver cura dei piccioncini e assicurandole che l'avrei tenuta informata sugli eventi.

Rimontai a bordo della Twingo e mi recai a Kreiz ar Pin. La Mercedes era parcheggiata di fronte alla porta e i cani dormivano davanti ai gradini, inerti come l'auto. Suonai, e dopo pochi istanti di attesa Annette venne ad aprirmi.

«La signora è qui», annunciò, prima che io avessi il tempo di aprir bocca. E aggiunse sottovoce: «Marie-Thérèse mi ha appena telefonato. Grazie mille, signorina».

Di cosa mi ringraziava? Forse di accingermi ad affrontare la Grande al posto suo. Stavo per scoprirlo. La seguii lungo il corridoio lastricato che ormai mi era familiare. Lei aprì la porta a pannelli scolpiti del salone e sparì per lasciarmi entrare.

La signora Tristani era seduta in una poltrona Voltaire tappezzata in velluto grigio vicino a una finestra. Era forse in attesa di un messaggero e come sorella Anna osservava la polvere lontana sul sentiero?*

* Allusione a *Barbablu*, famosa fiaba di Charles Perrault. (*N.d.T.*)

In ogni caso, non dovevo essere io il messaggero atteso, perché, dopo avermi osservata con sguardo cupo, commentò: «Ah, è lei?»

«Sì, signora. Non sembra contenta di vedermi...»

In risposta alla mia domanda volse lo sguardo alla finestra, con un sospiro.

«Di solito chi reca buone notizie è accolto con più calore.»

Si girò di scatto a fissarmi intensamente e balzò in piedi. «Ha trovato Mathilde?» Recuperando all'istante tutta la sua combattività, si precipitò verso di me, mi prese per le spalle e ripeté, scuotendomi: «Ha trovato mia figlia?»

«Sì, signora Tristani.»

Continuò a scuotermi con forza di tigre: «Ha trovato mia figlia e non lo dice?»

La presi per i polsi e mi liberai con difficoltà. «Sono qui proprio per questo, signora.»

Strillò: «Dov'è? Voglio vederla! Sta bene, almeno? Cosa le è successo?»

«Sono molte domande», commentai, spingendola verso la poltrona. «Se non le dispiace, cominciamo da capo, con calma...»

Strillò di nuovo, ribellandosi: «Con calma! Dice bene! Da otto giorni non vivo più e lei vuole che parli con calma?! Dov'è mia figlia?»

«Ogni cosa a suo tempo.» La spinsi fino alla poltrona, dove finalmente sedette. «Mathilde sta bene. È al sicuro in una casa amica e...»

Sussultò. «Sono sicura che è da mia cognata!»

«No, signora Tristani.»

«Dove allora?»

«A tempo debito le dirò dove si trova.»

Mi guardò con rancore. «Voglio vederla!»

«La vedrà, signora Tristani. Prima, però, occorre che le spieghi alcune cose.»

«Quali cose? Non c'è niente da spiegare! Voglio vedere mia figlia!»

«Posso spiegarle il motivo della scomparsa di Mathilde?»

Come pietrificata, mi guardò e cedette. «Sì.»

Fu un momento difficile.

«Mathilde è scomparsa perché è incinta.»

La Grande parve rimpicciolire nella poltrona, poi emise un lungo sospiro e chiese: «Cosa?!» Non fu un grido, bensì una sorta di ruggito che salì dalle profondità delle sue viscere.

Quel «cosa?!» manifestò una tale ferocia e una tale volontà di punire, che a un tratto compresi le paure della dolce Mathilde al pensiero di affrontare quel drago. Così azzardai un tono lieve: «Sarà nonna tra pochi mesi, signora Tristani. Le mie più sincere felicitazioni».

Trattenne il respiro per un momento, poi balbettò: «Felicitazioni? Felicitazioni? Sa dove...»

La interruppi prima che diventasse volgare. «È consuetudine per un evento felice.»

Ancora una volta ripeté le mie parole: «Un evento felice? Lo chiama un evento felice? Una bambina è stuprata da un teppista e lei lo chiama un evento felice?»

Le corressi il tiro: «Prima di tutto il padre del bambino non è un delinquente, e non ha violentato nessuno, perché sua figlia era consenziente. Inoltre Mathilde non è più una bambina, è maggiorenne».

Urlò: «Era forse presente a reggerle il moccolo? L'ha violentata, le dico, e sporgerò denuncia!»

«Se ha tempo da perdere», sospirai.

«Lo vedremo! So come vanno le cose a questo mondo e...»

«E se questo bel mondo ha un senso, come credo, le sarà detto che sua figlia è maggiorenne, che ama il padre di suo figlio e che intende sposarlo. Allora lei cosa potrebbe fare?»

Sapeva di non poter far nulla. Contrasse le grandi mani tese, mentre il suo viso tremava di tensione, una tensione insopportabile perché lei, dinanzi alla quale il mondo intero cedeva, era tenuta in scacco da due ragazzini. «Vedremo come reagiranno alle difficoltà materiali», ribatté aspramente.

«Lei li aiuterà, signora Tristani!»

«Se vorrò!» replicò, per mostrare che teneva ancora le redini.

«Ovviamente», concessi. «Comunque, se rifiuterà, lo faranno altre persone al posto suo.»

Ridacchiò: «Mi piacerebbe sapere chi!»

«Suo marito, per primo.»

Emise una sorta di nitrito. «Mio marito accudire un bambino! Sta scherzando? Non si è mai occupato di Mathilde, quindi...»

«Forse perché lei non glielo ha mai permesso», osservai. «Però Mathilde, comunque lei la pensi, non è più una bambina. E non soltanto suo marito è interessato alla situazione di sua figlia: lo è anche sua cognata, alla quale ha accennato lei stessa poco fa. Lei e suo marito sembrano nutrire un forte affetto per Mathilde. Sono sicura che non chiederebbero di meglio che di ospitarla.»

«Mia cognata?» ringhiò. «Quella puttana di mia cognata accaparrarsi mia figlia, mio nipote...»

Ecco, il bambino non ancora nato, da lei rifiutato violentemente un istante prima, era diventato all'improvviso *suo* nipote. E ci si poteva chiedere perché non *sua* nipote. «Soltanto se lei li abbandonerà», replicai ipocritamente.

La vidi mordere il freno, furente per la propria incapacità di dominare gli eventi. Aveva perso la faccia e con tutta evidenza non ne era per nulla contenta.

Per aiutarla a riprendere contatto con la realtà tornai a

considerazioni più generali. «Una nascita è sempre un evento felice. Ieri temevo ancora la possibilità di dovermi assumere il doloroso compito di annunciarle la morte di sua figlia, e oggi invece l'ho trovata, viva...»

Si rannicchiò di nuovo e ammise: «Forse ha ragione. Dov'è Mathilde? Presumo che sia da quel chitarrista che non vale niente...»

«Vincent Ebrel è un chitarrista eccellente, e non corra a scontrarsi con sua madre, perché Mathilde non è da lei.»

La Grande si esasperò. «Ma lei dov'è? Me lo dirà, alla fine?» Si trattenne dall'afferrarmi per il collo e scrollarmi fino a costringermi a dirle ciò che voleva sentire.

Ripetei: «Lo saprà a tempo debito».

Le sue labbra contratte si assottigliarono fino a ridursi a una linea livida, poi ritornò al padre del futuro bambino, inveendo con rinnovato furore: «Quel piccolo bastardo! Avrei dovuto sospettarlo!»

«Anche se lo avesse sospettato, nulla sarebbe cambiato. I due giovani si amano e...»

«E crede forse che intenda sposare mia figlia?»

«Se lei lo desidera, sì», risposi, calma. «Le ricordo ancora una volta che Mathilde è maggiorenne.»

«Maggiorenne? Chi se ne frega!» inveì, astiosa. «Di cosa vivranno? Mia figlia non ha mai fatto niente di niente e, quanto al chitarrista, pensa forse che possa far fortuna con il suo gruppo da quattro soldi?»

«Altri hanno fatto fortuna. È un ragazzo di talento. E non dimentichi che Mathilde possiede una quota di azioni della sua compagnia.»

«È proprio quello che dico io! Il piccolo bastardo conta di vivere alle spalle di mia figlia, cioè alle mie spalle, perché le ricordo che sono io a mandare avanti la baracca! Tutto grava sulle mie spalle!» Gesticolò con aria stanca. «Ci sono giorni in cui sono tentata di vendere tutto e di andare a vivere all'Île de Sein.» E aggiunse, amara: «Forse sarebbe meglio, ma in tal caso mi sarei ammazzata di lavoro inutilmente per vent'anni! »

« Perché parla di vendere la compagnia? Potrebbe benissimo andare a vivere all'Île de Sein e continuare a gestire gli affari staccandosi un po'. »

Mi guardò, scettica. « Sa forse qualcosa di come si dirige una compagnia? No, lei lavora nella pubblica amministrazione. » Ripeté, scandendo le sillabe: « Pub-bli-ca am-mi-ni-stra-zio-ne! Il mondo degli affari è tutta un'altra cosa. Quindi, per quanto riguarda i suoi consigli... »

« Sì, so dove posso mettermeli. Però... »

« Però... cosa? » chiese, incuriosita.

« Però Vincent, il suo futuro genero, non è soltanto un chitarrista. »

Trasalì, alle parole « futuro genero », e ribatté, sarcastica: « Ah sì? Sa suonare anche la cornamusa? »

« Può darsi. Non lo so. Quello che so, invece, è che ha un diploma di specializzazione in contabilità. »

« E allora? »

« Sa cosa significa un diploma di questo genere? »

Non rispose.

« Significa che è esperto di contabilità. »

Mi fissò, sorpresa. « Quel pelandrone, esperto di contabilità? Non mi faccia ridere! » Riemergeva la parlata pittoresca dell'operaia

« Rida pure quanto vuole. Non farò nulla per impedirlo. » Mi parve che non fosse ancora pronta per l'ilarità, quindi sorvolai. « Ho pensato... »

Ringhiò: « Cos'ha pensato ancora? »

« Se smettesse per un poco di arrabbiarsi, signora Tristani, forse potremmo considerare gli aspetti positivi della situazione... »

Riprese il suo tono sarcastico: « Perché? Vede forse qualche aspetto positivo in questa situazione? » Scrollò le spalle. « È facile quando non si è coinvolti! »

«Forse è più facile», concessi. «Comunque trovo molti aspetti positivi in questa situazione.»

Mi guardò con aria di sfida, in attesa che li elencassi.

«In primo luogo, Mathilde è viva e vegeta.»

Ammise che questo era un aspetto estremamente positivo.

«In secondo luogo, lei diventerà nonna.» Prevenni subito la sua obiezione: «E non mi dica di non esserne felice, perché tra qualche mese non esisterà più nessuno, per lei, tranne suo nipote o sua nipote». Lei non disse una parola e io continuai. «In terzo luogo, il suo futuro genero è un ragazzo serio e capace.»

«Bah!» ribatté sprezzante. «Non certo perché ha un diploma... Consideri quell'idiota di mio cognato. Se lo avessero lasciato fare, avrebbe perso tutto!»

«Non faccia confusione. Suo cognato aveva studiato all'accademia navale per diventare ufficiale di Marina. Invece Vincent ha studiato gestione aziendale...»

«Non ha alcuna esperienza!»

«Non può pretendere che un ragazzo di ventidue anni appena diplomato abbia esperienza. Però lei potrebbe guidarlo e addestrarlo. In breve tempo sarebbe in grado di sbrigare gli affari correnti e lei potrebbe continuare ad amministrare la compagnia dall'Île de Sein.»

Parve meditare sulle mie parole, che a poco a poco avrebbero finito per farsi strada nel suo cervello tormentato.

Mi alzai. «Arrivederla, signora Tristani.»

Domandò: «Dove sta andando?»

«A comunicare la buona notizia al signor Tristani.»

La Grande annuì e io mi congedai senza che si alzasse dalla poltrona. Le sarebbe fumato il cervello sotto la cuffia, come avrebbe detto Fortin, ma non ero preoccupata, perché era una donna intelligente e pragmatica. Senza dubbio il quadro che avevo abbozzato le aveva suggerito parecchie cose alle quali pensare.

La signora Kerlorch aspettava dietro la porta. Mi accompagnò alla soglia del maniero e mi strinse la mano con fervore, ripetendo: «Grazie!»

Ero certa che non avesse perso una sola sillaba della mia conversazione con la signora Tristani.

25

Sbarcai a Pont-Croix al calar della notte. La vetrina dell'Atelier du Bout du Monde, com'era chiamata la bottega d'arte di Ernesto Diaz, illuminava un angolo buio di una strada selciata con cubetti di arenaria levigati dal tempo.

Attraverso il vetro spesso si potevano ammirare alcune opere del maestro locale, illuminate da faretti: il porto di Audierne, la Pointe du Raz in un giorno di tempesta, cappelle silenziose addormentate all'ombra di grandi alberi, un matrimonio in un cortile all'inizio del secolo, con donne in cuffia e contadini in abiti da cerimonia.

Erano dipinti onesti, ma privi di genio e di stile originale, dietro i quali si percepiva il mestiere del pittore: quadri per sale da pranzo borghesi, come li aveva descritti Alain Glazard, l'enigmatico proprietario del Lézard Bleu. Era proprio così. Le opere di Ernesto Diaz avevano scarse possibilità di essere accolte in qualche museo, seppure di provincia.

La cittadina si addormentava pacifica, i passanti erano pochissimi e la bottega chiusa, perciò fui costretta a picchiare il pugno sul vecchissimo legno della porta.

Dopo una breve attesa udii un passo strascicato e si aprì uno spioncino. Vidi un occhio scuro del pittore che mi scrutava, poi la sua voce profonda chiese: «Che c'è?»

«Capitano Lester, signor Diaz. Vorrei parlare con il signor Tristani.»

Una chiave girò nella serratura e la porta si aprì.

«L'ha trovata?» chiese subito Ernesto Diaz, con voce angosciata.

«Sì, signor Diaz.»

Emise un lungo sospiro e mormorò con voce quasi impercettibile: «Dio sia lodato!» Senza un'altra parola mi condusse in un lungo corridoio in fondo al quale si scorgeva una scala, poi fermò la porta con un chiavistello in ferro, spesso quanto il mio polso, che s'inseriva nel muro.

Ammirai la semplicità e la solidità del sistema che garantiva la sicurezza della bottega e dei suoi abitanti.

Diaz mi accompagnò in un soggiorno con un pavimento molto antico a listelli di larghezza diseguale in castagno biondo, vecchie travi dipinte in grigio chiaro, e pareti imbiancate a calce su cui spiccavano due tele prive di cornice, mirabilmente scelte affinché i colori si armonizzassero alla perfezione all'insieme, in cui riconobbi la mano di Firmin Tristani. Il fratino, le sedie lucidate e lo scrittoio batavo collocati di traverso al caminetto risalivano probabilmente al XVII secolo.

«Chi era, Ernesto?» chiese una voce proveniente da una poltrona in pelle fulva.

«È il capitano Lester», rispose Ernesto con voce grave. «Ha buone notizie, Firmin.»

Soltanto la parte alta della testa spuntava dallo schienale della poltrona. All'annuncio del mio nome, l'ometto si alzò di scatto e si girò verso di me. Indossava una giacca di lana bordeaux e calzava pantofole che sembravano comodissime. «Ha trovato la mia... la mia bambina?» balbettò, sopraffatto dall'emozione. La speranza gli brillava negli occhi.

«Sì, signor Tristani.»

Si portò le mani al petto come se l'estrema commozione rischiasse di procurargli un malore.

Anche Diaz se ne accorse. Gli si avvicinò con sollecitudine, lo prese per un braccio e chiese, preoccupato: «Tutto bene, Firmin?»

Trattenendo il fiato, Tristani annuì, quindi riprese a respirare, all'apparenza riluttante a porre domande. Infine si decise: «Sta bene? Voglio dire, non è stata maltrattata, vero?»

«Assolutamente no. Sta benissimo, si rassicuri.»

Si coprì il viso con le mani e sussurrò: «Dio sia lodato!» Fu esattamente la stessa frase pronunciata poco prima da Diaz. Abbassò le mani a rivelare due grosse lacrime che gli scorrevano sulle guance. «Dov'è? Voglio vederla!»

«La vedrà domani», risposi. «Prima è necessario che le spieghi alcune cose.» Vidi che si adombrava e mi sforzai di rassicurarlo. «Sono buone notizie», dichiarai.

Allora Diaz mi portò una sedia. «La prego, si accomodi.»

Lo ringraziai e sedetti, mentre Firmin Tristani si lasciava cadere sopra un'altra poltrona.

«Cosa posso offrirle?» domandò Diaz. «Tè, caffè, qualcos'altro?»

Avevo parlato molto nelle ultime ore. «Un bel bicchiere d'acqua fresca mi sarebbe graditissimo, signor Diaz.»

«Provvedo subito», rispose il pittore, sempre calmo. «E per te, Firmin?»

«Che domanda», esclamò l'ometto, raddrizzandosi e gonfiandosi come un pavone. «Champagne, Ernesto! Se c'è un giorno in cui è necessario lo champagne...» Non terminò la frase. Anche lui aveva riacquistato in un istante tutta la sua vitalità.

Diaz lo guardò con un sorriso indulgente. «Hai ragione, Firmin. Ne bevo anch'io.»

Firmin Tristani annuì con convinzione, poi mi guardò con avida curiosità.

«In verità, signor Tristani, oggi ho un graditissimo incarico, perché, come dicevo, ho soltanto buone notizie da annunciare.»

Lui mi fissò, attento, e chiese, in un tono che lasciava trapelare inquietudine: «Quali altre buone notizie?»

«Lei diventerà nonno, signor Tristani.»

Come se avessi appena pronunciato una frase magica, il tempo parve d'un tratto fermarsi. Si udì soltanto il ticchettio del grande orologio in corridoio, che continuava a battere il tempo: *tic tac, tic tac*, mentre il lustro pendolo d'ottone proiettava lampi riflessi dallo specchio antico sopra il caminetto.

Tic tac, tic tac... Sì, il tempo si era fermato, i due uomini sembravano pietrificati, e non so per quanto tempo si sarebbe protratto l'incanto, se un botto improvviso non lo avesse infranto con una brutalità incongrua.

Sopraffatto dallo stupore, Ernesto Diaz aveva lasciato andare il tappo della bottiglia di champagne al quale aveva tolto la gabbietta.

Un fiotto impetuoso di vino frizzante inondò il bellissimo parquet e destò dal suo stupore il pittore, che, imprecando a denti stretti, si allontanò in fretta.

Firmin Tristani era di nuovo impallidito. Balbettò: «La mia bambina è...»

«Incinta. Sì, signor Tristani. Tra pochi mesi lei sarà nonno.» Lo guardai e chiesi: «Non è contento? Sembra che ciò non le faccia piacere...»

«Non si tratta di questo... Io ne sono felice, ne sono felicissimo!» Nonostante questa dichiarazione, il poveretto sembrava più smarrito che felice. Con gli occhi stravolti, continuò a balbettare: «Il fatto è che mia moglie... Insomma, intendo Thasie... Mio Dio, la povera piccola...»

« Di chi sta parlando? » domandai, un po' irritata. « Di sua moglie? Di sua figlia? »

« Ma di entrambe », fece lui, guardandomi con aria disperata. « Quando la mia Thasie saprà che... » Alzò le mani al soffitto, come se il cielo stesse per crollargli sulla testa.

« Sua moglie lo sa », dichiarai. « Io stessa l'ho informata poco fa. »

Mi guardò come se avesse dinanzi agli occhi Giovanna d'Arco. « L'ha informata? »

« Certo! » Aggiunsi una piccola menzogna: « L'ha presa molto bene... »

Mi fissò a occhi sgranati e ripeté, scandendo le parole: « L'ha presa molto bene? Non le credo! »

« Sbaglia », risposi, disinvolta. « D'accordo, all'inizio era un po' riluttante, ma cosa avrebbe mai potuto fare? Il bambino nascerà tra pochi mesi, ed è un evento felice, vero? Cosa ne pensa? »

« Io ne sono estasiato! » ripeté.

Tuttavia ciò che lo estasiava maggiormente, considerata la situazione, era il brutto tiro giocato a sua moglie.

In quel momento Diaz tornò portando in un secchiello d'argento la bottiglia con quello che restava dello champagne. Dopo averla posata sul tavolo servì da bere a tutti, imponendomi di affondare le labbra in quella bevanda che detesto più di ogni altra.

Poi prese uno strofinaccio e si mise a pulire il suo bel parquet. Approfittando di quel momento in cui nessuno mi guardava, vuotai il mio bicchiere nel secchiello e il mio successo fu tale che al ritorno Diaz volle servirmi di nuovo.

Lo ringraziai. « Non per me! Un bicchiere è sufficiente. Non dimentichi che dovrò rimettermi al volante per tornare a Quimper. »

All'improvviso Tristani, colpito da un'idea che avrebbe dovuto avere molto prima, domandò: « Chi è il padre del bambino? »

« Un giovane musicista conosciuto da sua figlia tempo fa », risposi.

Tristani guardò Diaz come per chiedere consiglio, poi si volse ancora a me: « Ma chi è questo ragazzo? »

« Un ottimo giovane, pieno di talento », dichiarai con convinzione. « Sono sicura che le piacerà. »

« Ah... » fece lui, perplesso. « Quando potrò vedere la mia bambina? »

« Sarà lei stessa a chiamarla, signor Tristani. Penso che domani potrà vederla. »

Quando mi congedai, insistette per accompagnarmi in fondo al corridoio. A bordo della mia auto composi il numero dell'infermiera, che mi passò Mathilde. Invitai la ragazza a chiamare i genitori e a rassicurarli.

Mathilde si dichiarò preoccupata per la reazione della madre.

« Stai tranquilla », esortai. « Andrà tutto bene. »

Sentii che non era persuasa della fondatezza della mia rassicurazione, tuttavia mi garantì che avrebbe fatto come le avevo raccomandato.

Quanto a me, promisi a me stessa di recarmi l'indomani ad arbitrare l'incontro tra genitori e figli. Era tempo che la ragazza frequentasse Mary Lester per imparare a non lasciarsi mettere i piedi in testa.

Tornai soddisfatta al mio domicilio in venelle du Pain Cuit, dove Amandine mi stava aspettando. Nel gustare gli spaghetti al salmone marinato nell'aneto che mi aveva preparato, le raccontai le novità sulla misteriosa scomparsa.

Fu con le lacrime agli occhi che la mia buona Amandine prese nota degli ultimi avvenimenti.

26

Dopo una notte di sonno ristoratore mi presentai al commissariato poco prima delle nove. Sapevo che il commissario Mervent arrivava in ritardo anziché in anticipo, e mi andava bene.

«Il capo è qui?» chiesi al brigadiere che stava finendo il turno di notte.

Lui soffocò uno sbadiglio con la mano. «Non si è ancora visto, capitano.» Poi guardò l'orologio a muro, che segnava le nove, e aggiunse: «È ancora presto per lui. Mi sorprenderebbe se arrivasse a breve».

«È seccante», commentai.

«Posso riferirgli un messaggio?» propose il brigadiere con gentilezza.

Rifiutai: «No, no». Dopo breve riflessione, aggiunsi: «Digli soltanto che ci sono novità».

«Novità?» Il brigadiere si accigliò. «A proposito di cosa?»

Feci la misteriosa. «Lo scoprirà.» Poi gli feci un occhiolino complice. «Be', ora devo andare.»

«Dove sta andando?» domandò. Come se temesse di essere stato indiscreto, precisò: «Sa, nel caso me lo chieda...»

«Te lo chiederà sicuramente, ma è informato.»

«Allora, se è informato...» rispose il brigadiere con un gesto, come se ciò lo liberasse della sua responsabilità.

Sapevo che probabilmente il turno successivo sarebbe iniziato prima dell'arrivo di Mervent e che il nuovo brigadiere avrebbe riferito soltanto vaghe spiegazioni.

Uscii in fretta, montai in auto e filai verso Esquibien, dove giunsi in una giornata grigia che un sole pallido tentava di perforare. Il mare era piatto, non soffiava un alito di vento, eppure lunghe increspature salite dalle profondità dell'oceano sollevavano il grande traghetto bianco che assicurava il servizio postale con le isole.

L'aria profumava di mare, di iodio, di sale.

Alcuni passeggeri si stavano ancora imbarcando sul traghetto in procinto di partire. La traversata si annunciava tranquilla, come non accadeva tanto spesso.

Si udirono tre fischi di sirena, la passerella cadde e il traghetto indietreggiò lentamente, vomitando una nube di fumo nero prima di partire per il mare aperto, sciabordando l'acqua verde con le sue eliche possenti e lasciandosi dietro una scia bianca che a poco a poco si cancellò.

Uno di quei piccoli pescherecci con cui si pescava il branzino nei paraggi dell'Île de Sein stava rientrando, forse per andare a Poulgoazec a vendere all'asta il pescato. Un marinaio in incerata gialla era impegnato a pulire il ponte con una manichetta ad acqua pressurizzata, mentre il peschereccio, spinto dalla scia del traghetto, proseguiva la sua rotta verso il canale che conduceva al porto.

Il quartiere in cui abitava Marie-Thérèse Kerlorch occupava un terreno in pendenza e molte case bianche sembravano ancora addormentate.

Suonai alla porta dell'infermiera, che arrivò subito ad aprire. Aveva un'espressione tesa e ansiosa.

«Va tutto bene?» domandai.

Azzardò un sorriso contratto. «Per il momento...»

«Di cosa ha paura?»

Sospirò. «Quando si deve affrontare quella donna, c'è sempre da aver paura.»

Mi strinsi nelle spalle. «Suvvia!»

Mi guardò come per dire che sapeva bene di cosa stava parlando.

«Come sta Mathilde?»

«Anche lei, come me, è preoccupata.»

«Ha telefonato ai suoi genitori?»

«Sì.»

«Com'è andata?»

«Nessun problema per il signor Firmin. Era così commosso da non riuscire a parlare.»

«E la signora Tristani?»

«Non ha potuto fare a meno di alzare la voce, tanto che Mathilde è scoppiata a piangere. Ho dovuto interrompere la comunicazione.»

Annuii in segno di approvazione.

«In seguito le ho somministrato un leggero sedativo, così ha potuto dormire bene.»

«Perfetto. Quanto tempo pensa che impiegherà la signora Tristani per arrivare qui?»

«Circa cinque minuti», rispose l'infermiera.

«E il signor Tristani?»

Parve spaventata. «Vuole davvero averli qui entrambi?»

«Sì», dichiarai risoluta. Anche se il suo vero padre non era colui che tutti credevano, aggiunsi: «Mathilde ha un padre e una madre, e dovranno incontrarla insieme».

Fece una smorfia, come per dire: «Non so se sia una buona idea...»

«Comunque non litigheranno!»

Anche se non sembrava escludere tale ipotesi, non obiettò. Si accontentò di rispondere alla mia precedente domanda. «Il signor Tristani arriva da Pont-Croix, quindi impiegherà più tempo della signora.»

«Allora informerò prima lui», annunciai. «Permette?»

Mi posò una mano su un avambraccio, come per impedirmi di prendere il telefono. « Aspetti! »

La sua voce era così ansiosa che mi fermai e la guardai, incuriosita.

« Cosa succederà dopo? » domandò.

« Dopo? Cosa intende? »

« Cosa ne sarà di Mathilde? »

« Ma... » In realtà, non ci avevo pensato. « Immagino che tornerà a casa con sua madre... »

« È proprio ciò che temo », confessò l'infermiera.

« Perché? »

« Perché Mathilde non ha nessun desiderio di tornare a Kreiz ar Pin. »

« E dove vuole andare? »

« Vuole restare qui. »

« Qui? »

« Qui! »

« E lei è d'accordo? »

« Eccome! La mia piccola Mathilde... » Mi guardò, implorante, con le lacrime agli occhi.

« Allora dov'è il problema? »

« Il problema è sua madre. Vorrà a tutti i costi che Mathilde ritorni al maniero. »

« Quello che la signora Tristani vuole o non vuole non ha importanza », dichiarai. « Mathilde è maggiorenne e desidera rimanere qui a partorire il suo bambino. Questa è casa sua, signora Kerlorch, e lei è libera di fare ciò che vuole e di ospitare chiunque voglia. » Ripetei la domanda: « Dov'è il problema? »

Una ruga di preoccupazione incise la fronte di Marie-Thérèse. « Temo che la signora Tristani non veda le cose da questo punto di vista. »

« Bah! Vedrà sicuramente le cose dal punto di vista che preferisce, ma in questo caso la sua opinione non ha davvero importanza », assicurai.

«Lei non la conosce», insistette l'infermiera.

«Forse la conosco meglio di quanto la conosca lei. Mi lasci fare.» Presi il telefono e composi il numero dell'Atelier du Bout du Monde.

Una voce affannata rispose al primo squillo. «Pronto!»

«Signor Tristani?»

«Sì.»

«Capitano Lester, signor Tristani. Può venire a trovare sua figlia a casa di Marie-Thérèse Kerlorch, a Esquibien.»

M'interruppe senza lasciarmi il tempo di comunicargli l'indirizzo: «Da Marie-Thérèse? Arrivo subito!»

Prima che riagganciasse, gli ricordai: «Signor Tristani, ci sarà anche sua moglie».

«Lo immaginavo», rispose, come se l'annuncio avesse offuscato la sua gioia. Marie-Thérèse chiese: «Preparo il caffè?»

«Buona idea», approvai. «E chieda a Mathilde di scendere.»

Marie-Thérèse esitò: «E...»

Completai la sua frase: «E al ragazzo». Poi composi il numero di Kreiz ar Pin.

Anche al maniero era attesa la mia chiamata. La Grande rispose bruscamente al primo squillo: «Pronto!»

«Buongiorno, signora Tristani. Sono il capitano Lester.»

Anziché ricambiare la cortesia, domandò imperiosa: «Dov'è mia figlia?»

«Sua figlia è da Marie-Thérèse Kerlorch, a Esquibien.»

«Ah, stronza!» gridò con gran convinzione.

«Di chi sta parlando?»

«Di chi? Ma di Marie-Thérèse, ovviamente! Mi ha tradita! Mi ha lasciata a morire d'angoscia! Se penso...»

Immaginavo che si accingesse a elencare tutte le gentilezze che aveva avuto per Marie-Thérèse Kerlorch e per la sua famiglia, ma non ero costretta ad ascoltarla. «Penso che lei sia molto ingiusta. Marie-Thérèse ha accolto Mathilde quando era del tutto smarrita, pronta a fare qualunque stupidaggine. L'ha ospitata, l'ha accudita, l'ha confortata, e adesso Mathilde sta benissimo.»

Lei ridacchiò. «Quindi dovrei anche ringraziarla!»

«Sarebbe il minimo, signora Tristani. Comunque Marie-Thérèse non le chiede tanto.»

Ridacchiò di nuovo. «La signorina è troppo buona. Ah, la voglio proprio ringraziare!»

«Signora Tristani...»

Abbaiò minacciosa: «Signora Tristani cosa?! Pretende forse di dirmi come devo comportarmi?»

«Lungi da me questa idea! Tuttavia devo dirle che se è decisa a presentarsi qui a casa della signora Kerlorch per fare una scenata, allora la farò cacciare.»

Trattenne il fiato. «Mi farà cacciare? Ah, è troppo divertente! Una donnina come lei cacciare me? Vorrei proprio vedere!»

In effetti non mi ci vedevo a lottare con la Grande, che, oltre alla taglia, aveva anche la forza di un uomo. Rabbrividivo al solo pensiero delle sue manacce. «Non ho detto che sarò io a cacciarla, signora Tristani. Ho detto che la farò cacciare. Non è la stessa cosa.»

Senza dubbio nel silenzio che seguì la Grande rifletté sulle mie parole. Poi lentamente chiese: «E mi dica, la prego, da chi?»

«Dal tenente Fortin, signora Tristani. È più alto di lei di tutta la testa, dato che sfiora i due metri, e supera il quintale. Consideri che è un ex atleta che ha giocato a rugby a livello internazionale, e aggiunga che è esperto di arti marziali. Le anticipo tutto questo affinché si possa fare una minima idea di cosa l'aspetta.»

La sentii digrignare i denti. «Non oserà mettermi le mani addosso.»

«Se sono io che glielo chiedo, Fortin osa fare di tutto, signora Tristani. Lui non pensa, lui esegue.»

Ancora silenzio.

« Tuttavia lei è una donna intelligente, quindi sono certa che non dovremo arrivare a simili estremi », ripresi. « Suvvia, venga dunque a vedere Mathilde. È una giornata felice, signora Tristani. Non la rovini con scatti d'umore di cui in seguito potrebbe pentirsi. »

Parve riflettere, poi, come se avesse deciso di sopportare la situazione, finì per annunciare con voce meno aggressiva: « Arrivo ».

27

Così ci trovammo tutti e quattro faccia a faccia. Mathilde era seduta sul divano, bene addossata allo schienale per alleviare il ventre arrotondato, e Vincent era accanto a lei, sul bordo dei cuscini, come una lepre all'erta pronta a fuggire alla prima minaccia.

Io occupavo una sedia accanto alla finestra, mentre Marie-Thérèse, che aveva posato sul tavolo un vassoio con alcune tazze e una zuccheriera, era in piedi, con le mani poggiate sulla bella tovaglia ricamata.

Regnava nella stanza un'atmosfera da finale di film western, con i buoni in attesa del cattivo dinanzi al saloon e la sparatoria ormai imminente.

Per allentare la tensione esordii: «Ecco, era necessario arrivarci prima o poi...»

Mathilde tirò su col naso e Vincent le posò una mano su un ginocchio, per tentare di trasmetterle quel poco di energia che gli restava.

«Non abbiate paura», esortai. «Ci sono qui io e andrà tutto bene.» Non ne ero molto convinta, e questa frase sembrava presa dal metodo Coué. Ma non sempre si può sfuggire agli eventi, anche se sono dolorosi e ardui da sopportare. A un certo punto occorre risolversi ad affrontarli, e in generale, quanto prima li si affronta, tanto meglio è.

Marie-Thérèse servì il caffè a tutti. Lasciai cadere una

zolletta di zucchero nel mio e mescolai senza badarci, pensando al commissario Mervent che senza dubbio si stava spazientendo e m'insultava perché a ogni sua chiamata rispondeva la segreteria telefonica. E non smetteva di chiamare, ne ero sicura. Ecco perché avevo lasciato il mio telefono in macchina. Non avevo il minimo desiderio di sentire le sue inutili raccomandazioni, di certo inadeguate alla situazione. Dato che non le avrei ascoltate, non ero tenuta a seguirle, quindi non potevo essere accusata di aver disubbidito. Inoltre i telefoni cellulari funzionano a batteria e le batterie si scaricano, come tutti ben sanno.

Ero immersa in queste riflessioni quando il campanello turbò quel silenzio insolito per una stanza in cui si trovavano quattro persone.

Marie-Thérèse Kerlorch parve scossa da una scarica elettrica, Mathilde rizzò la testa, allarmata, e Vincent mi guardò con ansia.

Mi alzai. «Lasci», dissi a Marie-Thérèse. «Vado io ad aprire.»

Mi recai alla porta e guardai attraverso lo spioncino. Firmin Tristani ed Ernesto Diaz attendevano sulla soglia. Feci scorrere il chiavistello e salutai: «Buongiorno, signori». Mi girai verso Diaz. «Signor Diaz, penso che...»

M'interruppe: «Non si preoccupi, capitano, non intendevo entrare. Non dico di non essere ansioso di rivedere Mathilde, ma ho accompagnato Firmin perché non era in condizione di guidare. Aspetterò fuori».

Gli sorrisi: «Grazie, signor Diaz».

Mentre il pittore tornava alla sua vettura, la Mercedes di Anastasie Tristani arrivò e si fermò con uno stridere di pneumatici. La Grande ne smontò e incrociò Diaz, scoccandogli un'occhiata torva. Lui si accontentò di salutarla con un cenno della testa.

Anastasie marciò verso di me come se si stesse lanciando all'assalto, e pretese: «Voglio vedere mia figlia!»

« È proprio per questo che le ho telefonato », risposi. « Se vuole seguirmi... »

Mi tallonò in modo tale che mi parve di sentire sulla nuca il suo respiro. Firmin Tristani, al quale lei non aveva accordato il minimo interesse, chiudeva la fila a testa china, con aria timorosa.

Appena varcata la soglia la signora Tristani scrutò con sguardo gelido Marie-Thérèse Kerlorch. Poi guardò la figlia, che si era subito alzata e che si precipitò verso di lei.

« Mamma! »

Fu il grido di una bambina, un grido di gioia e al tempo stesso di sconforto. La Grande aprì le braccia e senza una parola strinse a sé la figlia. Quando vidi le lacrime scorrerle sulle guance compresi che la partita era vinta. Firmin Tristani, con le braccia ciondoloni, attese il proprio turno di partecipare al giubilo generale, ma si percepiva la sua rassegnazione a passare in seconda posizione. Non era sempre stato così?

D'altronde sua moglie, o meglio la sua ex moglie, lo ignorava superbamente. Poco prima non lo aveva salutato e adesso non gli accordava più attenzione che alle sedie, alla credenza, al tavolo.

Allora Firmin Tristani andò ad abbracciare Marie-Thérèse e scoppiò a piangere, balbettando: « Grazie, grazie, Marie-Thérèse, per avere vegliato sulla nostra bambina ».

Marie-Thérèse mescolò le proprie lacrime alle sue, mentre Vincent e io ci guardavamo come due idioti, in attesa che le effusioni terminassero.

Alla fine, lasciata la figlia, che si precipitò tra le braccia del padre, la Grande si rivolse al povero chitarrista, che intanto si era alzato e, in evidente ed estremo imbarazzo, non sapeva come comportarsi.

« E ora a noi due, ragazzo! È vero ciò che mi ha riferito il capitano Lester? »

La brutalità dell'attacco parve scuotere il chitarrista, che tuttavia l'affrontò con coraggio. «Sì signora, sono io che...»

Lo interruppe: «Sei tu che hai fatto fare un figlio a mia figlia, lo so. Ma non si tratta di questo!»

Vincent la guardò con ansia, come se si aspettasse di vedersi crollare il cielo sulla testa.

«Sembra che tu possieda competenze in materia di contabilità», proseguì la Grande, con tutta l'aria di dubitarne.

«Sì, signora.»

«E dove lavori?»

Vincent balbettò: «Io non... non ho ancora iniziato. I miei genitori volevano che partecipassi a un concorso per avere un posto nella pubblica amministrazione».

«E l'hai vinto, questo concorso?»

«No, signora, non mi sono presentato perché non volevo lasciare sola Mathilde e...»

«E te ne sei pentito?»

«No, no!» rispose Vincent, con una spontaneità che mi fece sorridere.

«Dunque nessuna azienda ti ha assunto?»

«Nessuna, signora.» Aggiunse timidamente: «Però sabato prossimo ho un concerto...»

La Grande sedette e si versò un caffè senza essere invitata. «Bene, allora, ascolta: i concerti saranno di sabato e di domenica. Domattina alle otto ti presenterai alla sede della compagnia, a Audierne. Il mio contabile, il signor Donnard, andrà presto in pensione e tu ti preparerai a sostituirlo. Ora puoi andare. Hai tutta la giornata per prepararti.» Ovviamente non aveva chiesto il suo parere. Aveva ordinato, come sua abitudine.

Vincent continuò a guardarmi con ansia, ma vide il mio sorriso d'incoraggiamento e balbettò: «Grazie, signora».

Burbera, lei replicò: «Non ringraziarmi. Non sarà affatto una sinecura. Da me non è come nella pubblica amministrazione. Bisogna rendere, ragazzo mio».

«Sì, signora», assicurò Vincent prima di uscire, troppo contento di essersela cavata tanto a buon mercato. Ora non gli restava che portare la buona notizia ai suoi genitori, e non sarebbe stata la cosa più facile. Però era necessario che si assumesse le sue responsabilità, e sentivo che ormai era in grado di farlo.

La Grande aveva preso il comando delle operazioni. Uscito Vincent, si dedicò alla figlia e ordinò, in tono più dolce: «Vai a prendere le tue cose, tesoro. Andiamo a casa».

Fu il momento cruciale. In preda al panico, Mathilde mi lanciò un'occhiata.

Con voce pacata dichiarai: «Credo che Mathilde voglia restare da Marie-Thérèse fino alla nascita del bambino».

La signora Tristani si girò maestosamente verso di me, e anch'io ebbi diritto a uno sguardo assassino. «Cosa?»

L'affrontai, e giuro che fu impressionante essere scrutata così da quella donna enorme e minacciosa, tutta vestita di nero. A un tratto mi parve d'essere all'ombra del patibolo. «Ripeto che sua figlia preferisce rimanere qui, a casa di Marie-Thérèse Kerlorch, fino alla nascita del bambino.»

Lei incrociò le braccia e ribatté: «Capitano Lester, penso che lei stia oltrepassando il limite della sua indagine». La sua voce avrebbe congelato un pinguino.

Mi addossai alla parete e incrociai le braccia e le gambe in un atteggiamento un po' provocatorio, lo riconosco. Quindi risposi: «Senza dubbio intende dire che mi intrometto in ciò che non mi riguarda...»

Dichiarò: «Esattamente! La ringrazio di avere ritrovato mia figlia e ne parlerò con il ministro, che provvederà a favorire la sua carriera».

Con un gran sorriso, dichiarai a mia volta: «Non mi importa nulla del suo ministro, né della mia carriera. Faccio il mio lavoro e non chiedo favori a nessuno». Insomma, chi credeva che fosse Mary Lester? Pensava forse di mandarmi una cassa di sardine sott'olio per ringraziarmi? Non che disdegnassi le sardine sott'olio, e le sue erano tra le migliori, però, come sapete, non mi faccio comprare.

Lei sciolse le braccia e unì le mani. «Non capisco.»

«Cosa non capisce?»

«Non capisco perché voglia opporsi al ritorno a casa di mia figlia.»

Davvero, la faccia tosta non le mancava! «Non mi oppongo a nulla, signora Tristani! Semplicemente, Mathilde ha manifestato con assoluta chiarezza il desiderio di rimanere dalla signora Kerlorch, che è assolutamente disponibile a ospitarla. Sembra che lei invece voglia costringerla a tornare con lei al maniero. Ebbene, mi permetta di rammentarle che sua figlia è maggiorenne, perciò è libera di prendere le proprie decisioni in completa autonomia. Come ufficiale di Polizia, sono qui per far rispettare la legge e per impedire, se necessario, che un'adulta imponga la propria volontà a un'altra adulta. Quindi, finché Mathilde vorrà restare dalla signora Kerlorch e la signora Kerlorch vorrà ospitarla insieme al suo bambino, Mathilde rimarrà qui!» Scandii le ultime parole, poi la fissai negli occhi: «È chiaro?»

«Ah, è così?» ribatté la Grande. Con lo sguardo ci sfidò tutte, l'una dopo l'altra.

«È così», confermai pacatamente, prima di guardare Mathilde, che teneva con ostinazione gli occhi abbassati: «Non è forse questa la tua decisione, Mathilde?»

La ragazza annuì energicamente, sempre a testa china, senza dire una parola, impedendo così alla Grande di guardarla negli occhi.

Mi staccai dalla parete e accostai una sedia a quella della signora Tristani. Poi presi la caffettiera, chiesi alla signora Kerlorch il permesso e mi versai una tazza di caffè.

Gesticolando, Marie-Thérèse mormorò: «Ormai si sarà raffreddato. Vado a prepararne altro».

La fermai con un cenno. « Va benissimo, Marie-Thérèse. Lasciatemi sola con la signora Tristani. »

L'infermiera uscì, spingendo Mathilde davanti a sé, e il padre accennò a seguirla.

« No, signor Tristani. Rimanga, per favore. »

Il pittore si avvicinò a noi con apparente rammarico e si appoggiò al bordo di una sedia.

Mi volsi di nuovo alla Grande. « Signora Tristani, nulla di tutto questo sarebbe accaduto se le liti con suo marito non fossero diventate insopportabili per sua figlia. Mathilde non è la prima ragazza alla quale è capitata una simile disavventura. Di solito le ragazze che si trovano in questa situazione ne parlano con la madre, si discute, ci si arrabbia, si grida, si piange, poi si collabora per assicurare le migliori condizioni alla nascita del bambino. Infine, una volta nato il piccolo, sono tutti felici. » Li scrutai entrambi, a turno, e aggiunsi: « Credetemi, succederà anche a voi come a tutti gli altri ». Infine scrutai la signora Tristani: « Mathilde è sua figlia, però ha anche un padre ». E guardai Firmin Tristani.

La Grande mi scoccò un'occhiata penetrante, come chiedendosi se mi accingessi a rivelare la sua relazione con il pescatore di astici dell'Île de Sein e l'identità del vero padre di Mathilde.

Anche Firmin Tristani mi guardò con preoccupazione e in quel momento mi resi conto che non era stato ingannato. Dopotutto, doveva essere stato il primo a essere consapevole di non aver generato Mathilde.

Finsi di non sapere nulla in proposito. « Se Mathilde tornasse a Kreiz ar Pin, suo padre non potrebbe andare a trovarla. »

La grande Thasie domandò con ferocia: « Perché? »

Scrollai le spalle. « Lo sa bene! È meglio che sua figlia rimanga in un ambiente neutrale e mi sembra che non possa trovare di meglio che restare qui da Marie-Thérèse, che la ama come una madre e in quanto infermiera sarà in grado di assisterla come la sua condizione esige.» Di nuovo li guardai entrambi, a turno: «Cosa ne pensate?»

«Mi sembra un'ottima soluzione», rispose Firmin Tristani.

La Grande non era ancora pronta ad arrendersi, perciò la sua voce rimase aggressiva: «Quando potrò vederla?»

«Ogni volta che vorrà, signora Tristani. Non dovrà fare altro che chiamare Marie-Thérèse per evitare di incrociare suo marito.» Mi girai verso Firmin Tristani. «Questa disposizione vale anche per lei, signor Tristani.» Li scrutai ancora una volta. «Concorderete, presumo, che vi converrà evitare di litigare in presenza di Mathilde.»

Firmin Tristani fu del tutto d'accordo e annuì convinto. Invece la sua ex metà accettò soltanto a denti stretti, nel guardarlo dal basso con rancore.

Ignorando il suo atteggiamento, conclusi: «Ebbene, tutto è risolto».

La Grande mi fissò con aria diffidente. «E adesso cosa intende fare?»

«Andrò subito a riferire tutto al mio capo.»

«Il suo capo?»

«Sì, il commissario Mervent, che mi ha affidato questa indagine. Devo rendere conto a lui e tenerlo al corrente dello sviluppo degli eventi.»

Lei brontolò qualcosa.

Comprendendo ciò che la preoccupava, tentai di rassicurarla. «Questo caso non avrà alcuna pubblicità, signora Tristani.»

Mi guardò con aria dubbiosa, infine scrollò le spalle come per dire: «Comunque, non posso farci niente».

In effetti, non poteva farci niente. Se la stampa avesse saputo della scomparsa di Mathilde, ne sarebbe nato uno scandalo e io non sarei potuta intervenire in alcun modo.

Mi alzai e chiamai: «Marie-Thérèse?»

L'infermiera accorse con le mani sul cuore, come se temesse ancora una brutta notizia.

«Il signore e la signora Tristani si accingono a congedarsi», annunciai. «Inviti Mathilde a venirli a salutare.» Prima che girasse sui tacchi aggiunsi: «Il signore e la signora Tristani verranno a trovare la figlia singolarmente e prima di ogni visita le telefoneranno per avvisarla. Per ogni minimo, eventuale problema, non esiti a chiamarmi. Arriverò al più presto».

A tale proposito esagerai un po', perché mi capita spesso di essere convocata per un'indagine al capo opposto della Bretagna, e in tal caso non sono affatto raggiungibile così facilmente come avevo appena detto. In ogni modo speravo che i coniugi nemici si comportassero bene.

Mathilde entrò. Vi furono nuovi abbracci, nuove lacrime asciugate furtivamente, e il signor Tristani se ne andò, imitato subito dopo dalla signora Tristani.

Marie-Thérèse si lasciò cadere sopra una sedia vicino a Mathilde, che stava piangendo, con la testa tra le mani. «Lei è formidabile», esclamò, guardandomi con occhi sconvolti. «Non avrei mai pensato che fosse possibile farcela!»

Presi il mento di Mathilde tra il pollice e l'indice e la costrinsi a guardarmi: «Cosa ti avevo detto, piccola? Domani andrà meglio!»

Allora lei si alzò e mi gettò le braccia al collo, piangendo e ridendo insieme. «Grazie!» disse tra i singhiozzi. «Grazie!»

Mi affrettai a tagliare la corda perché stavo rischiando di scoppiare a piangere.

Anche se non ne ho affatto l'aria, in fondo in fondo sono molto sensibile.

28

Le automobili del signore e della signora Tristani erano scomparse e la calma regnava ancora nei dintorni. La marea montava lungo il molo verde di alghe e al largo si scorgevano i pescherecci diretti al mercato del pesce, seguiti da stormi di gabbiani strepitanti.

Aprii la portiera e sedetti. Stavo scegliendo la musica che mi avrebbe accompagnata a Quimper quando suonò il telefono. Risposi e sentii subito la voce aspra del commissario Mervent.

« Ah, Lester! Finalmente! Ho già chiamato dieci volte! »

« Avevo dimenticato il cellulare in auto, capo », risposi, reprimendo un sorriso. « Stavo proprio per chiamarla. Sono passata stamane, ma lei non era ancora arrivato. »

Cercò di giustificarsi. « Ho avuto un incontro in prefettura e... » S'interruppe, a corto di argomenti.

« Non importa, capo. Volevo soltanto riferirle che la piccola Tristani è ricomparsa. »

Rimase per un momento senza voce prima di esclamare: « Ah, e me lo dice adesso? »

« Non potevo di certo comunicarlo prima di esserne sicura, capo! »

Lo riconobbe e borbottò: « In effetti! Cosa è successo? La ragazza sta bene? Perché non mi ha lasciato un messaggio? »

«In primo luogo, Mathilde Tristani è in buona salute e non ha subito violenze. In secondo luogo, concorderà che non ho potuto lasciare alcun messaggio perché lei stesso mi ha raccomandato la massima riservatezza!»

Brontolò: «Bene... Ma cosa dovrò riferire al prefetto, al ministro?»

In realtà, era preoccupato soltanto delle conseguenze che l'indagine avrebbe potuto avere sulla sua carriera. Poveretto! Per tutta la vita sarebbe stato dominato dalla paura dei potenti e dal disprezzo ostentato nei confronti dei subordinati.

«Per quanto riguarda il ministro, presumo che sia già stato informato», risposi. «Quanto al prefetto, spetta naturalmente a lei, signore, riferirgli la buona notizia. Comunque sarò a Quimper tra meno di un'ora e le spiegherò ogni cosa di persona.»

«Allora si sbrighi. L'aspetto.»

In realtà impiegai più di un'ora perché mi fermai a Audierne per concedermi un caffè e un croissant in una sala da tè affacciata sul porto, anche se non avevo alcun bisogno di un altro caffè. Non volevo sembrare troppo zelante nell'ubbidire agli ordini del commissario Mervent.

Quando giunsi a Quimper, Mervent bolliva d'impazienza. «Ha impiegato parecchio per arrivare!»

Non mi dispiaceva vederlo così nervoso. Rimasi molto zen. «Ah, con i limiti di velocità, i lavori stradali, i rimorchi agricoli che non si possono superare... sa bene com'è!» Sospirai come se il viaggio mi avesse prostrata.

«Allora?» latrò Mervent.

Allargai le braccia. «Una storia banale, capo, una ragazza incinta che ha paura di annunciare la notizia ai genitori...»

«È tutto?» chiese il commissario, come se fosse deluso.

«È tutto!»

«Come l'ha trovata?»

Mi toccai il naso. «Il fiuto, capo. Ho seguito un'amica di famiglia e ho bluffato.»

«Ha bluffato!» ripeté, scuotendo la testa. «Be', la faccia tosta non le manca, a quanto pare.»

Assunsi un'aria afflitta. «Oh Signore! Lo pensa davvero?»

Anziché rispondere, chiese furioso: «Bene, che cosa si fa adesso?»

Lo fissai con una sorpresa mirabilmente simulata. «Adesso? Ma cosa vuole che si faccia? La ragazza è sana e salva, e nulla è trapelato alla stampa. Il signore e la signora Tristani sono soddisfatti, dunque lo è anche il signor ministro. Non vedo cos'altro si potrebbe fare, capo.»

Mi guardò, incerto. «Il suo rapporto...»

«Desidera che rediga un rapporto?»

«Mi ha detto...»

«Le ho detto che se le cose fossero andate male sarei stata costretta a mettere nero su bianco tutta la storia. Invece ogni cosa si è risolta senza intoppi e senza pubblicità...» Ripetei: «Senza pubblicità...» e lo guardai dritto negli occhi. «Non è forse quello che voleva il prefetto?»

«Sì...» Esitò prima di aggiungere: «Bene, bene... Quindi il caso è archiviato, Lester?»

«Mi sembra di sì, signore.» Avevo rinunciato a chiamarlo «capo» perché, sinceramente, mi disgustava. Mi alzai. «Posso andare, signore?»

Annuì nel guardarmi con perplessità.

«Ha forse altro da chiedermi, signore?»

«E... e...»

Mi fermai prima di aprire la porta. «Sì?»

Riuscì a concludere la frase: «E la lettera anonima?»

«Vedremo se ne arriveranno altre, signore. Se mai dovesse accadere, ho raccomandato alla signora Tristani di toccare il meno possibile le missive, in modo che possano essere esaminate in laboratorio e che sia possibile ricavarne eventuali elementi utili all'indagine.»

«Ah...» Mervent parve sconcertato. «È così che vede le cose?»

«Come vuole che le veda, altrimenti? Bisogna affrontarle giorno per giorno.»

Mervent mi scrutò con aria scaltra. «Non ha idea di chi possa essere l'autore della lettera anonima?»

«Nessuna, capo», risposi categorica. «D'altronde, non si conducono affari come quelli di cui si occupa la signora Tristani senza farsi qualche nemico. Chi vivrà vedrà.»

«Proprio così», fece eco Mervent. «Chi vivrà vedrà.»

Aprii la porta. «Nient'altro, signore?»

«No.» Poi mi guardò e aggiunse: «Ehm... Capitano Lester, questo è stato il primo caso che le ho affidato e probabilmente sarà anche l'ultimo. La ringrazio per averlo risolto con efficienza e competenza».

Annuii, sorpresa. «Grazie, signore.» I rapporti alquanto tesi che avevamo da quando era commissario ad interim non mi avevano preparata a simili complimenti.

«Il commissario Fabien riprenderà le sue funzioni la prossima settimana», proseguì Mervent.

«Dunque ci lascia, signore?»

«Sì», rispose con aria compiaciuta. «Entro a far parte dell'ufficio del ministro dell'Interno come primo segretario.»

Sentii che si tratteneva per non stropicciarsi le mani con soddisfazione e non mettersi a cantare *Revoir Paris*... Annuii, ammirata. «I miei complimenti, signore, è una bella promozione.»

«Grazie», rispose, vanesio. «Naturalmente offrirò un rinfresco prima della mia partenza. Spero di vederla là, capitano Lester.»

«Non mancherei per nulla al mondo, signore», assicurai, con la più perfetta ipocrisia. Non avrei annaffiato la sua promozione, bensì la sua partenza, e soprattutto il ritorno del commissario Fabien, il mio vero e unico capo.

Lasciato Mervent, mi recai nel mio ufficio. Era vuoto. Così scesi all'ingresso e il brigadiere di turno mi disse che Fortin era uscito con Passepoil senza lasciar detto quale fosse la loro destinazione.

Allora rimontai in auto e filai a Quimperlé.

Il collegio Saints-Anges indorava al sole le sue vecchie pietre. Suonai e suor Thérèse, la toriera, arrivò ad aprirmi. Quando mi vide si ritrasse come se avesse visto Lucifero in persona. E si fece pure il segno della croce.

«Desidero vedere madre Marie-Madeleine», dichiarai.

La toriera tentò di chiudere la porta per tenermi all'esterno delle mura. «Vado a vedere se è disponibile.»

Risoluta, diedi una spinta vigorosa alla porta ed entrai, poi dissi alla toriera, che era stata costretta a indietreggiare strabuzzando gli occhi: «Non è bello mentire, suor Thérèse. Sa bene quanto me che madre Marie-Madeleine è in ufficio! Perciò vada ad annunciarmi!»

Lanciandomi occhiate furtive, salì precipitosamente la scala, con le gonne che si gonfiavano come vele e sbattevano come le ali di un uccello minaccioso che s'involasse.

Il salone era come lo avevo visto la settimana precedente, come doveva essere stato un secolo prima e come sarebbe rimasto finché si fossero trovate suore come la signorina de Lacaune a dirigere istituzioni del genere. In effetti, cosa l'aveva indotta a diventare suora? La vocazione? O forse un grande amore deluso o annientato dalla guerra? Oppure l'antica tradizione che imponeva alle famiglie nobili di donare un figlio o una figlia a Dio? D'altronde, che importanza avevano le motivazioni? Le figlie delle famiglie di quella tempra servivano il loro ideale senza sentimenti e con una volontà impeccabile.

Un raggio di sole attraversava il vetro di una piccola finestra rotonda, proiettando una luce rossa sul volto estatico della statua di Giovanna d'Arco, tanto da creare l'illusione che la pulzella fosse stata appena ferita, seppure senza sentire dolore. Tuttavia era di bassa estrazione, lei.

Suor Thérèse riapparve silenziosamente e mi disse con rammarico: «Se vuole seguirmi...»

Non chiedevo altro. La seguii scalando lo scalone e fui condotta nel sancta sanctorum.

«Caspita! Capitano Lester!» esordì madre Marie-Madeleine, nell'alzarsi per accogliermi. «È forse tornata per la perquisizione?» La sua tranquilla sicurezza mi lasciò intendere che non lo credeva affatto.

Sorrisi. «No, madre, non sarà necessario.»

«Ne sono felicissima.» Sedette di nuovo dietro la scrivania e m'invitò ad accomodarmi su una delle sedie dall'alto schienale di fronte a lei. «Allora, qual vento la conduce da queste parti?»

«Sono qui per informarla dell'esito della mia indagine. Ho trovato Mathilde.»

«Bene! È una poliziotta efficiente, a quanto vedo.»

Ebbi come la sensazione che non le importasse nulla di me. E, naturalmente, non le importava nulla di me. Aveva intuito tutto sin dall'inizio e... No, non era possibile... Repressi un gesto di impazienza. Con quelle *guisti sœurez*, come avrebbe detto mio nonno, non si sapeva mai cosa pensare né come comportarsi. Dunque finsi che la superiora non sapesse niente. «Non sembra travolta dall'entusiasmo», commentai.

«Cosa le è successo?» domandò madre Marie-Madeleine, ignorando superbamente il mio commento.

«Mathilde è scappata perché era incinta.» Nel dir questo scrutai il suo volto emaciato, ma senza riuscire a leggere nei suoi occhi azzurri. Domandai: «Lo sapeva?»

Eluse con abilità la domanda: «Anche se tali eventi sono estremamente marginali, non è la prima volta che una delle nostre ragazze si trova in questa situazione. Di solito tutto si risolve con un matrimonio affrettato, poi le cose ritornano alla normalità. Cosa succederà a Mathilde? »

« Proprio ciò che lei ha descritto, madre. »

« Bene. Ho pregato il Signore affinché andasse così. »

« Dunque sapeva dove si trovava! »

Fu di nuovo evasiva. « Sapevo che non rischiava nulla », disse categoricamente, guardandomi con un sorrisetto soave.

Cosa dire? Sospirai. « Non mi ha reso la vita facile, madre! »

« E lei non ha mai facilitato la mia, Mary Lester. »

« È quindi una vendetta? »

« Niente affatto, figlia mia. Come sa, Dio disapprova la vendetta. » Si alzò e avanzò di tre passi verso la finestra. Era alta e magra, nonché un po' curva, e all'improvviso mi resi conto che doveva essere più vicina agli ottant'anni che ai settanta. Poi tornò verso di me e incrociò le braccia, nascondendo le sue mani scarne nelle ampie maniche. « Sono responsabile di questo istituto, Mary. » Era la prima volta che mi chiamava per nome tanto amabilmente. Continuò: « Abbiamo qui trecentoventi allieve, trecentoventi ragazze affidateci dai loro genitori affinché siano educate nel rispetto della nostra religione. Eppure il mondo moderno si adatta sempre meno al rigore dei nostri principi. Lei stessa, se ben rammento, è stata un'antesignana di ciò che sta accadendo oggi ».

Anche se non sbagliava, le giovani generazioni consumatrici di droghe erano maledettamente più progredite di me, che mi ero limitata a scavalcare il muro di cinta per procurare sigarette alle mie amiche.

La superiora continuò a sorridere, di un doloroso sorriso da martire in una vetrata istoriata. « Per lungo tempo ho disperato di lei, Mary, ma ora vedo finalmente che non si è formata troppo male. »

Sorrisi. «Grazie per il "non troppo male", madre. Comunque sono una sbirra.»

Mi sorprese ancora una volta pronunciando con accento impeccabile, lo garantisco, l'ultima battuta del famoso film *A qualcuno piace caldo*: «*Nobody is perfect*!» Le sue labbra sottili si contrassero in quello che era il suo modo di sorridere. «Mio padre e mio fratello erano militari. Il mondo ha bisogno di tutti, capitano Lester. A proposito, perché oggi è tornata al Saints-Anges?»

Bella domanda, pensai, incapace di rispondervi. «Per rassicurarla sulla sorte di Mathilde.» La fissai. «Ma mi rendo conto che non era necessario.» Dato che lei non diceva nulla, aggiunsi: «Sono ingenua, vero?»

Madre Marie-Madeleine della Contrizione mi ricambiò il sorriso. «Non è questo l'aggettivo che avrei usato. Avrei preferito dire che lei è onesta.»

Sostenni il suo sguardo. «Lo crede davvero?»

«Sì, Mary.»

«La ringrazio, madre.»

Mi scrutò per un momento con un bagliore malizioso che non avevo mai visto nel suo sguardo. «Dunque il caso è archiviato?»

«Per quanto concerne la Polizia, sì.»

«Bene», approvò. Si alzò, si recò alla porta e l'aprì. Anziché porgermi la mano, abbozzò un gesto con il braccio destro, alzando due dita.

«Che Dio la benedica, figliola.»

Non mi fu possibile rispondere perché mi sentii soffocare. Annuii e scesi i gradini, tergendomi due lacrime. A volte è arduo volgersi a riguardare la propria infanzia.

Quando tornai al commissariato, Fortin era rientrato e imprecava mentre archiviava documenti. «Ah, eccoti!» esordì. «Era ora. Non so come fare con queste fottute scartoffie che non sono mai servite a nulla se non a rompere le palle al mondo intero.»

«Dacci un taglio», esortai, prendendo in prestito una delle sue espressioni preferite.

«Dici bene! È la terza volta che il Fesso le reclama. Adora le scartoffie, quello!»

Insistetti: «Lascia perdere. Il commissario Mervent se ne va».

«Cosa?» Fortin si raddrizzò e il suo viso si illuminò, aprendosi in un sorriso meravigliato. «È uno scherzo?»

«No, me lo ha detto lui stesso. Il capo tornerà la settimana prossima.»

«Fantastico! Magnifico!» esultò. Si erse in tutta la sua altezza e con un manrovescio gettò i documenti in uno scatolone. «Per questa buona notizia, ti offro da bere.»

«Bene! Ho proprio bisogno di ritemprarmi.»

«Ah sì... A proposito, e la tua storia della ragazza scomparsa?»

«L'ho ritrovata.»

«Ottimo! Dov'era?»

«A Esquibien.»

Si accigliò: «Dove?»

Ripetei: «A Esquibien, vicino a Audierne».

«Stava bene?»

«Benissimo. L'ho restituita ai suoi genitori.»

Si fermò di colpo sulla scala e si girò verso di me.

Intuii che stava per profferire un'enormità. «Avanti», esortai.

Parve offeso. «Avanti cosa?»

«Dilla!»

«Dire cosa?»

«La scemenza che stai per dire!»

Assunse un contegno virtuoso. «Una scemenza? Io?»

«Non sarebbe la prima volta.»

Allora fece il modesto e non si fece pregare, anche se fu

incapace di resistere al suo pessimo gioco di parole. « È proprio il caso di dire che a Esquibien tutto finisce ben! »

« Jipi, sei sempre più penoso. È a livello di Dupont e Dupond. »* Scoppiai in una risata folle, ridendo come non ridevo più da molto tempo, e Fortin, estasiato, rise con me.

Eravamo come due marmocchi, seduti in mezzo alla scala del commissariato sotto gli occhi del brigadiere di turno, stupefatto. Era Pommier, un agente in uniforme che aveva velleità poetiche e che aveva persino pubblicato a proprie spese una piccola raccolta di versi.

Ripetei: « A Esquibien tutto finisce ben! Ah, grandissimo idiota! Non ne perdi mai una! » Mi asciugai le lacrime che mi scorrevano sulle guance e chiesi a Pommier, che se ne stava immobile a braccia penzoloni: « A Esquibien tutto finisce ben: cosa ne pensa, brigadiere? »

Mi fissò stolidamente e dopo lunga riflessione finì per rispondere: « Ecco... è una rima perfetta, capitano ».

Fissai Fortin, Fortin mi fissò, e scoppiammo di nuovo in una gran risata.

Sconcertato, Pommier domandò: « Cosa ho detto? » Dato che eravamo incapaci di rispondere, chiese ancora, ingenuamente: « Non vi sembra che sia una rima perfetta? »

Lo rassicurai: « Ma sì, brigadiere, è una rima proprio perfetta! »

Fortin alzò la mano. « Ehi! Attento Pommier! L'ho trovata io, questa! »

« Mai detto il contrario », ribatté il brigadiere, offeso. Poi, per avere l'ultima parola, aggiunse, prima di allontanarsi: « Però l'hai trovata per sbaglio! »

Non capì perché ci mettemmo a ridere a crepapelle. D'altronde non vi era nulla da capire, tranne che il Fesso, come lo chiamava Fortin, stava per levare le ancore, che il

* Dupont e Dupond sono due poliziotti che appaiono spesso nelle *Avventure di Tintin*. (*N.d.T.*)

commissario divisionale Fabien si accingeva a riprendere le sue funzioni, che Mathilde Tristani era sana e salva e che avevo ritrovato il gusto di ridere insieme al mio collega prediletto.

Ah! Dimenticavo... Lilian, l'amore della mia vita, sarebbe arrivato a trascorrere il fine settimana in Bretagna.

L'Île-Tudy / Pors-Poulhan
giugno, luglio, agosto 2005

SCOPRI LA PRIMA INDAGINE DI
MARY LESTER

IL RESPIRO DELLA MAREA

Tra Lanester e Lorient, due tranquille cittadine sulla costa bretone, al ritirarsi della marea viene ritrovato il cadavere di un vagabondo. Ma è una fine più che scontata, per un uomo notoriamente dedito al bere. L'amministratore di un'azienda è scomparso, ma sono tante le persone che spariscono senza un evidente motivo. Alcuni balordi, infine, hanno rubato un'auto e svaligiato una casa.
Ordinaria amministrazione, niente di eccezionale per la sonnolenta routine del commissariato di Lorient. Ma la giovane ispettrice Mary Lester, uscita da poco dalla scuola di Polizia, insiste nel voler seguire il proprio istinto e collegare questi avvenimenti, al di là di ogni apparenza...

TEA

www.tealibri.it

Visitando il sito internet della TEA potrai:

- **Scoprire subito le novità dei tuoi autori e dei tuoi generi preferiti**
- **Esplorare il catalogo on-line trovando descrizioni complete per ogni titolo**
- **Fare ricerche nel catalogo per argomento, genere, ambientazione, personaggi... e trovare il libro che fa per te**
- **Conoscere i tuoi prossimi autori preferiti**
- **Votare i libri che ti sono piaciuti di più**
- **Segnalare agli amici i libri che ti hanno colpito**
- **E molto altro ancora...**

TEA

www.illibraio.it

Il sito di chi ama leggere

Ti è piaciuto questo libro?
Vuoi scoprire nuovi autori?

Vieni a trovarci su **IlLibraio.it**, dove potrai:

- scoprire le **novità editoriali** e sfogliare le prime pagine **in anteprima**
- seguire i **generi letterari** che preferisci
- accedere a **contenuti gratuiti**: racconti, articoli, interviste e approfondimenti
- **leggere** la trama dei libri, **conoscere** i dietro le quinte dei casi editoriali, **guardare** i booktrailer
- iscriverti alla nostra **newsletter settimanale**
- unirti a **migliaia di appassionati** lettori sui nostri account **facebook**, **twitter**, **google+**

« La vita di un libro non finisce con l'ultima pagina. »

IL LIBRAIO

Finito di stampare nel mese di marzo 2019
per conto della TEA S.r.l.
da Grafica Veneta S.p.A.
di Trebaseleghe (PD)
Printed in Italy